紅樓煙雲

大觀園人物訪談記

韓廷一 著

敬以此書獻給

全天下有心有情女子。
儘管她們有時免不了
「鹹格澀，夭鬼兼雜念」；
但仍不失其可愛可親。
哪像那些雄性動物們，
全是一群「嘸血嘸目屎」
的祿蠹爬蟲。

細數紅樓人物

韓廷一

《紅樓夢》打破了中國傳統小說「大團圓」的結局。他揚棄了因果報應的善惡觀，與科舉名教的人倫觀。它以平凡、平實、平淡的「三平主義」，把賈寶玉、林黛玉、薛寶釵、劉姥姥、史湘雲、晴雯、襲人、妙玉……這些活生生的現實人物，毫無掩飾、毫不「神化」或「半神化」，忠實地襯托出在讀者面前，那絕對不是《三國演義》、《水滸傳》、《金瓶梅》……等小說可望其項背的。

不可否認的，《紅樓夢》是部貫穿「二寶雙玉」（寶玉、寶釵，寶玉、黛玉）之間的愛情小說。它絕不像《西廂記》、《牡丹亭》……那樣落入「憐才愛色」、「郎才女貌」、「佳人才子」、「狀元門第」……的窠臼。寶玉和黛玉愛得如此的嘔心瀝血、至情至神，以致死去活來，真正的激動了無數青年男女，無數的父母長上。曹雪芹是個「愛情至上」的塑造者。寶玉與黛玉之間的愛情，至真至純，它突破了門第之見、它突破了理智的思維。他們之間才是知心神會，心心相印；有著共同人生理想的一對，但它卻為封建社會、專制家庭所不容，其結局是一個為至愛而死（黛玉）；一個為至愛而逝（寶玉出家），不由得讓天下人同聲一哭！

作者以冷峻、現實的筆觸，寫出了一個貴族大家庭，由盛而衰，由衰而亡的故事，它是否也無情地，把批判的鋒芒、直指封建社會、老大帝國（中華帝國乎？）正逐步走向了無可挽回的衰亡之途？

曹雪芹是否也藉著《紅樓夢》表達了另一種「絃外之音」？這才是不吐不快的胸中塊壘。《紅樓夢》與其說是曹雪芹的「家族自傳體」，倒不如說是一部「中國婦女血淚史」，他為中國女性叫屈、抱不平。在曹雪芹的心目中，女人遠遠的在男人之上，在他塑造大觀園裡的「十二金釵」，不論才、貌、性情、能力……個個都勝過男人，遠在男人之上。在曹雪芹筆下，男人根本是一種低級的「雄性本能」的動物，他們只知吃、喝、嫖、賭、玩、樂；他們還娶小老婆，玩弄女性，他們還要貪污、罔上欺下……真是一批言語無味、面目可憎的蠢材與奴才。在脂粉堆裡廝混長大的賈寶玉，最能領略女人與男人之別。他說：「女人是水作的……清爽；男人是泥作的……濁臭逼人。」總之：男人得意時一個個成為「祿蠹國賊」，思之深惡痛絕；失意時成為「鬚眉濁物」，望之卻步。

王熙鳳、史湘雲、妙玉、李紈、林黛玉、秦可卿，元春、迎春、惜春、探春、巧姐和薛寶釵是為「金陵十二金釵」。這是《紅樓夢》作者曹雪芹先生為我們塑造的十二種典型女性。

我們看：

王熙鳳生得一對丹鳳三角眼，兩彎柳葉棹梢眉，身材苗條，體態風騷，粉面含春威不露，丹唇未啟笑先聞，渾身上下散發出女性「費洛蒙」，男人見了她莫不「不勾自引」。賈瑞賈大爺竟因此「虛脫」而亡。

史湘雲生得蜂腰猿臂，鶴勢螂形，面貌十分美麗，個性灑脫、豪邁，具備特有的光彩和魅力，有如笑吟吟的暖陽，迎面而來。

妙玉生得亭亭玉立，肌膚晶瑩，顯得秀色可餐之姿，才貌雙全之才，卻又性情孤僻傲慢，叫人可望不可即。她雖寄身空門，卻又留得三千煩惱絲，心繫一點玉（賈寶玉），最後，她「寧為玉（賈寶玉）碎不為瓦全」，被一個竊賊所殺。真是「欲潔何曾潔，云空未必空；可憐金玉質，終陷淖泥中」，玉殞香消。

李紈青春美麗，年紀輕輕就守寡，為人賢慧忠厚，她雖居於膏粱錦繡之中，竟能槁木死灰般守本分的侍親、育兒、陪小姑。她深知唯有侍親以孝，才能贏得尊敬；唯有善待小姑，才能和樂相處；也唯有育兒賈蘭，使之成材，才有明天。十分符合老子「無知、無欲、無能（《道德經》第三章）；不有、不恃、不宰（《道德經》第十章）；無物、無狀、無象（《道德經》第十四章）的人生哲學。標準的「女子無才便是德」。

林黛玉是《紅樓夢》中第一美人。她生得兩彎似蹙非蹙籠煙眉，一雙似喜非喜含情目，態生兩靨之愁，嬌襲一身之病。淚光點點，嬌喘微微。閒靜似嬌花照水，行動如弱柳扶風。心較比干多一竅，病如西子勝三分……屬於飛燕型女子。

如果說，《紅樓夢》是一部介於「二寶雙玉」（寶玉、寶釵、黛玉）之間的「三角戀愛鬥爭史」，照理講，以第一美女及第一ＩＱ的黛玉和寶玉，相愛相憐，至真至純，應該贏得這場愛情追逐戰，她卻因為ＥＱ不足，在「府（榮國）人皆曰」之敗陣下來，造成了一死（黛玉），一逃（寶玉），一傷心（寶釵）的人間悲劇。

秦可卿形貌俊俏美麗，性格溫柔多情，待人處世周到，是位婀娜多姿，柔媚多情的少婦，她與公公賈珍之亂、叔叔寶玉之私，真可謂集情、淫、蕩，兼美於一爐，直可給她一個外號叫「情可輕」。

賈元春生得端莊艷麗；

賈迎春生得細花白肉；

賈惜春生得澹雅美秀；

賈探春生得修眉細腰；

賈巧姐生得聰明嬌美而膽怯。

薛寶釵是林黛玉的情敵。她臉若銀盆，眼同水杏，唇不點而含丹，眉不畫而橫翠，肌膚豐潤而白皙，體態婀娜而剛健，行為豁達，安分隨時，有良好的人際關係，屬於玉環型女子。

「女人心，海底針」，你對女人了解多少？她們有的敢愛敢恨（晴雯）；有的不敢愛也不敢恨（薛寶釵）；有的敢愛不敢恨（花襲人）；有的敢恨不敢愛（林黛玉）；有的「深愛在心裡口難開」（妙玉）；有的胸大無腦，以直感衡量人與人的關係，是個絕對的樂觀主義者（史湘雲）；更有的「鹹格澀，夭鬼兼雜念」有如王熙鳳者……

目錄

一把辛酸淚·滿紙荒唐言

～曹雪芹訪問記～

《紅樓夢》是小說、是文學、是戲劇，也是歷史。放眼全世界，從來沒有一部未完成的作品（據說前八十回為曹雪芹所作，後四十回係高鶚所續），像《紅樓夢》這麼偉大過：書中人物男丁二百三十二人，女口一百八十九人，總計四百二十一人。人物的刻畫，無論面貌、性格、身分、語言，個個栩栩如生，人人生蹦活跳。莎士比亞的作品，雖也不下四百人之多，然分別出現在三十七個獨

＊曹雪芹像

立劇作中。總不外帝、王、將、相、僕、從、男、女；除了姓名不同外，有如機器壓出的木偶，像一塊塊豆腐乾似的，並無特色，也沒有各自的「人氣」。

「開談不說《紅樓夢》，讀盡詩書也枉然。」換句話說，不管你讀了多少詩文名著，也不管你是什麼樣的通儒碩彥，如果沒有看過《紅樓夢》的話，也等於白費功夫，因為你充其量是個有「學識」而沒有「常識」、有「理性」而沒有「感性」的人。

兩百多年來，各路「紅學」的英雄好漢，各說各話、鬧熱滾滾，無從定奪；其實「滿紙荒唐言，一把辛酸淚；都云作者癡，誰解其中味？」（第一回）曹雪芹早就料到，我們會為他這部曠世名著，吵個不休。

現在，《國文天地》的記者，起曹雪芹於地下，讓他說個清楚、講個明白。

一、家世淵源．自是顯赫

記：請為廣大熱情的讀者，作個自我介紹如何？

曹：我姓曹名霑，號雪芹，字夢阮……

記：姓曹？記憶中，只記得京劇裡那個白鼻子鬚生曹操……

曹：我可是北宋大將軍曹彬之後，我的遠祖乃明朝懷遠將軍曹俊。

記：這麼說，您也是系出名門；這「霑」又是什麼意思，與雪芹又有什麼關係？

曹：「既霑既足，生我百穀」語出《詩．小雅．信南山》。謂身體沾濕，雙足染泥，形容農田勞動的辛苦，種植五穀糧食。

記：以至於在雪中種出芹藻；可見「尚有獻芹心，無因見明主」。意即您要像農夫般的辛勤，希望苦讀後有朝一日「上致君，下濟民」。

曹：完全答對了！

記：結果，終其一生，您並未「見用」！

曹：所以，我以「芹圃」、「芹溪居士」自居。

記：晚年嚮往於「竹林七賢」阮籍、阮咸叔姪倆，以縱酒、高歌、談玄……過其一生。

曹：只好日夜「夢阮」了。

記：您原就有意把您所有的意念，寄情於《紅樓夢》中，希望能得個

解其中味的「知音人」。

曹：我家祖孫三代（曾祖璽、祖寅到父頫）世襲，歷任「江南織造」的官職。

記：江南織造？那是專門替皇家張羅衣物等供應事項，是個頂肥的肥缺吔！連任三代……掐指一算達六、七十年之久。

曹：所經手的錢財可說如江河之遠、若湖海之水……

記：那你們一定是滿人，才會擁有這麼好的差使。

曹：我們家算是滿洲正白旗包衣人……

記：正黃、正白、正紅、正藍，加上鑲黃、鑲白、鑲紅、鑲藍是為八旗。乃清太祖努爾哈赤建「大金汗國」所定的軍制。

曹：它兼熔軍事、行政、生產三功能於一爐之效。

記：它是個多功能全方位的戰鬥體，所以最後能戰勝大明王朝；那「包衣」又是什麼職位？

曹：「包衣」是滿洲語，奴隸之意。滿清在入關前，將各部所獲俘虜，編為包衣，分派至八旗服役。

記：這包衣有無大小貴賤之分？

曹：奴隸就是奴隸，都是社會底層分子，還論什麼高下！不過，凡屬正黃、正白、鑲黃所謂「上三旗」的包衣，隸內務府管轄充做驍騎、護軍、前鋒等營兵卒，又稱內府三旗，算是直屬親軍；至於其餘五旗，分隸王府，為世家的世僕就是了。

記：俗云：「近水樓台先得月，向陽花木易為春。」相較之下，上三旗的包衣容易「出線」。

曹：我家先世河北豐潤人。我的五世祖曹錫遠字世選，任「瀋陽指揮使」，是一個明朝地方官，被「後金」（即日後的大清）俘虜，淪為奴隸。

記：淪為奴隸，成為社會底層，永無翻身之機。

曹：那可不見得，人家滿人用人唯才，可不像我們漢人那麼小家子氣，人家可是滿蒙並用，滿漢一體；並且一反焚毀前朝宮殿、文物的作法，保留明故宮、修繕明十三陵，使其成為世界人類文化資產。

記：他們在歷史上建立過渤海國（唐之靺鞨）、女真國（五代完顏氏）、大金朝（與宋分庭抗禮）和大清帝國（代明而立）。

曹：總之，他們的興起與成功，不是偶然的。

記：於是你們這個奴隸家族，也有機會「鹹魚翻身」！

曹：我高祖曹振彥於後金天聰四年（西元一六三〇年）充任教官，三個月後任「致政」；到了八年任旗鼓「牛彔章京」（「牛彔」為三、四百人之八旗基層單位，「章京」乃文書人員，正四品）。

記：意即您的高祖諱振彥曾任滿洲八旗的「營輔導長」的職位。

曹：我高祖追隨多爾袞東征西討，立下了不少汗馬功勞。

記：清兵入關後，因順治皇帝福臨年幼，皇叔多爾袞攝政，獨攬大權，曹家自然隨著多爾袞而「水漲船高」，成為從龍舊勳……

曹：就任山西平陽府吉州知州，後來升任兩浙都轉運使司、鹽道法。

記：那也是個肥灼灼的差使。

曹：康熙二年（西元一六六三年），清廷設「江寧織造廠」，我曾祖曹璽又名爾玉、字完璧任第一任監督，達二十二年之久……死後獲「尚書」銜。

二、新政權下的百年望族

記：怎麼所有的「好康代誌」，都被你們家「一網打盡」了。

曹：隨著新政權的轉移，自然而然的「接收」了傳播媒體、國營企業以及各種生產機構。

記：你們家也跟著「綠化」，受益無窮……

曹：豈止綠化受益，更有「裙帶」關係。

記：滿漢之間，血統不同，如何牽裙掛帶的？

曹：我曾祖母孫氏乃康熙皇帝的保母……

記：這麼說，替總統夫人推輪椅的夫君當然可以當華紙的董事長了。

曹：這叫少見多怪，您必須學會見怪不怪，其怪就自敗！

記：這個肥缺自是曹家莫屬了。

曹：此後我祖曹寅、伯父曹顒、父親曹頫，相繼擔任這個肥缺，前後達六十五年之久。

記：對呵！康熙在位六十一年，從康熙二年到雍正五年曹頫獲罪罷官，整整六十五年間，成了三代四人世襲之官。

曹：如果從入關，我高祖任吉州知州算起，我家歷官八十三年之久。

記：令人肅然起敬。

曹：還有我的兩個姑姑，都入選為王妃。康熙六次南巡，有五次駐蹕於我家。

記：皇帝南巡住您家？那你們不是賺飽了！

曹：表面上看，有皇家補貼，定然是個肥差使，實際上，康熙勤政愛民，以節儉為尚。迎接皇上，排場不可或缺；但在帳目上卻必須以多報少，合乎皇上心意。

記：於是皇帝南巡，成為曹家前盛後衰、大起大落的關鍵。

曹：五次接駕，虧空銀兩高達五百二十餘萬兩之多。

記：這筆爛帳，如何「消化」？

曹：準備以江寧、蘇州等幾個大織造廠的盈餘逐年抵扣；那曉得康熙六十一年（西元一七二二年）皇上駕崩。

記：大行皇帝駕崩，按部就班若不是由長子胤禔繼位，也應該是太子胤礽就位；不然嘛！也應傳位給康熙最喜歡的十四子胤禵也行。

曹：第四子胤禛在國舅隆科多的導演下「作票式」的執掌皇位。

記：我只聽說選總統可以作票，可以槍擊……。

曹：您說「作票」我相信，此事自古即有，不過於今為烈罷了；您說槍擊莫非把對手幹掉。

記：菲律賓的馬可仕就曾有把另一個準候選人艾奎諾幹掉的紀錄。

曹：幹掉別的候選人？那豈不是引起全民共憤，天下大亂。

記：說的也是！或者朝自己的肚皮和腳踝分別開它兩槍，不就成了。

曹：一夜之間，全面「豬羊變色」，反敗為勝。

記：您說說雍正怎麼個「作票」法！

曹：隆科多把放在「正大光明」匾額後面「傳位十四子」的遺詔改為「傳位于四子」。

記：雍正上台後，首要之務就要清算你們家的「黨產」；誰叫你們「國庫」通「黨庫」。令尊立刻成了眾矢之的。

曹：雍正六年，我父被免職，全部家產被抄。

記：這麼說，《紅樓夢》中賈元春入宮得寵，被晉封為鳳藻宮尚書、加封賢德妃（第十六回），以及「錦衣軍查抄寧國府」（第一百零五回），是真有這碼事了。

曹：總不能憑空捏造。

記：所以有人硬說《紅樓夢》是您個人的家族史。

曹：誰說不是呢？

三、從富貴榮華到衰敗零落

記：說說您小時候的事情罷！

曹：十三歲未抄家之前，我都住在大觀園，過著無憂無慮的生活。

記：你們家自清朝入關定鼎以來，功名蓋世，富貴流傳，殷實顯赫；可有「文明」氣息。

曹：我祖父除了以財勢見長外，更是個才藝之士，為當時有名的收藏家，熱心校刊古書，著名的《全唐詩》就是我祖父主持刊印的；他還著有《楝亭詩詞鈔》，編過《居常飲饌錄》一書。

記：《紅樓夢》中精緻講究的茶酒點心，原來「其來有自」。

曹：我只消把《居常飲饌錄》書中的〈糖霜譜〉、〈粉麵品〉、〈粥品〉、〈茗箋〉、〈蔬香譜〉……等，照本抄錄即可。

記：換句話說，你們家的藏書也是十分豐富的！

曹：光精本書就有三千多種。

記：您雖貴為世家子弟，卻能愛好文學、折節讀書，具有高深文化素養，成就了文學不世之作——《紅樓夢》。

曹：雍正六年，我父被抄家後，以帶罪之身，帶著全家大小兩百餘口，從江南回到北京……

記：到北京幹嘛？

曹：南方雖被抄家，但在北京還有許多房地財產與住屋……

記：正所謂「百足之蟲，死而不僵」，尚可以作為棲身之所。

曹：只是格局小多了，大有捉襟見肘之感；到了乾隆時代，我父經「平反」，被起用為「內務府員外郎」。

記：隔了個朝代，「政治恩怨」自然淡薄多了，為表示「既往不究」，賜給了一個「吃不飽、餓不死」的閒差幹幹，以示寬大。

曹：不過實際生活，比起往年，自是有「天壤之別」。

記：依您的才氣與力學，您是否參加科考，有貢生、舉人的頭銜？

曹：年輕時，我「不屑時務」，固然是個「拒絕聯考的小子」；等到後來窮困，到了「舉家食粥」的時候，也就無力應試了。

記：您可以求救於父執親友啊！想當年家大業大之時，如今叫他們回饋一點，也不為過啊！

曹：世俗人情紙半張，您也不是不知道的。

記：我讀了您的〈好了歌〉，已知道您內心深處的感觸了！

曹：

世人都曉神仙好，唯有功名忘不了；
古今將相在何方，荒冢一堆草沒了。

世人都曉神仙好，只有金銀忘不了；
終朝只恨聚無多，及到多時眼閉了。

世人都曉神仙好，只有嬌妻忘不了；
君生日日說恩情，君死又隨人去了。

世人都曉神仙好，只有兒孫忘不了；
癡心父母古來多，孝順兒孫誰見了。

記：有道是：

遠富近貧，以禮相交天下有；
疏親慢友，因財絕義世間多。

曹：還好「我的朋友」敦敏、敦誠兄弟，一直鼓勵著我，叫我「勇敢的活下去」！

記：您每天除了「借酒澆愁愁更愁」之外，還能做什麼？

曹：敦敏勸我：「醉餘奮揮如椽筆，寫出胸中塊壘詩！」

記：他對您的期望甚高。

曹：有詩為證：

少陵昔贈曹將軍，曾曰魏武之子孫；

君又無乃將軍後，於今環堵蓬蒿屯。

揚州舊夢久已覺，且著臨邛犢鼻褌；

愛君詩筆有奇氣，直追昌谷破籬樊。

勸君莫彈食客鋏，勸君莫叩富兒門；

殘杯冷炙有德色，不如著書黃葉村。

……

記：他贊許您有魏武曹操之才，「時搞時登沒米煮番藷湯」，只好暫且學學司馬相如當爐賣酒過日子，您詩文之才直逼韓愈與黃山谷，勸您莫

像馮煖，那樣傍人門戶，要像山谷道人那樣成就「黃葉之業」（黃庭堅號山谷道人，曾任葉縣尉）。

四、放下現實‧移情理想

曹：「曾經滄海難為水，除卻巫山不是雲。」在好友的鼓勵下，我準備振作一番，要留點名山不朽之作在人間。

記：否則的話，人生真是白跑一轉。

曹：乾隆八年（西元一七四三年）我辭去了「右翼宗學」「瑟夫」的職位……

記：什麼叫「右翼宗學」？又什麼叫「瑟夫」？

曹：右翼宗學坐落於北京石駙馬大街、絨線胡同內，是一所滿族子弟學校；瑟夫就是老師之意。

記：在學校當老師？那是再單純不過的了。

曹：也免不了鬥來鬥去！

記：又有什麼好鬥的？

曹：開課鐘點多少要鬥、排上午或下午又要鬥、升等的先後還要鬥、好不容易出本論文，又要批門不已！

記：所以您就乾脆不幹了！反正，你們旗籍之人在西山有眷村老屋子可住，有「終身俸」的糧食可吃！

曹：我就在這個「蓬牖茅椽，繩床瓦竈」的破屋中，沾著一把辛酸淚，寫這部《紅樓夢》。

記：就在屋中閉門造車？

曹：碰到天晴時，我在腰間綁了個布包包，裡面裝有稿紙一疊、毛筆一枝、墨盒一個，到茶館、酒樓、卡拉ＯＫ去遊蕩！

記：人家「那卡西」是抱了個琵琶到處走唱，而您呢？

曹：我只要有人請我吃茶、喝酒，我就寫一段《紅樓夢》給他們傳閱欣賞。

記：茶吃得愈多，酒飲得更多，您的文章就更好看、更動人。

曹：我就這樣「披閱十載，增刪五次」，完成了這部自傳體的小說。

記：看來字字都是血，十年辛苦不尋常；這真是用一把辛酸淚，「哭」成的偉大不朽作品。您的夫人當然也跟著您受苦受難嘍！

曹：我妻子是個賢淑、美麗、體貼又有文才的女子。她不但受苦、受

難，有時還要受氣呢！在西山住了幾年，可說是被貧窮折磨死了！

記：是否給您留下一女半子的？

曹：僅僅給我留下一個七、八歲的兒子……

記：您一個大男人如何帶領一個小孩子？

曹：還好有個從前認識的女子，願意委身帶孩子。

記：她是個什麼樣子的女孩？

曹：她胸無城府，毫無心機，個性爽朗、豪放，也不在乎名分……

五、所愛的三個女人

記：有點像您筆下所描寫的史湘雲！

曹：正是她，那是我理想中的女伴！

記：怎麼說？

曹：我在《紅樓夢》中塑造了三個不同典型的女子……

記：哪三個？

曹：寶釵是城府很深，理智大於情感的人，十分懂事的女孩子。

記：她是個「冷美人」，由於太懂事了，往往流於世俗的虛套之中，失去少女應有的純真。

曹：黛玉則孤高抑鬱，凡事感情用事，喜怒形於色，近乎不太懂事……

記：她是個病西施，常惹來許多無謂的麻煩！

曹：而湘雲則介乎其中，具備特有的光彩和魅力，有如笑吟吟的太陽迎面而來！

記：如果以四季來比喻《紅樓夢》的幾個女孩則是：黛玉如秋月，寶釵如冬霜，湘雲如春光之明媚，寶琴如艷陽夏天般的亮麗。

曹：嗯！《紅樓夢》讀得還真不錯！

記：我前後讀過二十七遍！不過常有不同的版本交錯出現，這是怎麼回事？

曹：《紅樓夢》全本一百二十回，我在乾隆十七年（西元一七五二年）即已完成。

記：那是在「舉家食粥」困苦歲月中完成的嘔心之作？

曹：也是一件喜悅之作！

記：怎麼說呢？

曹：由於人物生動活潑，情節扣人心弦，大家像是看八點檔連續劇似

的，等著「劇情」的連續發展，我太太自然成為《紅樓夢》的第一個讀者與批評者。

記：難怪您對書中的女性描寫得十分深刻生動，想來是尊夫人提供了不少的高見。至於別的人想看的話呢？

曹：只要他天天把燒酒和烤鴨來享我，我就有新的情節供應；酒多、鴨子大的話，還可以傳抄……

記：那您每天哪有那麼多的靈感、內容與情節？

曹：我有個好朋友叫鄂比，他不但濟助我的衣、食、住；而且可說幾乎天天來看我。

記：您自然而然的把「新發展」的情節，與他討論了。

曹：以後的十一年間，我倆不斷披閱、討論、增刪達五次之多。

記：這麼說來，鄂比先生應該是《紅樓夢》的原創者之一；您應該把「版稅」讓他分享一半才對！

曹：有版稅我當然願「與朋友共……而無憾」；但是，我至今尚未收到一毛錢的稿費。

記：至少有燒酒可飲，有燒鴨可啃，也就可堪告慰了。

曹：乾隆二十八年的除夕日（西元一七六四年一月二日）我終於油盡燈乾，淚盡而逝。臨嚥氣前找來了鄂比，要他設法把我這部《紅樓夢》弄出去！

記：什麼叫弄出去？

曹：就是印製出版啊！

記：出版一部書哪有那麼簡單，有時比懷胎十月生產還難唷！

曹：我死的時候，真是家徒四壁，滿室蕭條，一無所有，只有琴劍在壁，殘篇疊紙在案。

記：搞不好連冥紙也沒錢買。

曹：正是，鄰居一位老太太見此情景，大為嘆息，就近用那疊稿紙摺疊成冥錢，火化為我送終……

記：等到鄂比發覺後，已經來不及了。

曹：後四十回的《紅樓夢》全被燒毀了，只剩得《紅樓夢》前八十回和全書的回目而已！

記：所以前八十回是您親自寫的《八十回傳鈔本石頭記》。

六、脂本？程甲本？程乙本？

曹：又叫《脂硯齋重評石頭記》。

記：是「脂硯齋」這個書房替您校勘過的，那後四十回怎麼辦？這是一種文化財的損失，無可挽救的損失。

曹：「我的朋友」鄂比覺得十分懊惱，認定這是他的過失，有責任把它補齊，於是把原稿和書目攏回……

記：儘管鄂比是《紅樓夢》的原創者之一，但他不見得能寫、會寫，有時候是心有餘而力不足。

曹：他苦惱了五、六年之久，最後他和他的養子高鶚又花了五、六年時光，才整理補寫完成。

記：這才叫「狗尾續貂」呢！

曹：到了乾隆五十六年（西元一七九一年）由程偉元、高鶚整理的活字排印，萃文書屋出版的《新鐫全部繡像紅樓夢》正式印行。

記：這就是所謂的《程甲本》。為什麼還有《程乙本》？這豈不是有如府院兩版，或是外交部長版與發言人版的不同。

曹：第二年（乾隆五十七年）重排，加以修訂增刪了一萬九千五百六十八字，是為《程乙本》。

記：喔！我知道了：原先八十回的原著叫「脂本」，它是個傳鈔本；乾隆五十六年第一次出版一百二十回的叫「程甲本」；五十七年修訂二版的叫「程乙本」。

曹：完全答對了。

記：曹先生您安息吧！我們會繼續研究《紅樓夢》，將「紅學」再加以發揚光大。

曹：至於你們要把它當成我的家族自傳體看；或者當作明清交替史——把黛玉比作奄奄一息的明朝，把肌膚豐潤、體態婀娜剛健的寶釵比作旭日初升的清朝……

記：有人說《紅樓夢》是一部中國婦女血淚史，是一部政治鬥爭史，更是一部階級鬥爭史……

曹：處在民主發皇的時候，每個人都有發言的自由，他們愛怎麼說就怎麼說！我累了，我要休息了。

記：May God bless you．曹桑，讓他們各自去解讀罷！

人間冷暖·窮變通達

～劉姥姥訪問記～

《紅樓夢》是一部傲視世界文壇的皇皇巨著。全文一百二十萬字，論寫作技巧、內容結構、出場人數，以及作者思想、文辭的表達，至今無出其右者。

一般人看《紅樓夢》，都以賈寶玉、林黛玉、薛寶釵，甚至史湘雲為主角；至於那個鄉巴佬——劉姥姥——頂多是個供人取笑的甘草人物而已。

然而，我們綜觀全書：《紅樓夢》之始也，經過賈雨村與冷子興的介紹（第一、二回）；林黛玉、薛姨媽之投靠榮國府（第三、四回）；賈寶玉神遊太虛與初試雲雨（第五回）。只是浮光掠影的一個楔子，介紹紅樓的開場白而已。

直至第六回劉姥姥以丑角出場，才正式進入《紅樓夢》的正本

主題，直到一百二十回，府內主要人物，一個個的風消雲散，只有她老人家，雖是局外人，卻能冷眼旁看，收拾《紅樓夢》的殘棋敗局，予人以重情輕利，感恩圖報。其角色之貫穿全局，有如希區考克電影，導演的現身說法——她才是《紅樓夢》的真正靈魂人物。

現在，我們找到劉姥姥細說紅樓一番。

一、一表三千里的乾親

記：迷斯劉，請接受《國文天地》的訪問。

劉：您怎麼用「迷死」、「迷活」的稱呼一個七十五歲的老太婆，豈不折煞我也。

記：這是Y世代人對女性特有的尊重，其年齡自八歲至八十歲均適用，反倒是使我感到怪異的是人家為什麼叫您「姥姥」。

劉：「姥姥」是北方話，意即外婆的意思；我是南方人，其實他們應喊我「嬤嬤」才對。

記：您跟榮國府是怎麼扯上親戚關係的？是其中什麼人的外婆？

劉：其實我跟府裡任何人都沒有血緣關係，只因我姓劉，年齡已是祖母級人物，所以他們才順著口叫我：「劉姥姥」。

記：俗話說：「一表三千里」，親戚關係總得有個蛛絲馬跡可尋才對。

劉：話說我的女婿叫王狗兒，他的祖父先前在京裡做官，曾與鳳姐的祖父——也就是王夫人（榮國府二爺賈政之妻）的父親——認識，因為貪圖金陵王家財大勢利，便連了宗，自認為姪子。

記：這所謂的「叔姪之親」是否一直有往來？

劉：其實狗兒的祖父早已去世，狗兒的父親王成，因家道中衰，家業蕭條，搬出城外到鄉下落戶，後來王成亦相繼去世，這門「親戚」也就成了斷了線的風箏——無從聯繫起。

記：這下又怎麼聯繫起來了呢？

劉：那年的秋盡冬初，鄉下收成不好，連帶著我這老太婆一家五口，眼看著過不了冬。狗兒心中煩悶，喝了悶酒，在家咳聲歎氣的，弄得一家子沒有好臉色看。

記：薑是老的辣！虧您見多識廣，終於給想出一個法子來了！

劉：這叫「窮則變，變則通，通則久」（《易經》）。

記：怎麼個「變」法？又怎麼個「通」法？

劉：這金陵王家，在二十年前我帶著女兒還去過他家，與這王家二小姐有過一面之緣，印象中她對人挺客氣的，絲毫沒有架子；如今這王二小姐已嫁入榮國府，成為賈二爺賈政的夫人。

記：您就憑與王夫人這藕斷絲連的點滴關係，去求人幫忙，成嗎？

劉：所謂「謀事在人，成事在天」，不試試一點機會都沒有，試試或許還有一絲絲希望。

記：黃連苦，無錢更苦；蜀道難，求人更難。這個撕下尊嚴的差使，又落在誰的頭上？

劉：男人家丟不起這個臉，年輕的女兒也不便拋頭露面，最後只好拿我這張老臉去貼人家的冷屁股——碰碰運氣嘛！

記：有道是「侯門深似海」，這麼大個榮國府，兩三百人，如何去尋找個「似曾相識」的人。

劉：說的也是！還好狗兒他爹王成，生前曾經與賈二小姐（即嫁過來後的王夫人）的陪房周大爺，有過來往，曾經幫助過他；見面後，總不至於到「相見不相識」的地步罷！

記：很難說噢！您決定去找周大爺？

劉：第二天一大早，我梳洗完畢，就帶著五、六歲的板兒一起出發……

記：幹嘛帶個小鬼頭，多累啊！

劉：一來，鄉下土包子喜歡進城逛逛，就像現在的小孩子喜歡逛動物園一樣……

記：反正都是看「動」物就是了。

劉：二來嘛！帶個孩子，在有些場合可以題外生話，免得尷尬。

記：比在陌生場合自言自語好多了，姥姥！不是我說您，您真是識多見廣，有備而來的。

二、侯門深似海．何處打秋風

劉：我來到榮國府大門前的石獅子旁。哇塞！只見滿門口的轎子、車子、騾馬……有如圓山大飯店般的門庭若市，氣勢之壯，嚇得我這用兩腳走路的祖孫倆，不敢過去。

記：這就是所謂大戶人家的氣派。

劉：我逡巡了好一會兒，才在角門口蹲了下來，見到幾個挺胸凸肚的人，指手畫腳的，或坐、或站在大門上說東道西的……

記：您還是不敢過去？

劉：我躡手躡腳的用碎步，走了過去，打了個招呼、唱了個喏：「太爺們納福！」

記：他們有沒有理睬您？

劉：他們七、八道目光，像黑夜探照燈似的，在我身子上下，從頭到腳，再從鞋子到頭髮。打量了好一會兒，才從鼻子裡哼出聲音來：「打那兒來的？」

記：那種勢利眼神真讓人受不了，好像萬箭穿心一般的難受。

劉：我說我找太太的陪房周大爺的，煩請那位太爺，替我請他出來一下！

記：半天沒有人理您？

劉：過了很久，才有人說：「你遠遠的在那牆角下等著，等裡面有人出來才問！」

記：原來門房也不知什麼周大爺的，他們只是拿話語打發您就是了。

劉：說的也是，不過其中有個年紀較大、較好心的告訴我說：「周大爺住在後頭，這幾天正到南部出差去了；不過他娘子在家，你從這邊繞到後街去找就是了。」

記：再到後街碰碰運氣？

劉：轉了兩個彎，來到後街，才發現那是另一種景象……

記：與大前門全然不同？

劉：那是另一種的「門庭若市」。一大「攤」生意擔子：有賣吃的，賣玩的，還有拉洋片、看西洋鏡的……三、二十個孩子在那兒玩著、鬧著……

記：這才是榮國府活生生的另一面。

劉：我拉著一位小哥哥問道：「有個周大娘的，在家嗎？」

記：他帶您去了？

劉：他瞅著我翻白眼說：「我們這兒好幾個周大娘，您是要找老的？小的？還是中年的周大媽？」

記：就是那個太太的陪房啊！

劉：來到周瑞家，見到他娘子，我立刻迎上前去：「好呀？周嫂子。」

記：周大娘立刻認出您來了？

三、鳳姐大方送．白銀二十兩

劉：周大娘認了半日，眼珠高高低低的轉了半天，方才笑道：「劉姥姥，你好呀！你說嘛，這幾年不見，我就忘了。請家裡坐啊！」

記：你們問長道短，一番寒暄後，如何進入話題？

劉：周大娘又問，姥姥今日來是路過的？還是特來的？

記：廢話啦！這才是明知故問嘛！這年頭窮人家那有閒工夫去逛大戶人家的府第，又不是逛恩主公廟，把不定燒香、拜佛、求神，有時候還比求爹求娘有點用處。

劉：我說：一則特來瞧瞧嫂子；二則也請姑太太的安。若可以領我見一見，更好；不然，借重嫂子代為致意也可。

記：她答應帶您去見王夫人？

劉：她答應了。

記：明知您要去「黏」人家，是個棘手事兒，她怎敢作主？

劉：一來她丈夫昔日爭買田地，狗兒幫他出過力，她想還個人情；二來她要在我這個鄉下人面前，顯弄她的體面，所以願蹚這一渾水。

記：那她要從那兒著手呢？

劉：她告訴我，雖然我是太太的親戚，但現在太太不管事，全是她內姪女鳳姐在管事，裡裡外外都是她在打點，今兒的事就算不見太太都可以，卻不能不見這位璉二奶奶鳳姐兒。

記：鳳姐兒是榮國府的現任「內閣總理」？

劉：說的也是，「不怕官，只怕管」的政治哲學，在榮國府裡還是牢不可破的。

記：什麼時候去見人最恰當？

劉：當然是吃飯的時候；因為吃飯的時候，容易見著人；而且酒醉飯飽之後，再開口有所求，不容易遭到拒絕；即使被拒絕，因為此刻全身血液全在胃裡「支援」消化，也不會臉紅得那麼難看！那麼鮮明！

記：那天您見到二夫人？

劉：二夫人那天正好沒得閒，就叫二奶奶陪著……

記：那可正好，這種似有若無的親戚關係，也許二夫人不怎麼買帳，但在愛面子的鳳姐（她又是二夫人的內姪女），正好歪打正著，也說不定。

劉：吃過飯後，在周大娘的「串場」下，我把今年過不了冬的事兒提了一下。

記：鳳姐何等聰明的人，立刻會了意？

劉：鳳辣子說：論起親戚之間，原該不待上門就有照應才對；只不過我們家，從外頭看雖是轟轟烈烈，但大有大的難處，說與人也未必信……

記：您這鳳辣子的是厲害；一聽這話兒，好似沒有搞頭了全身涼了半截……

劉：不過她還是給了我二十兩銀子。

記：這二十兩銀子對榮國府來講不過九牛一毛。

劉：但對我們窮人家來講，卻是一家五口整年的生活費用。

記：俗語說得好：「瘦死的駱駝比馬兒還大呢！」這下您是值回票價了。

四、二進榮國府·姥姥受歡迎

記：您第二次進榮國府是什麼時候？

劉：第二年的秋盡初冬……

記：又是全家過不了冬？

劉：本來嘛，農家過的是「冬暖而兒號寒，年豐而妻啼飢」的日子。

記：正所謂「年年難過年年過」，這次進榮國府應該是老馬識途、暢行無阻才對！

劉：有了上次尷尬的經驗，這次我就不空手去了。

記：您還帶了「伴手」去。

劉：我帶著板兒，揹了一袋子的棗兒、南瓜，加上一些野蔬雜果，由周大娘帶著直闖賈母房中……

記：這次您帶著禮物可是理直氣壯的來「答謝」的，而不是來「求助」的。

劉：其實我還是來求助的，只是換了方式而已。

記：如果這次您仍然用哭窮的方式，肯定不受歡迎。

劉：這樣一來想要見的人以及該見的人，都見著了；而且不像上次施捨了二十兩錢子後，急煞煞的催我走，怕晚了趕不出城去！還留我住了幾宿。

記：您雖自稱是個村野人，卻是很懂得一些人情世故的；換句話說，您已經掌握了「公關術」。

劉：要不，我這一把年紀豈不白混了。

記：這次的收穫，絕對不止二十兩銀子嘍！

劉：計有鳳姐送的青紗與內裡月白紗各一疋，綢子二疋，真繭綢子二段，一大盒子皇家點心，無數的蜜餞乾果，二斗御賜紅米，銀子八兩。

記：只這些？比上次還少？

劉：太太給兩包銀子，共一百兩，最受用！

記：這下您發了？

劉：她叫我拿去置幾畝地，或做小本買賣，免得長年求親靠友的。

記：意即以後別再來打秋風了！

劉：文雅的言語中帶著冷峻。

記：誰叫您連著兩年去麻煩人。

劉：給人魚吃不如給人釣竿……

記：老太太有沒有被您逗得好樂，有沒有給您壯壯行色？

劉：她把歷年生日，外人孝敬她的衣裳，揀了兩套給我，還有點心包、荷包、藥包包等一應俱全。

記：主子有賞賜，丫嬛、下人們也不能脫俗嘍！

劉：鳳姐的平兒送我兩件襖兒，兩條裙子，四塊包頭，一包絨線；連老太太的丫嬛鴛鴦，也送我筆錠、如意，及一些小飾物，隨身衣物等。

記：寶哥有沒有送您東西？

劉：送我一個陶製茶杯——我在妙玉處用過的，妙玉嫌我髒又酸，連茶杯都不要了。

記：那可是件寶物，說不定價值連城呢！

劉：誰知道。

記：黛玉沒送您東西？

劉：她看我滿載而歸，最小器！不但沒送我東西，而且還在背後叫我「母蝗蟲」，還有鴛鴦最調皮了。

記：她可是老太太的貼身丫嬛！

劉：她要扣下荷包裡的兩個筆錠如意錁子！

記：是她逗著您玩的！前後兩次進榮國府，比較之下，有什麼不同的感覺？

劉：第一次進府完全陌生，看見自鳴鐘，穿的是綾羅綢緞，吃的是山珍海味，使的是珍珠寶器，簡直像是天堂，只有讚歎的分兒。

記：這次呢？

劉：停留三天兩夜，把古往今來沒見過的、沒吃過的、沒聽過的，都經驗過了……

記：還逛過大觀園？醉臥怡紅院？

劉：說的也是。

記：有心得見解嗎？

劉：我發現榮國府表面上榮華富貴，轟轟烈烈；骨子裡卻是個空心殼子。

記：怎麼說？

五、取笑自己．取樂於人

劉：整個府裡人品服飾，禮數款段，耀眼爭光，使人頭暈目眩，有如天堂之境；至於吃的，日常一頓酒菜，足夠我們莊稼人一年的糧食；而老爺賈政以一個工部員外郎，卻又不懂「人無橫財不富，馬無野草不肥」的粗淺道理；加上鳳姐的上下其手，總會坐吃山空的。

記：說的也是，不過我覺得奇怪的是：集潑辣、狠毒、陰險、刻薄於一身的「鳳辣子」，獨獨施惠於您老人家，對您特別好？

劉：我不過是投其所好，達其所欲而已。

記：怎麼說？

劉：她真的很刻薄，明知我是鄉下人，沒有見過世面，吃飯時特別給我一雙四角鑲金的象牙筷子，沉甸甸的難使極了，我就順口自我解嘲：「這叉巴子比我們鄉下的鐵鍬子還沉，那裡動得了它？」

記：結果引來了一陣哄堂大笑！

劉：我總不能拍桌子罵人吧！

記：還有呢？

劉：看了那一桌子佳肴，我來個「老劉！老劉！食量大如牛；吃個老母豬不抬頭」。看了鴿子蛋又道：「這裡的雞兒也俊，下的這蛋也小巧，怪俊的，我且得一個……」

記：結果挾不著，滾落地下……聽說那一個蛋值一兩銀子呢！

劉：一兩銀子，也沒聽見個響聲就不見了。

記：您那土包子樣子，豈不笑煞人也。

劉：賈母笑出眼淚來，寶玉笑得滾到賈母懷裡；薛姨媽笑得噴了探春一裙子飯；探春的碗都合在迎春身上；惜春笑得直揉腸子；下人們有的笑得彎腰曲背，有的躲出去蹲著笑的……

記：總之，「獨樂樂不如眾樂樂」；犧牲自己，讓大夥兒樂一樂也無傷大雅。

劉：還有一天，賈政的大媳婦李紈摘了一大盆各色菊花枝。賈母首先揀了一朵大紅的簪在鬢上。其餘的，人各一枝，別在頭上。

記：您沒有戴花？

劉：賈母說「過來戴花兒」，一語未竟，鳳姐兒便拉著我把剩下的花，橫七豎八插了我一頭……

記：她分明有意出您洋相，又不是「北港香爐人人插」；您不拔下來，摔在地上？

劉：這您就太沒有EQ了，我不但不惱，還笑著說：「我這頭也不知修了什麼福，今兒這樣體面起來！」

記：她成心把您打扮成老妖精，供人取笑！

劉：我現在雖老了，但年輕時也風流過，愛個花兒、粉兒的，今兒索性做個老風流！

記：能讓人取笑，博得大家一樂，這才是真幽默！

六、三進榮國府・已見敗象

記：說說您第三次進榮國府。

劉：我第三次進府時，榮國府已被抄家，聽說老太太仙逝……

記：您是去奔喪的？

劉：我得知消息晚了，奔喪不敢說，不管是真是假，總要進城瞧瞧，方是人情之常。

記：一瞧之下如何？

劉：真可說景物依舊，人事全非……

記：怎麼說？

劉：老太太死了，鳳姐被鬼纏身不得脫，連周嫂子一家都被攆出去了。

記：顯然的，榮國府已不再「榮」耀了，已沒有「國」的氣派了。這時您去榮國府幹嘛？

劉：我可不是個愛湊熱鬧、專打秋風的人。咱們平日受了人家許多好處，緊要關頭總得出點主意，使點力氣。

記：您一個鄉下婦道老人家，能起什麼作用？

劉：鳳姐的病已經藥石罔效，只能求神問卜了。

記：榮國府裡的廟庵道觀所在多有，何假外求？

劉：這您就不懂了，俗云：「遠來的和尚會念經」；外面的菩薩更靈驗，我願代她在我們村子的菩薩禱告。

記：鳳姐平日作威作福，展現出「明是一盆火，暗是一把刀」的心機與手腕，大夥兒早已恨得牙癢癢的；幸災樂禍之餘，能不落井下石，就已經不錯了。像您這樣雪中送炭的倒是少有！

劉：所以鳳姐感激得當場在手腕上褪下一只沉甸甸的金鐲子交給我。

記：您收下了？您不是正缺錢用嗎？

劉：即使日子再難過，也不能收這種「趁人之危」的錢財。

記：她是給您「還願」用的。

劉：還願也只消花個幾百文即可，而且「願」還必須自個兒親身去還，才顯得有誠意！

記：「誠則靈，靈則驗」，那鳳姐不是感動死了。

劉：正是！她不但把自已的命交給了我，還把她獨生女巧兒的命也交給了我，要我做巧兒的乾媽。

記：依您的年齡可當鳳姐的祖母，巧兒的曾祖母了。

劉：她是真心把我當親姊妹看，才叫巧兒做我乾女兒的。

七、四進榮國府·眼見殘棋敗局

劉：榮國府被抄之後，家道衰微，姊妹們或死或嫁，寥落不堪，連巧兒都要配與外藩做家奴。

記：那是您的乾女兒，您能見死不救，您又如何救法？

劉：三十六計走為上策。

記：賈府門禁森嚴如何走法？

劉：走後門，說劉姥姥要回鄉下，把巧兒載在車中，平兒趁送客之便，也上了車。

記：就這樣躲過了被販、被賣的命運。

劉：我在鄉下替她們主奴倆安頓好後，接著撮合莊上富家之子周秀才的婚事。寧榮兩府後來復了官，發還被抄的家產，寶玉還考中了舉人。

記：賈政也答應了這門親事？

劉：周、賈兩家都樂於見到這門親事。

記：這是賈府沒落中的唯一圓滿事件，您老也算是功德一場。

劉：不敢！不敢。受人之託，忠人之事，這是我們鄉下人應有的本分。

記：正表現了您是一位知恩善報、見義勇為的熱心人；您口口聲聲說您是鄉巴佬，但您卻具備「逢場作戲、見廟燒香」的小市民公關手腕，值得我們效法！

劉：哎喲！我的老祖宗，少來了，折煞我老嬤嬤也！

端方正直・道貌岸然

～與賈政論賈府三老爺～

賈氏東大房寧國府有二孫，長孫賈敷八、九歲就死了，於是賈敬成了寧國府唯一的孫子；西二房榮國府有二孫一孫女：賈赦、賈政、賈敏是也。

賈敏外嫁林如海，她是林黛玉的母親，年紀輕輕的，在黛玉五歲時，便死了。

寧國府的賈敬老先生，丙辰科進士。他是「文」字輩三老爺中，唯一「高考及格」的人；可是他卻早早地把官兒讓他的兒子賈珍襲了，摒絕了家人往來，一個人住在玄真觀修道院中，連兒孫們替他做壽，也不回家，祇在除夕祭祠夜，才回家一趟；因為他是主祭者，推託不了。他一味兒地好道嗜丹，是他勘破紅塵，放棄了人生？還是有感於「官不聊生」，不滿於現實人生的短暫，進而追求

永生，羽化而登仙。他儒學出身，最後卻走上道家的不歸路。

賈赦身為榮國府的長孫，襲榮國公、一等將軍職。在賈氏三弟兄中，他最看得開，他似乎早已看透了所謂「正統」「道統」的虛假與無奈……「像咱們這樣人家，原不必寒窗螢火；只要讀點書，比人略明白些，可以做得官時，就跑不了一個官兒。何必多費工夫，反弄出個書獃子來？」所以儘管他在一妻（邢夫人）二妾（周姨娘、嫣紅）之餘，還企圖染指賈母的貼身丫嬛鴛鴦，逼得人家懸梁自盡；他還為了十二把骨董扇子，利用權勢，弄得人家傾家蕩產……他「從心所欲，每踰矩」。他居高位而行兇；禮教、名譽、道德……全不放在他心裡。他富貴不知樂業，貧窮難奈淒涼，他情欲兩熱，享受人生，揮霍人性。

賈政是榮國公的次孫，叨「天恩祖德」，從工部主事幹到工部郎中，也曾放過一任學差，一任糧道，極盡一妻一妾（王夫人、趙姨娘）「齊人之福」。由於大女兒元春入宮被選為賢德妃，因而政老爺貴為當今皇上的岳父大人，逢年過節少不了皇上的噓寒問暖一番；若有需索，他大可三不五時的在下朝時求見皇上。首都衛戍司令兼九門都點檢王子騰將軍是他的舅子；北靜王和若干親王、貴胄都得對他執晚輩之禮；加上新上任的首都市長賈雨村，還是他推薦給皇上的特別人選。

這一切的一切，足可使政老爺「風」情萬種，直可呼風喚雨一番。不過這只是檯面上的「表象」榮光而已；實際上的「裡象」是：賈政雖身為「老二」，但在「老大」不管事，又荒淫無道之下，只好以榮國府「代理家主」的名義，孤零零地撐起一個三、四百人行將頹傾的大家族。他本有心轟轟烈烈地大幹一番。無奈上有賈母史太君掣肘，中有王夫人、王熙鳳姑姪倆的弄權，加上恨鐵不成鋼的不肖子——寶玉。他那淑世的儒學理想全告「泡湯」……

他有委屈無處訴，他有話要說……

一、生為老二．偏做老大

記：政老爺，政老爺，您好！多愛惜自己一點嘛！何苦每天背著雙手，繃著臉，像是被「地下錢莊」逼債似的死樣子。

政：我心中的矛盾、苦悶有多少，您可知道？

記：大不了有如李清照小姐那樣「唯恐雙溪舴艋舟，載不動許多愁」（〈武陵春〉）罷了。

政：載不動許多愁算什麼！我龐大無比的「鐵達尼」號都快沈了……

記：「代誌那ㄟ這泥款」！您是當今皇上老國丈，首都警備司令和首都市長，對您來講非親即友，您還有什麼不滿足的？人說「父做宰相子狀元，良田萬頃穀滿倉」，您還缺什麼？莫非您想摘星釣月？

政：我名政字存周，您道是什麼含義？

記：政者正也，您要「達於政化」（《後漢書》）；存周者：「行彼周道」（《詩經》），進而「周濟世務」；因此，您對「管理眾人之事」有著非比尋常的企圖心。

政：我自小酷愛讀書，為人端方正直，謙恭厚道，禮賢下士……

記：照著《論語》「子曰」去身體力行，要以天下為己任，從事拯溺救危之大業。

政：這都是家祖父給我的概念，我也三更燈火五更雞的苦讀一番……那曉得我祖父一死，喪報到京，皇上念我乃先朝舊勳，特降「蔭監」之旨，擢以工部主事任職。

記：何謂「蔭監」？

政：凡官員之子不經考選，即取得監生資格，再經會考、優考即可充任六、七品京官……

記：換句話說，這是一種不開放的「內部考試」，有如現在的「甲等特考」漂白。這樣也好，您豈不可以少奮鬥十年。您應該感謝皇上，為他立長生牌位，日夜磕頭燒香，感恩才對！

政：可是這「蔭監」、「恩監」……的，究竟是從「後門」得來的「黑官」。

記：總比那些窮小子「無門」（no way）又「無位」的強多了。

政：但是日後的發展前途，亦同樣大大地受到了限制。

記：這怎麼會？

政：第一我不會作八股文，又不能寫詩、填詞、作曲、應對、屬聯的，欠缺談風說月之文采……

記：僅只「稍欠風騷」而已，並礙不到您為官做宰啊！

政：正途科舉出身的人，自有一套合乎傳統規範，卻又能趨福避禍的「護官」之道。

記：意即您缺乏一些應世的才能……

政：說明白一點，我只有做官為宰的ＩＱ，而沒有ＥＱ。

記：終其一生，到頭來只是個不痛不癢的中級公務員而已。

政：其間雖然放過一任學差，做過一任糧道……

記：那也只是聊勝於無，混個車馬費而已，所以您把您的期望全都寄託在您兒子身上……

政：寶玉他長相俊美、聰明伶俐……可是在抓周那天，令我失望透頂……

記：何謂抓周？

政：舊時小兒周歲時，把玩具和生活用品陳列出來，讓他爬向前去抓取，以預測其性情和志趣。

記：通常男孩子們抓刀、抓槍的；女孩子們抓尺、抓布的；最好是抓紙、抓筆的。

二、兒不肖兮父悲哀

政：誰知他對其餘一概不取，伸手只把一些脂粉、釵環抓來玩弄，還把胭脂送往嘴裡嚼……

記：您原本巴望寶貝兒子能高舉巍科，一雪您黑官之羞。

政：將來鐵定是個酒色之徒，真是氣死我也！

記：《三字經》說：「養不教，父之過。」古有明訓。赤子之身，有若泥團，一名教育家可以將之隨意塑造。

政：有這麼「隨心所欲」嗎？

記：美國教育哲學家華生（John Broadus Watson, 1878-1958）曾說過：「給我一打壯健的孩子，在我的特別環境裡教養他們，我可以擔保在他們中間任擇一個孩子，加以訓練，使他們成為任何專家，如醫師、律師、畫家、大商人；也可以使他們成為乞丐和盜賊，不管他們祖先的才能、嗜好、品性、職業和種族怎樣。」

政：我的長子賈珠早亡，中年得此麟兒，當然喜不自勝，我決心把他納入傳統正軌，自是「希聖希賢」一番。

記：沒叫他進學讀書？

政：他去上學？連我都陪他臉紅。

記：怎麼說？

政：帶了李貴、趙亦華、錢昇等三、四個大漢，外加茗煙、墨雨、鋤藥、掃紅……等四、五個書僮……

記：好像七爺、八爺出巡似的，幹嘛要這麼大的「陣仗」？

政：拿毛衣的拿毛衣，提腳爐、手爐的，水壺、硯袋、便當盒，外帶算盤的……

記：那幾個大漢又去幹嘛？

政：當隨扈啊！打架時派上用場，以免被人欺侮，被人綁票……

記：讀了些什麼書？

政：讀來讀去，還不是《詩經》〈關雎三章〉。

記：是哪三章？

政：「關關雎鳩，在河之洲；窈窕淑女，君子好逑……求之不得，寤寐思服，悠哉悠哉，輾轉反側……窈窕淑女，鐘鼓樂之……」

記：寶玉已經長大了，已有思春之想了。

政：真思春就好了，我可以提早抱孫子了，壞就壞在他每天到學堂去跟秦鐘搞同性戀，而且還與人爭風吃醋。

記：這樣很糟吔，不但沒學好，說不定還學了一些混話！

政：說的也是。把個「攸攸鹿鳴，食野之苹」（〈小雅二，鹿鳴之什〉）念作「荷葉浮萍」，真氣死我了！有這樣的兒子，就是站在我書房，我都嫌他站髒了我的地方。

記：恨鐵不成鋼，想剝他們的皮……

政：還有怡紅院的那些女娃兒們……

記：晴雯、麝月……還是襲人？都給他打氣？

政：「讀書原是極好的事……雖然是要發憤圖強，那功課寧可少些，一則貪多嚼不爛，二則身子也要保重……」

記：我只聽說花生吃多了嚼不爛，那有書多嚼不爛了。

政：襲人還說：「你念書的時候，心裡要想著書；不念的時候，可得想著家……」這還念得出名堂？

記：其實，不必讀什麼《詩經》、古文的，只消把四書講明、背熟，就夠了。光憑寶哥聚天地之間千萬年之精英，其聰明靈秀之氣，自有其風姿飄逸之處。

政：相對的，其乖僻邪謬不近人情之態，又在眾人之上……

記：他若生於公侯鼎食之家，必為情癡情種之呆；若生於將門虎賁之

戶，必為移山倒海之人；若生於詩書清貧之族，必為逸士高人之隱……

政：壞就壞在他偏偏生於這沒落的「公侯鼎食」之家，外加有個年近八十的老祖母。

記：「家有一老，如有一寶」。您不懂得珍惜，還抱怨什麼？

政：「三一三十一」，寶玉之不成材，老實說，家母要擔三分，那些鶯鶯燕燕的眾女娃兒們也要負三分；其餘剩下的四分才歸於我的教導無方。

記：您自個兒教子無方，竟然把三分之一的責任，推到一個八十歲老太太的身上，您是否過分了一點？

政：您有沒有讀過宋人周必大先生（南宋宰相）的《二老堂詩話》中的〈老人十拗〉？

記：「孝順為齊家之本」，老人是寶，像「李摩西」那樣的「政治老人」永遠是對的，那有什麼拗，您不要唱「反孝道」，硬拗。

三、兒子不疼、疼孫子

政：其第一拗是「兒子不疼、疼孫子」。

記：這有什麼好奇怪的！兒子是自己的，「愛之深，責之切」，成天對他要求這，要求那，唯恐他沒出息；至於孫子則是「別人的兒子」，沒有切膚的「成就壓迫感」，樂得欣賞其頑皮、天真。

政：不過我媽也太過分了。有一年春初，賈母和孫子、孫女們猜謎行樂，我正朝罷歸來，見我媽高興，我也走進去參加……

記：結果您被趕出來了。

政：您怎麼知道？您也被趕過？

記：我倒沒被趕過，要我的話，很識趣的走開就是了；您不想想：您這一進去，寶玉、湘雲、黛玉、寶釵……這許多人都因您的出現而受到拘束，大家都不開口，臉上蒙上一層寒霜，把個氣氛全搞砸了。

政：我興沖沖的備了紅包、彩品、酒食……難道不能把疼惜孫子、孫女之心，略略賜我一點？

記：您跟他們是不同國的人。

政：我好寂寞、好痛苦！這三、四百口的大家族中，有人懼怕我、蒙蔽我、吃我、穿我、睡我的……就是沒人了解我，我有如身處於人海沙漠之中。

記：都是您自找的，誰叫您每天板起那個學究臉；您不照照鏡子，有時臉拉長得有如撲克牌中的老「K」臉。

政：我那兒子也夠沒出息的，成天地在脂粉堆裡混，吃胭脂、啃粉頸的。這些女娃兒，也都各懷鬼胎，有的想先馳得點，有的想獨占鼇頭；賈母尤其縱容他，把個「一千個小心，一萬種涵養；事事求妥貼，人人求和好」的襲人貼身服侍寶玉，結果兩人年紀小小的，就初試雲雨、偷嘗禁果……

記：還不是賈母求孫心切，想早日得正「果」。

政：對丫嬛們予取予求，他遊蕩優伶，和琪官兒（蔣玉菡）送汗巾、換繡帕的鬧同性戀；還調戲女婢，以致金釧兒浮屍井裡。

記：誰叫您把他丟棄在女性的胭脂泥淖中，隔絕父子關係，隔絕社會關係……

四、痛打寶玉出口氣

政：「拿寶玉來！」我十七、八年來的怒火，有如悶燒的火山般，從胸口燒到臉頰，從頸子燒到腦門、頭頂心，牙齒格格作響……

記：冰凍三尺，非一日之寒。

政：平日見他垂頭喪氣、葳葳蕤蕤的神色，本就生氣……

記：現在……

政：非狠狠的算他一次總帳不可。

記：小心您的高血壓、高血醣、高血脂，三「高」併作，一命嗚呼！

政：大棍拿來，大繩子拿來，大門閂上，叫打！

記：寶哥成了一隻待宰羔羊，挨了大板子。

政：最後，我一腳把打板子的小廝踢開，我搶過板子親自打……

記：您嫌他們打得不夠重！

政：小畜生像殺豬似的叫著、哭著；愈叫，愈哭，我愈打，打得我汗淋淋、氣喘喘……

記：這樣打下去會出人命的！

政：我一板比一板快，一板比一板重，死命的打！

記：您愛之深、責之切、打得重。

政：王夫人在門外死命的推門，要我保重，要我珍惜……我冷哼一聲，我豁出去了！我今天非把這個「孽根禍胎、混世魔王」打死不可。混

世妖魔害人三千年。

記：可憐的王夫人，五十多歲的人了，祇剩下這一個孤子獨種，香火單傳，要是珠兒在世的話，就死一百個也不可惜……

政：今天我要給他死！

記：寶哥起先喊叫，接著哭號，最後哀泣……在半昏半迷中，有人死命地替他擋著板子……

政：王夫人衝了進來，扒在寶玉身上，接著死命的抱住我，哭喊震天，有如長江三峽水庫之崩裂。我長歎一聲，朝椅子坐下，淚如雨下……我對不起賈氏列祖列宗，我對不起社會，對不起國家……小子無能。

記：王夫人聲聲哀泣：「我的兒啊！我的苦命兒！」勾起了往日情懷：想起那天才洋溢、聰慧體貼，但已奪天命的珠兒；想起那委瑣粗糙，心腸陰狠又不成材的環兒……

政：不覺悲從中來，不說我命苦，這家大、業大，三百多口的人家，現在是頹傾，總有一天土崩瓦解的，嗚……嗚……一聲：「老太太來了！」夾雜著淒厲顫抖的叫喊：「先打死我，再打死他，就乾淨了。」我才猛然驚醒……

記：您是個出名的孝子，忙不迭地含淚、跪下、聽訓、賠罪……

政：「大暑熱天裡，老太太有什麼吩咐，儘管叫兒子進去吩咐一聲便了，何必自己來！」

記：八十歲的小腳婆，又氣、又急、又痛，趕得上氣接不了下氣，說的也是！

政：眼見一個最寶貝、最心疼的孫兒，被打得死去活來，氣竭聲嘶，體無完膚……

記：當然怒不可遏！

政：「……我倒有話要『吩咐』，我這一生沒有養個好兒子，卻叫我跟誰去說呢？」她厲聲的叱道。

記：做兒子的管他的兒子，也是為了光宗耀祖，老太太這話帶著刺兒。

政：「你教訓兒子是光宗耀祖，當日你父親怎麼不也『光耀祖宗』一番。」她像連珠炮似的，往我的傷處迎頭痛擊。

記：這下您的臉往那兒擱呵！從此，您還能不能管教您的孩子們？您還是榮國府的樣板招牌嗎？

五、老人十拗

政：這就是老人的第一拗……

記：噓！小聲點。趁這個沒人的節骨眼，您乾脆把剩下的「九拗」全告訴我……

政：幹嘛！您又要去大作文章，賺取稿費；別忘了，版權所有，轉錄、傳話，照樣付費。

記：好啦，好啦！趕明兒我請您吃「王品」牛排或是「西堤」牛排就是了！老哥哥有所不知，我家也有老人，一年見不到兩次面，劈頭夾腦的罵個不休……

政：據醫學報告，任何人年過六十，腦細胞快速地死亡，以至於腦中所剩的「記憶細胞」，急速的、不規則的游動，往往在前一刻還有說有笑，後一刻就像「川劇」一樣的變臉，罵個不休……

記：我才不管那些醫學報告；醫生嘛就像教授一樣，成天地製造一些危言聳聽的「理論」嚇唬別人，贏得權威……

政：我只聽說教授又名「叫獸」或「教瘦」的，才會三不五時以「唬人為快樂之本」。

記：怎麼稱呼人教瘦、叫獸的，多難聽啊，多不禮貌！

政：那種七、八十歲的人，全身剩下皮包骨，還獨霸杏壇，喋喋不休，既不能「語不驚人死不休」，又祇剩下一口只出不進的氣息；您說不叫他「教瘦」叫什麼來著？

記：那什麼樣的才是「叫獸」？

政：像您這種，在五、六個學校排課，今天基隆、明天中壢，後天苗栗的，每個地方吼上半天（四小時）的，還齜牙咧嘴地到處罵人——罵學生、罵總統的，不叫「叫獸」叫什麼？

記：據說最近又出現一種「交獸」！

政：那不是更難聽。

記：她在網路上公開地教人家與「野獸性交」，所以才被叫「交獸」。

政：噁心死了！「黃」死了！

記：誒！她真的姓黃吔，不但是中×大學的「交獸」，而且還是總統府的「黃」國策顧問！

政：真是「怪事年年有，今年特別多」，我們也只好見怪不怪了。不

過我還是比較喜歡醫生，他們比較守本分，至少不像教授那樣「曉擺」。

記：那兒的話，我家就有兩個醫生，尤其那個心理師，不到三十歲，出了一本胡言亂語的書，竟然在一個月內就二刷突破六千冊……

政：您還敢笑我，您比我還沒路用，竟然吃起兒子的醋來了！真是心頭又喜又妒……

記：我出了將近十本書，總共也刷不了六千冊……

政：願天下為父者，同聲一哭！

記：哭什麼？

政：哭「時不利兮，電腦不動兮」！

六、老人十一拗‧拗中拗

記：拜託，請不要模糊焦點，趕快把其餘的「九拗」告訴我。

政：第二拗：「大事不問問瑣事。」

記：對！我家樓下八十多歲的老頭兒，經常向我告狀，說是鄰家的九重葛攀延到我家來了，要我去抗議……而且說要是我不想抗議，他願意代我抗爭。

政：說實在的，姹紫嫣紅的花兒，跑到您家來怒放，您應該感到高興才對。

記：別人種花我賞花，天下之至樂也！

政：還好您家沒養狗，不然母狗跑出去跟人家的公狗「親熱」，他也要管。

記：說的也是，他可能要告那公狗「性侵害」呢！那第三拗呢？

政：「不記近事記遠事！」

記：對極了！而且還整天地「碎碎念」；每提「當年勇」，總說重覆事。有如語言學習機般，將瑣事、塵年往事，反覆陳述。

政：第四拗是：「不能近視而遠視！」

記：老花眼就是一種遠視眼，近處反而看不到，這也足以證明老人們經驗豐富，能高瞻遠矚。

政：第五拗是：「哭無淚，笑有淚！」

記：他患了乾眼症，特別在笑的時候會放鬆淚管，用以濕潤眼球的滾動；哭的時候，緊繃淚管，反而無淚可流。

政：第六拗是：「不肯坐，多好行。」

記：老人膝關節硬化，不良於行；可是坐久了，循環不良，容易麻痺，反而喜歡到處走動，尤其是人多的地方。

政：第七拗是：「暖不出，寒即出。」

記：天熱時一動就流汗，懶得走動，顯得懶洋洋的；天冷時，愈坐愈冷，起來走動走動，這是老人唯一的運動。

政：第八拗是：「少飲酒，多飲茶。」

記：老人因循環系統的阻礙，一喝烈酒牙床就浮腫，頭上長疱，眼角膜紅腫；反之，茶中有單寧酸、維他命C、E等，有助於健康。

政：第九拗：「不肯吃軟要吃硬。」

記：照理老人往往「齒牙動搖、而脫落……」，吃軟的才有助於消化，怎麼反而喜歡吃硬的呢？

政：老人往往有牙周病，牙齦常常發脹，有時發脹得難受。

記：難怪每在餐後，死命地用牙籤戳、挑、剔的……

政：喜歡吃花生、核桃、棗乾……之類的乾果，擠壓牙齦。

記：那第十拗呢？

政：「夜不睡，而日睡。」

記：怎麼會這樣子呢？

政：其實他並不是「夜不睡」，只是他的持續睡眠只有三到五小時，他若不是睡前半夜（九點到三點），就是睡後半夜（一點到五點）；所以，您總感覺到他「夜不睡」。又由於他的脊椎軟骨退化，他也不能坐立過久，隨時隨處都得躺下休息。

記：看電視（影）時，一開播就睡，播得愈大聲，睡得愈沉，聲響一停立刻就醒。怪了，屢試不爽！

政：要不聲響成了他腦細胞的催眠曲。

記：剛才說老人有十一拗，那是拗中拗，是真的嗎？

政：「不疼兒子，疼女婿！」

記：這也難怪，本來嘛！「丈母娘看女婿，愈看愈有趣，老丈人看女婿，愈看愈有出息！」

政：兒子嘛！是天生注定的，無可挽回；女婿嘛！是挑選來的，自是比較合乎意中。

記：這點日本人最行，他們都把事業給女婿繼承，而不讓兒子傳承，政壇更是如此！

政：舉例說明看看！

記：像岸信介，用田中角榮等。

政：中國人雖會挑狀元郎為「駙馬爺」，但卻不把江山傳給他。

紅樓夢中・大眾情人

〜賈寶玉訪問記〜

話說水神共工氏和火神祝融氏，由於「水火不相容」，發生空前的惡鬥。共工不敵，以其銅頭鐵額朝著「不周山」撞去，這不周山原是一根撐天的柱子，因而半邊天塌了下來。只見山崩地裂，熊熊火焰與滔滔波浪交相肆虐，整個地球頃刻間成了水深火熱、驚心動魄的恐怖世界。

卻說那女媧氏悲天憫人，誓言要修復這個宇宙，從事煉石補天大業。於大荒山無稽崖下，煉成高十二丈（三十六公尺），長二十四丈（七十二公尺）見方的頑石三萬六千五百零一塊。結果，媧皇只用了三萬六千五百塊的石頭補天，單單剩下一塊未用，棄置在青埂峰下，自艾、自怨、自歎於廣漠之野，長青之谷……

這女媧氏留下的最後一塊頑石，經過千萬年來的日就月將、火

炙水潤的長久鍛鍊，不僅通解神靈，出奇地溫柔熱烈，成為一塊「通靈寶玉」，轉世投胎至榮國府裡；但卻又頑石不點頭，本性難移，被稱為「孽根禍胎、混世魔王」。

賈寶玉是曹雪芹先生在《紅樓夢》中塑造成的男主角。他是賈府上下的命根子，是眾多女子愛戀故事的核心，也是人生哲學的說教者。「集三千寵愛於一身」的寶玉，他長相俊美、聰明伶俐、風流瀟灑，在大觀園中是「天之驕子」。他要啥有啥，無不呼之即來，揮之即去。

他大可以克勤克儉地秉承著仕宦的傳統，做個封建家業的守成者；他也大可以花天酒地、胡作非為地做個醉生夢死的富家紈袴子弟；他更可以奮發有為，在中舉第七名之後，爭取「三冠王」再考進士、中狀元，一光「紅樓」的門楣。

結果，他什麼都做了，卻也什麼都做得不夠徹底；他看似什麼都有，卻也什麼都沒有。他內心深處的叛逆思想和脫俗行為，成為世俗不容的「乖張心性」和「偏僻行為」；他與生俱來的民主思想與平等觀念，反映出他人生真、善、美的另一面。

他無所施展其才，只好做個「女兒國」的「大統領」。他對女人個個喜歡、處處留情，使得眾女娃兒人人以為獨蒙青睞，常作「麻雀變鳳凰」非分之想。寶玉在大觀園中，固然對黛玉情獨有鍾；但他也絕不放過薛寶釵、史湘雲，甚而對薛寶琴也都輸誠示愛，深情款款；至於對襲人、晴雯、麝月、秋紋、芳官、紫鵑、雪雁、金釧、玉釧兒……等丫嬛，不是軟語細言央求要吃她們嘴唇上的胭脂（那就是kiss的代名詞）；還要偷舔她們的粉頸；要不就是想為她們梳頭篦髮的，表現出他無比的「泛愛」與關懷，使得大觀園有如一只大醋缸，弄得醋味薰天，雞飛狗跳。要是他知道尤三姐對他也有意思的話；那麼，他很可能與賈珍、賈蓉、賈璉四個人一起「渾水摸魚」去也——玩5P性遊戲。

結果，大觀園成了愛情追逐戰下的「殺戮戰場」；金釧兒為他投井而死；晴雯為他被逐出園外，含恨而絕；尼姑妙玉為他「留得三千煩惱絲，心繫一點玉」，常作非分之想；芳官為他剪斷青絲遁入空門與青燈為伴；黛玉為他孤獨絕望而歿；尤三姐也因「愛屋及烏」，遭柳二郎退婚而自剄……

寶玉啊，寶玉！您不只是個愛情浪蕩子，還是個十足的「愛情騙子」——雖不是有意，卻是有「心」的！

在「逆子與嚴父」、在「真情（對黛玉）、至愛（對晴雯）」與「金玉姻緣」（對寶釵）的矛盾衝突中；最後，您竟然看破紅塵，落跑出家當了和尚。留下守活寡的薛寶釵、留下了錯愕的眾家人、留下了淚眼滿眶的眾姑娘……

寶玉之「逃」，是出於對現實人生的厭倦？是有感於「相識滿天下，相知無一人」的無奈？還是不堪人間的孤獨悲憫？或是他要還我本來面目，回到青梗山下……

一、三生石畔．神瑛侍者

記：寶哥，您好！最近做何消遣？

寶：處在這個封建大家庭裡，上有老奶奶、老爹爹、王夫人，旁有鳳姐辣子，外加眾多的三姑六婆、美婢嬌妾，我還能做什麼？

記：整日裡在脂粉堆裡打滾，您爸爸又要罵您沒出息了！

寶：沒辦法啊，整個大觀園像是個女人國，充塞著各色各樣的美女，而男子卻沒有幾個！

記：不是娘娘腔的，就是同性戀的，要不就像豺狼虎豹似的，好像從來沒見過女人似的「戀女狂」——像賈瑞那個色樣子。

寶：所以我說嘛！女兒是水做的骨肉，男人是泥做的骨肉；我見了女兒便覺清爽，見了男人便覺臭濁逼人！

記：寶哥！每次讀《紅樓夢》，總覺得您是全天下最有福分的人！

寶：怎麼說？

記：您長相俊美，氣色紅潤，濃眉如畫，一雙眼睛如秋日潭水一般的嫵媚，外加頭腦聰明伶俐，舉止瀟脫。您是榮國府的貴公子。大家像「眾星拱月」般的護著您！

寶：是嗎？

記：您過著錦衣玉食的物質生活，享著嬌妻美妾的精神生活；您未經「十年寒窗」的苦讀，就輕易的「中舉」第七名……您說這是那一輩子修來的福分？真可說是「集三千寵愛於一身」！

寶：我原本是女媧氏煉石補天時，遺留下的一塊寶石，後來化身為神瑛的侍者。由於懷才不遇，未能補天，在閒暇時用甘露救活了絳珠草，絳

珠和神瑛為了報償我灌溉之恩與服侍之惠，於是我口含「通靈寶玉」，下凡到人間。

記：您原是天上無緣補天的一塊寶石，下凡造歷幻緣，化為眾女兒家的多情種子，降生於榮國賈府的鶯鶯燕燕之中。

寶：我姓賈名寶玉，別號絳洞花主；「怡紅公子」是我的筆名，出家後被封贈文妙真人。

記：你們寧國與榮國兩府，計有男丁二百三十二人，女口一百八十九人，總計四百二十一人；一下子莫不把個初讀《紅樓夢》的人，弄得「霧煞煞」。您可不可以藉這個難得的機會，把寧榮兩府的輪廓描述一下？

寶：話說當日寧國公是一母同胞兄弟倆。寧公賈演居長，生有兩個兒子；榮公賈法行次……

記：這「公」是如何來的？

寶：公乃前清封建時代，公、侯、伯、子、男五等封爵之首。話說當年隨皇叔多爾袞入關東征西討，立下了汗馬功勞的有所謂的「四大金剛」，他們的後代分別被封為：鎮國、理國公，齊國、治國公，繕國、修國公，寧國、榮國公。

記：就像老蔣時代有所謂馮、閻、李、張等四大集團軍司令*；小蔣時代更有宋、李、王、江、潘、胡……等「八大護法」**般的「眾星」拱著月。

寶：這「國公」乃食邑三千戶、「從一品」的大官。他們的府第，分別坐落於京城郊外，都是皇家敕造的。在街東是長房寧府，街西的是二房榮府。

記：哦！

寶：寧公死後，長子賈代化襲了官爵，也養了兩個兒子。長子賈敷早死，次子賈敬自然襲其父爵。他只一味兒好「道」，只愛燒丹煉汞的，餘者一概不放在他心上；幸而早年留下一個兒子，叫賈珍，賈珍的兒子是賈蓉，才十六歲……

記：那榮國府呢？

寶：榮公賈法死後，長子賈代善襲了官，娶的是金陵世家史侯的小姐為妻（即賈母史太君），生了兩個兒子：長名賈赦襲了官爵，為人平靜中和，不理家事；次子賈政自幼酷愛讀書，為人端方正直，原立志以科甲出身，不料代善公臨終時，遺奏一上，皇上賜恩賈政為工部主事員外郎。

記：寶哥！您在榮府居於何種角色？

二、降生榮國府・錦衣玉食

寶：我乃賈政與王夫人之次子，賈母之孫，鳳姐的小叔子……

記：這麼說！賈元春是您胞姊，賈珠是您胞兄？

寶：元春被選入宮，得皇上寵幸，封為鳳藻宮尚書賢德妃。

記：原來您家是皇親國戚外加開國舊勳，無怪乎財大、勢大，真可遮蔭半邊天；您的胞兄賈珠呢？

寶：幼極聰慧，以善哭而得「珠」名；十四歲進學，娶妻李紈，生子賈蘭，不到二十歲，一病就死了。

記：那賈探春與賈環呢？

寶：他們是我父與侍妾趙姨娘之子與女。

記：他倆是您同父異母姊弟。這麼說來，您是榮國府的嫡傳子——唯一的命根子。

寶：就「表象」看，我可以說是《紅樓夢》中三大權威之一。

記：怎麼說呢？

寶：第一權威是賈母——代表「偶像」，有如英國女王伊麗莎白二世；第二權威代表「權力」，是王熙鳳，有如首相柴契爾夫人；第三權威便是我，代表榮府一脈相傳的「血脈」，有如皇家命根子——查理王子；但就「裡象」言，我什麼都不是，我一無所有，我一無所用。

記：你們這三個領導中心，是否各擁實力，各有依憑，也都「一榮俱榮」、「一損俱損」？

寶：說的也是，賈母史太君是襲「忠靖侯」史鼎之姨母，乃金陵賈、史、王、薛四大家族的核心人物，所依憑的是我父賈政這個工部員外郎、皇親國戚之勢；京營節度使王子騰之妹的王夫人——有權；與也是王子騰之妹，嫁予財力雄厚薛家的薛姨媽。

記：這是個「鐵三角」；那麼鳳姐兒呢？

寶：她是榮府的首相兼財政部長，府中上上下下、裡裡外外，兩、三百人，只要牽涉到錢的事兒，她都管得到，任何人也不能跟她分庭抗禮。

記：說的也是！不過她的權力源頭，必須依憑賈母的支持並運用您這張王牌，才得暢行無阻。

三、眾香國裡．眾星拱月

寶：至於我呢？我掌握的是眾香國——從小姐到丫嬛，甚而姪媳婦秦可卿，都是我眾香國中的一員。

記：您在榮府中唯一的任務，是「創造宇宙繼起之生命」——傳宗接代。

寶：我的妻子是薛寶釵，她懷了我的孩子。

記：那林黛玉、史湘雲與薛寶琴呢？

寶：黛玉是「花的精魂，詩的化身」；她的美、她的病、她的淚；加上她的慧（心機），無不令我醉倒，她是我永遠的戀人。她為愛我而生，為愛我而死。

記：湘雲呢？有人說：「寶玉是鬚眉而巾幗，湘雲是巾幗而鬚眉。」你們兩個是絕配！

寶：她才是我理想中的寶二奶。可是她已經經人「相親」，眼見是有婆家的人。她是我精神上永遠的情人。

記：寶琴呢？

寶：她是寶釵的堂妹。光說寶釵就是個絕色美人兒，如今見到寶琴，我竟然一下子形容不出來了，她美得、嫩得像顆水葱兒似的；加上她詩才敏捷，五湖四海識多見廣，我都不知道世間有多少精華靈秀，才能生出這個美人來！

記：您是個「泛愛主義」者，見一個愛一個，您又愛上她了？

寶：她是我的神仙伴侶，焉得不愛？連老太太見了，立刻叫王夫人認作乾女兒，把一件珍貴稀世的鳧靨裘裡的外套，讓她穿上，這份大禮，連身為老太太金孫的我，都沒得享受過。

記：我看您不祇泛愛而已，根本是個「性解放論者」！說說看，在大觀園裡，您跟多少人發生過「性關係」與「性遊戲」？

寶：寶釵是我太太當然沒話說！

記：那個襲人、晴雯、碧痕與金釧兒；還有芳官、麝月與柳五兒……

寶：也只有這八個人而已！

記：八個而已？那個秦可卿——您的姪媳婦，竟然在她閨房內於夢境中，對她「意淫」一番。

寶：那究竟只是個夢而已，算不得真！

記：日有所思，夜才有所夢！懂嗎？還有黛玉那個叫紫鵑的丫嬛。

寶：黛玉死後，賈母把她撥在我房中服侍我。

記：您都還想對她「愛屋及烏」一番！

寶：我可沒有對她越分！

記：那是她「死忠」於黛玉，根本不想搭理您，最後她不是隨著惜春在櫳翠庵，過著青燈黃葉的修行日子。

寶：這樣說我，其實「你不了解我」！

四、與妙玉之愛．口難開

記：還有那個在「櫳翠庵」修行的尼姑——妙玉，您也去撩撥她的春心。

寶：她本是蘇州人氏，祖上也是讀書仕宦人家，文墨極通，經典也極熟，模樣又極好！

記：幹嘛想不開要出家？

寶：自幼多病，雖然買了許多替身都不管用，入了空門，方才好了。

記：她怎麼好死不死的，跑到大觀園去蹚愛情的渾水呢？

寶：她原在西門外牟尼院修行，她師父圓寂時，留下遺言說她不宜回鄉，在此靜候自有結果！

記：什麼結果？

寶：有次，王夫人聽了林之孝說了她的情形，就著人下了請帖請她搬了進來，住在大觀園櫳翠庵中……

記：怎麼會去惹到她呢？人家說：「惹熊，惹虎，嘸通去惹著恰查某。」怎麼還去惹個尼姑呢？您去惹個尼姑幹嘛？

寶：有天，我到「蓼風軒」探望我堂妹惜春。她正與妙玉在下棋……

記：方外人士不在廟裡念經，反到外邊來下棋，走馬、架炮、回象的，大大的廝殺一番。

寶：所以我才向之施禮，問道：「妙公輕易不出禪關，今日何緣下凡一走？」

記：這麼唐突一問，她自然低頭臉紅，無言以對！

寶：我自覺造次，連忙陪上笑臉：「出家人心是靜的，靜則靈，靈則慧……」我只好自我解嘲一番！

記：總算把難看的局面應付過去了！

寶：那曉得，她微微一怔，抬頭瞪我一眼；又低下頭去，臉上再度紅暈起來；起身理衣，再度坐下，癡癡地問我：「你從何處來？」

記：這下該你不知所措，臉紅了！

寶：我真不知道該怎麼回答。

記：就像我在國外旅行的時候，老外常問我Where are you from? 一樣的尷尬！我真不知該怎麼回答，From Taiwan? From China? From Hilton Hotel? 一樣的莫名其妙。

寶：就是了！害得我臉紅不能回答，因為我不知道她問的是什麼弦外之音？

記：您一定被她的一頭秀髮迷惑住了！您不會回說：「從來處來，往去處去！」反正大家禪來禪去一番，打個啞謎又何妨？

寶：接著，我生日那天，她還寫了個生日卡給我。

記：卡中有寫字嗎？還是「無字天書」讓你猜？

寶：卡片上寫著：「檻內人遙祝芳辰！」

記：挑逗的字眼，使您受寵若驚！

寶：少冤枉人了，我除了寫個「檻外人」的謝帖，親自送到「櫳翠庵」，塞在門縫中……我不但不敢見她的面；而且我發誓：我連她的一根毫毛都沒有碰觸過！

記：什麼「檻內人」、「檻外人」的，分明是瓜田李下之嫌，引人十分遐思，這「意淫」比之體膚的碰觸，更令人想入非非。

寶：不然您叫我怎麼辦？

記：她為何要帶髮修行，而且還走火入魔害了相思病？

五、愛人無罪・相思又何妨？

寶：這我怎麼知道？

記：還說呢？還不是您那「面若中秋之月，色如春曉之花」；外加「睛若秋波，雖怒時而似笑，即瞋視而有情」的嘻皮笑臉，觸動了她久蘊於內心深處的情思，一下如萬馬之奔騰，潰裂而出。不要說「櫳翠庵」關不住，縱有千年「鐵門檻」，也關不住她那顆鮮紅活跳的「春心」！

寶：相思何辜，愛人有罪嗎？

記：還有她的法號叫「妙玉」，跟「寶玉」又有什麼「暗通款曲」之意？

寶：這！這！這……

記：沒話說了罷？還有，那次老太太帶著劉姥姥逛「大觀園」，也逛到「櫳翠庵」……妙玉暗邀寶釵、黛玉兩個情敵，闢室另喝好茶，您又為什麼跟進，記住！您是男生吔！在尼姑庵中和尼姑對啜！

寶：好了！那次算我「雞婆」就是了。

記：三位客人，其待遇各有差別，旁觀者無人不起「雞皮疙瘩」的。

寶：有嗎？

記：寶釵、黛玉的茶杯乃精緻精品；妙玉竟把自用的「馬克杯」給您用；而劉姥姥用過的杯子，她卻嫌髒、嫌臭，要扔掉。潔癖、孤癖如此的妙玉，竟然能和您唇對唇的共用一個杯子。搞不好，這個杯子，她再也捨不得洗了！

寶：唉！「欲潔何曾潔，云空未必空；可憐金玉質，終陷淖泥中。」我只能說她是我的「方外知音」而已。

記：氣質美如蘭，才華勝過仙。她在大觀園中好似白玉遭蠅污，又何須您這多情公子嘆無緣，寶哥！饒了她罷！

寶：好一朵雨打梨花，飄落塵埃，化作春泥一灘！

記：您根本是個「亂情主義」者。

寶：這樣說我，實有失厚道。孔子說：「泛愛眾，而親仁；行有餘力，則以學文。」《紅樓夢》中的人物，男的多數是糊塗蟲、是混蛋人；女的全是可憐、可愛人。我多愛她們一些有何不可？

記：結果呢？愛之，適足以害之！

寶：其實我是由「愛泛」而「愛一」。

記：怎麼說？

寶：我和黛玉是「雙玉」，有著「生死不渝」的「木石前盟」。黛玉以「愛一」而終；而我也以「愛一」而逝（出家）。男未婚，女未字，我們相愛有罪嗎？

六、金釧之嬉．投井自盡

記：那金釧兒之死，又是怎麼回事兒？

寶：她與玉釧兒兩人，是我媽王夫人的丫嬛。我常到我媽房裡請安，所以就跟她姊兒倆很熟悉……

記：很熟悉？就可以亂搞人家女孩子了。

寶：她有點三八兮兮的，常常跟她調笑慣了；有時我反被弄得啼笑皆非，欲進不得，欲退也不能。

記：「代誌按狀誒安呢？」

寶：有天午後，夏日炎炎，熱得渾身慵懶、昏沉，人們都在午憩中，尋他們的清涼夢去了！

記：這時刻「眾人皆睡我獨醒」，覺得分外無聊、無趣。

寶：我信步走到媽姆的上房中，母親在裡間涼席上睡著了，正在拈線穿針的丫頭們，眼皮好似也被縫住了似的，腦袋瓜兒也都或上或下、或左或右的搖晃著……

記：「夏日炎炎正好眠！」誰說不是呢？

寶：那三八又調皮的金釧兒在一旁替母親捶腿；眼睫毛長長的垂著，一雙眸子眨呀眨的沉醉在似睡非睡、要醒不醒之間，煞是好看！

記：又起惡作劇的心眼兒了！

寶：我輕輕的走過去，把她耳上戴的墜子輕輕一撥，附著她耳朵說：「就睏得這個樣子？」

記：金釧兒一驚，猛一睜眼……

寶：抿嘴一笑，擺手要我走開，又闔上眼，繼續打盹。

記：欲眠未眠，似醒非醒，香唇欲銜未銜，最是美人春睡圖，最能引起男人們的遐思遠想……

寶：天氣好熱，悄悄的探頭看王夫人正合著眼，我從荷包裡掏出一顆「香雪潤津丹」，往金釧兒口中一送。

記：金釧兒並不睜眼，只管含著……

寶：我趁勢拉著她的手，悄悄地說：「我向太太討了你過來，咱們可以在一處，可好？等太太醒來，我就這麼跟她說去！」

記：金釧兒豈不高興死了？

寶：她睜開雙眼，滿是嗔笑推了我一把說：「急什麼？沒聽過『金簪掉在井裡，有你的只是有你的』？」

記：什麼意思？

寶：這個都不明白？我和金釧兒就如同賈環和彩雲一樣的相好……早有先例在了。

記：結果呢？您真的把她弄到怡紅院去了！

寶：原來我娘並未睡著，聽了金釧兒的話，在憤怒中翻身而起，朝金

釧兒的臉上揮了一記耳光，破口大罵道：「無恥下流的小娼婦……」

記：闖了大禍了！

寶：我一溜煙的跑了！

記：您這個登徒子。以為三十六計走為上策，就沒事了。

寶：王夫人叫金釧兒的妹妹玉釧來，要她們的母親來，把個金釧兒領走，不許這個所謂的「狐狸精」為害大家。

記：令堂一向好靜，念佛、吃齋，少管閒事的，怎麼對這件事卻格外認真起來！

寶：她屋裡的東西被彩雲偷偷拿去給賈環，她還能忍受；至於有人要「偷」她的心上肉「寶玉」的話，她可是恨得咬牙切齒，恨不得趕盡殺絕。

記：儘管金釧兒跪著，淚眼婆娑的苦苦哀求，也沒有商量的餘地。

寶：金釧的一顆純純的愛心，被羞辱得傷痕累累地攆出了賈府，最後投井自盡了。

記：言者無心，聽者有意，就這樣斷送了一條年輕寶貴生命。

寶：我茫然！我自責！傷慟之餘，也只能在王夫人面前呆坐、垂淚、痛心……

記：誰說您是大觀園中的情聖？還是個浪蕩子！或是個不負責的輕薄人！

七、晴雯是個忘不了的心頭痛

記：那晴雯的死，又是怎麼回事？

寶：晴雯是我怡紅院的四大丫嬛之一。

記：是那四大丫嬛？

寶：襲人、麝月、秋紋與晴雯。

記：其中您最喜歡、最疼惜的是誰？

寶：是晴雯。

記：怎麼不是襲人呢？

寶：襲人最懂人情世故，也最會察言觀色，體貼人。

記：她能「體貼」到您心中的「性」趣，與您偷嘗「禁果」，共享「雲雨」。

寶：我不喜歡那種百依百順的女孩子——像塊「麻薯」，好像立不起

來似的。

記：可是她在另一方面可特有心機。

寶：在這場「姨娘」的爭奪戰中，她極盡其或明、或暗的挑撥能事，把晴雯攆出大觀園，使之鬱、卒、病、死；等我和寶釵結婚後，她又進讒言於寶釵，教麝月和秋紋都不用在我近身服侍。

記：她是個「政戰老手」，把身邊的敵人一個個鬥倒。

寶：她連黛玉都不放過！

記：怎麼說呢？

寶：我和黛玉愛在心頭口難開，這看在襲人眼裡最為清楚；可是她卻不從中牽線，湊合一番；而且也不把我倆相愛的「嚴重性」稟報賈母和王夫人。

記：就這一點來說，她實有虧於「政戰人員」的職守，怎麼會這樣呢？

寶：由於她跟我的「關係」最密切，她二姨娘的身分已得到賈母、王夫人、鳳姐兒一竿子人的默許……

記：她自做她的二姨娘，人家做人家的二奶，干她個屁事？

寶：這您就不知道了。黛玉處世晦澀、待人疑忌，加上言語尖刻，是個任情使性子的人，很難相處；而寶釵則是舉止嫻雅，行為豁達，安分隨時，是個很好相處的人。

記：所以，她衷心的希望寶釵能成為您的夫人，而不希望黛玉……

寶：答對了！

記：最後她不也忠於職守，把您和黛玉的「狀況」向上級反映了！

寶：人家都已決定以「寶釵」作為沖喜的犧牲品，她才來報告有個屁用；為德不卒的鳳姐，又來個「掉包」欺敵，有如火上加油。

記：這襲人真是個「政戰油條」，您不能以「有虧職守」來辦她，她是很懂得善於「保護自己」。

寶：其實我最理想的搭配是：黛玉做我的二奶奶，晴雯做我的二姨娘。

記：為什麼這麼喜歡晴雯？

寶：水蛇腰，削肩膀，眉眼又有些像林妹妹……

記：也就是說晴雯是黛玉的分身，您讓她做姨娘，等於娶了兩個林姑娘。

寶：她倆的外貌、形態相像；甚至可說，晴雯比黛玉更標致，更具有少女天真活潑、魂飛神馳的風韻和魅力……

記：只有這些「表象」？她的「裡象」如何？

寶：她雖身為奴婢，卻心直口快，有骨氣，有膽識，不趨炎，不附勢，更不媚俗；勇於維護人的尊嚴，敢於表現自己的個性……

記：她的純真、她的可愛，比賈府裡許多假面具的老爺、太太、少爺、小姐們，要來得高尚多了。

寶：可是「嶢嶢者易折，皎皎者易污」。最長的一枝草往往最先被砍……

記：最大的番茄也是先被摘的。晴雯她不懂「老二哲學」的真諦。

寶：我幾次邀她共浴，要替她篦頭梳髮，要吃她的口紅、粉頸，她都拒絕；想搗她一下她那好冷的小手，都難得逞。

記：其實您最欣賞她了，而她也對您照顧體貼，忠貞不二。

寶：從她生氣「撕扇」發洩，到重病中勉力為我「補裘」，就知道她是深深愛我的。

記：她要光明磊落的愛情，卻不肯偷偷摸摸的走私！

寶：最後她因得罪人太多，而被王夫人趕出大觀園……

記：您在現場，為什麼見死不救？

寶：您以為我是哪顆蔥？我是賈府裡最沒有聲音、最沒有發言權的人——小到連個小奴才都不如！

記：您是全天下最沒有用的男人！

寶：晴雯臨終時，我偷著去看她，她說：「我已知橫豎活不過三五日的光景……只是一件，我死也不甘心；我雖生得比別人略好些，並沒有私情蜜意勾引你怎樣，如何他們一口咬定我是個狐狸精！我不服氣。今日既已擔了虛名，不是我說一句後悔的話，早知如此，我當日也就……」

記：「敢ㄟ郎先做嬤！」像襲人那樣先馳得點，占了壘包再說。

寶：晴雯是枝出污泥而不染的蓮花。

記：人說世間最重的債，是感情的債，寶玉！即使您粉身碎骨，也還不了這一連串的「感情的債」！

寶：我該死！我沒路用！我該下十九層地獄！

記：寶哥！您省省罷，您是頭號「少女殺手」，下二十層都不足為懲！

*：蔣自任第一集團軍，馮玉祥㈡；閻錫山㈢；李宗仁㈣；以及東北邊防軍令長官張學良。

**：宋時選、李煥、王昇、江國棟、潘振球、胡軌……等。

金童玉女・兩小無猜

～林黛玉看大觀園～

林黛玉是《紅樓夢》中第一美人。她是賈母史太君的掌上明珠賈敏的女兒。她是賈母的唯一外孫女，也是賈寶玉的表妹。她生得兩彎似蹙非蹙籠煙眉，一雙似喜非喜含情目，態生兩靨之愁，嬌襲一身之病。淚光點點，嬌喘微微。閒靜似嬌花照水，行動如弱柳扶風。心較比干多一竅，病如西子勝三分……屬於飛燕型女子。

如果說，《紅樓夢》是一部介於「二寶雙玉」（寶玉、寶釵、黛玉）之間的「三角戀愛鬥爭史」，那麼雪芹筆下第一美人林黛玉是如何敗下陣來的？讓我們一訪林黛玉小姐，講個清楚，說個明白。

一、四代侯爵・家道中衰

記：黛玉小姐，您是曹雪芹筆下第一美女。今天有幸，得見廬山真面目，請簡單的自我介紹一下，以饗廣大熱情的讀者們。

黛：我姓林名黛玉字顰卿，別號瀟湘妃子，原籍姑蘇……

記：「月落烏啼霜滿天，江楓漁火對愁眠；姑蘇城外寒山寺，夜半鐘聲到客船。」一想到張繼這首〈楓橋夜泊〉七言絕句，便覺得那裡真是人間仙境。

黛：月明、水清、山媚、楓紅、霜白、鴉烏，別是一番清新……

記：再加上個「天下第一標致的蘇州美人兒（王熙鳳語）」，可就美不勝收了。對了，人說：「玉潔冰清」，已夠美了，為何令尊給您取名為黛玉呢？

黛：黛者，青黑色也，白玉固然美，黛玉更稀奇、可貴而深沉。正是「美目揚玉澤，蛾眉象翠翰」（陸機〈日出東南隅行〉）。

記：您那眉宇間所表露的怨愁，正可以「黛怨」二字來形容。正是「黛怨紅羞掩映，畫堂春欲暮」，襯托出您面靨之態。「顰卿」這個字，是誰給取的？

黛：寶哥初次和我見面時，見我「眉尖若蹙」……

記：正是「兩彎似蹙非蹙籠煙眉，一雙似喜非喜含情目，態生兩靨之愁……」。

黛：寶哥就送了我一個「顰顰」的外號；我就順水推舟，以「顰卿」為字了。

記：為什麼又別號「瀟湘妃子」？

黛：我進大觀園時，住在翠竹扶疏的瀟湘館，因而自號「瀟湘妃子」。

記：您怎麼會住進大觀園？跟賈府又有什麼關係？

黛：我的父親叫林如海，科第出身，任官蘭台寺大夫、揚州巡鹽御史。

記：揚州巡鹽御史也是個肥官，氣派自然不小。

黛：但與我祖上曾襲過「列侯四代」來比，卻又俗傖多了。

記：通常世襲只到三代為止，這就是台諺所謂「好業沒三代」的由來；你們家為什麼能襲爵第四代呢？

黛：因皇上額外加恩，致使我祖父時，又襲了一代。

記：可見你們家世先前頗為顯赫，到了父親這一代，只落得「書香門第」之空銜罷了。

黛：我母賈敏乃賈母史太君之女……

記：換句話說，她是賈赦（賈母長子）、賈政（賈母次子）之妹。您是賈母之外孫女，賈政的外甥女。

黛：我是寶玉的表妹。六歲時死了母親，與父親相依為命了五年。外婆看我既無母親又無姊妹，孤苦伶仃一個人，乏人照顧，派人接我進大觀園……

記：您爹會捨得您這顆精心調教的掌上明珠遠離他？

黛：我爸心想自己年已半百，身子已大不如前；加之我又三天兩頭的生病，不如送到金陵府，依附財大、勢大的賈府外婆家，不但有個照應，也了卻後顧之憂。

記：對大戶人家來說，多個人只是添雙碗筷而已。

黛：那年殘冬，我帶著雪雁小丫頭隨了奶娘王嬤嬤以及榮府中派來的幾個老嬤嬤們，坐船往金陵外婆家；我的老師賈雨村也雇了一條小船，帶著兩個書童，附舟而行。

記：您的老師跟著您去金陵幹嘛？

黛：我父為報答老師六年多來對我的教誨之恩，特地把他推薦給我的二舅賈政，讓二舅給他謀個差使。

記：您二舅不過是個「工部員外郎」而已，有這麼大的能耐嗎？

黛：別忘了他的長女元春，因為賢孝才德選入宮中任「女史」，加封「賢德妃」。

記：乖乖隆的咚，她是皇上寵幸的妃子，這下她父親是皇上的國丈老爺了，自是另當別論了。

黛：讓我塾師到金陵應天府回任縣太爺。

二、投身大觀・體察入微

記：您從未回過外婆家？

黛：自幼常聽母親說，外祖家與別家不同……

記：怎麼個不同法？

黛：他們家大、業大，人多、勢眾，合計三、四百口人家……

記：那您得步步留心，時時在意！

黛：家父臨行交代我：「不要多說一句話，不可多行一步路。」就是了。

記：可用「戰戰兢兢，如臨深淵，如履薄冰」來形容了。

黛：當我棄舟登岸時，便有榮府打發轎子並拉著行李車伺候著。來到金陵，逼近府第，首先映入眼簾的是坐北朝南蹲著威風凜凜的「一對大石獅子」，三間「獸頭大門」，正門匾上大書「敕造寧國府」……門前或站著、或列坐著十來個華冠麗服之人。

記：他們有的是警衛、有的是傳達、有的是保全人員……

黛：想來或許是的。

記：這就是您外祖母家？

黛：不！那是街東長房寧國公賈代化的府第；我要去的是街西二房榮國公賈代善的府第。

記：兩個府第，一樣的氣派，一樣的是皇家敕造的。

黛：我轉過正門，由西門而進……又走了好一會兒……

記：您怎麼不從正門進？

黛：正門三扇獸頭鐵框巨門、三尺高檻，平常日子是不輕易開啟的，除非是逢慶典、高官巨宦蒞臨才開的。

記：這真是所謂「侯門深似海」，連自家親人、客人都得走邊門、後門、偏門、窄門……

黛：在西門口換上四個眉清目秀的僕人接過轎子，走過一段花園步道，到了一座垂花門前，抬轎的四人全退下，由嬤嬤們接手，打起轎簾，扶我下轎……

記：大戶人家，十分的嚴「男女之防」！

黛：接著是像士林「雙溪公園」般的樹蔭迴廊。正中是穿堂，當中擺著一座紫檀架子大理石屏風；繞過屏風，便見三間小廳房……

記：這下總算見到盼望著的老奶奶了！

黛：廳後才是正宅大院，正面五間雕梁畫棟的上房；兩邊遊廊廂房，都掛著各色鸚鵡、八哥、畫眉……等雀鳥，穿紅著綠的丫頭們穿梭其間……一見我進來，都笑著迎上來，口裡喊著：「林姑娘來了！」還有三、四人爭著打簾子。

記：您這陣仗，與阿扁嫂到「鴻禧山莊」晉見「文惠老奶奶」的場

景，不遑多讓啊！

黛：一聲「我的心肝寶貝啊」，讓我倆哭作一團！

記：賈母見了外孫女，想起早死的女兒；孫女見了從未謀面的老奶奶，也想起了可憐的親娘。兩情交集，不覺悲從中來，涕泗縱橫，哭作一團。那天見到該見、想見的人了。

黛：賈母一一為我介紹：大舅媽邢夫人（賈赦之妻），二舅媽王夫人（賈政之妻），一個年輕的婦人是表嫂李紈（賈珠的遺孀）……

記：這三人算是您的長輩，當然行禮如儀；還有您那大舅、二舅呢？

黛：大舅賈赦在外書房歇著，連日裡身子不好，見了姑娘，怕彼此傷心，暫且不忍相見；二舅賈政正好到廟裡為寶玉還願去了；只交代要把外婆家當自己家，與三姊妹一處讀書、認字、學針線，一起玩耍。

三、鶯鶯燕燕．各有千秋

記：三個姊妹都見了面？

黛：身材豐潤，不高不矮，端莊可親的是二小姐迎春（賈赦與周姨娘生的）；削肩細腰，個子高䠷，眉目間有女中丈夫之氣的是三小姐探春

（賈政與趙姨娘生的）；四小姐惜春，是寧國府賈代化之孫女（賈敬之女、賈珍之妹）。

記：沒見到大小姐？

黛：大小姐生於元旦之日，名為元春，是賈政與王夫人之長女。賢孝才德，兼於一身，進宮加封為「賢德妃」，長居深宮中。

記：還見到了什麼人？

黛：「人未到，聲先傳」的鳳姐。她衣著華麗，雍容高貴；鵝蛋臉上一雙丹鳳三角智慧眼，兩旁柳葉棹梢眉，粉面含春威不露，丹唇未啟笑先聞……

記：是個標準的美人胚子；她的身材怎樣？

黛：身材苗條，體格風騷；口才更是一等一！

記：何以見得？

黛：她知道我在老夫人心中的地位，才見面便攜著我的手，像親姊妹似的讚我：「天下竟有這樣標致的人兒！我今日才算看見了！況且這通身的氣派竟不像老祖宗的外孫女兒，竟是個嫡親的孫女兒似的。怨不得老祖宗天天嘴裡心裡放不下——只可憐我這妹妹這麼命苦，怎麼姑媽就去世了

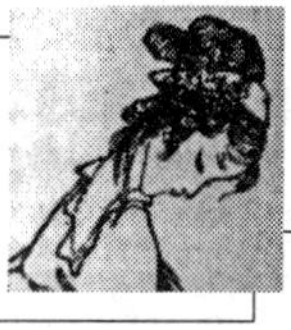

呢！」

記：她有一萬個心眼子，就算十個會說話的男人也說不過她呢！

黛：「她明裡一盆火，暗裡一把刀」（興兒的話），表面上誇我別致，實際上弦外之音是捧老夫人長得漂亮！

記：她嘴甜、心苦、舌辣，難怪賈母稱她為「鳳辣子」！

黛：她還辣中帶酸，藉機揶揄我這個落難依親投靠的外孫女，竟然搶盡三春（迎春、探春與惜春）嫡親孫女兒的鋒頭。

記：總之，她為了贏得賈母與王夫人的歡心，使盡了捧、哄、騙、媚等手段。

黛：現在我想起了家父當年的交代：「步步留心，時時在意……不要多說一句話，不可多行一步路……」指的是什麼人了！

記：就是要您小心這位三頭六面、天生唱作俱佳的「優秀演員」。

黛：總之，她嘴甜、心苦、舌辣……兩面三刀；上頭笑著，腳底下使絆子……

記：這麼說，全大觀園的人，莫不咬牙切齒恨死她了。

黛：那也不見得！有人畏其險，有人卻賞其辣（女人觀點）；同樣的有人畏其蕩，也有人賞其騷（男人觀點）。有種怕辣卻又偏嗜辣的內心矛盾。

記：讀了《紅樓夢》，讀者對王熙鳳直有「恨鳳姐，罵鳳姐，不見鳳姐卻又想鳳姐」的感受。

黛：她以內在欲求為中心，表現外在酸辣的手段，不惜犧牲他人幸福，危害他人生存條件，標準的把自己的快樂建築在他人的痛苦上的一個人。

記：就像吃麻辣火鍋似的，明知道吃不得卻又壯著膽子，狠下心去吃！

黛：也不管明天會拉稀，或肚痛、胃潰瘍。

記：如果把女人比作花；那麼她是一朵鮮艷無比的罌粟花，只可遠望，不可近親。

黛：若是浸淫日久，吸多成癮，足以使人形銷骨立，精神委靡致死！

四、初見寶哥．似曾相識

記：那天您見到寶玉哥哥了？

黛：他頭上戴著束髮嵌「寶」紫金冠，齊眉勒著二龍戲珠金抹額……頂金螭纓絡，又有一根五色絲絛，繫著一塊美玉……

記：一身珠光寶氣，又配金戴玉的，的確夠「寶」了，難怪名叫「寶玉」。

黛：他面若中秋之月，色如春曉之花；鬢若刀裁，眉如墨畫，鼻如懸膽，睛若秋波……

記：天然一段風韻，全在眉梢，平生萬種情思，悉堆眼角，標準的「花花公子」**playboy** 人物。

黛：他不喜讀書，最喜在內幃廝混；外祖母十分溺愛，無人敢管他。

記：他是榮國府中的「異類」、「敗類」。他反對掠奪財貨、功名利祿；他是個「拒絕聯考的小子」。他在賈政的眼中是個「了尾仔」囝，在賈母呵護下，除了「恨鐵不成鋼」外，實在對他一點辦法都沒有。

黛：其實我二舅賈政本身即是個「沒落賽」的人。

記：他不是放過一任學差（督學），做過一任糧道，早先也幹過「工部主事與郎中」嗎？

黛：那全是皇上「因恤先臣功勳」，才「額外賜了一名主事之職」。

記：他「祖上積德」的背景有多高、多厚？

黛：他是首代榮國公賈法的孫子，是皇妃元春的父親，是北靜王（世榮）和若干王公貴冑的前輩。

記：是當今皇上的國丈，是皇親國戚的前輩。

黛：他是首都衛戍司令、九省都檢點，內閣大學士王子騰的妹夫，是京兆府尹（首都市長）賈雨村的薦舉人。皇帝還三不五時的召見他，他在皇帝面前還有說話的分兒呢！

記：他自認為是個「端方正直」的「正人君子」，既叨「天恩祖德」，為何在仕途沒有顯赫的發展？

黛：第一，他不會作八股文章得功名，以至於一輩子當黑官，扶不了正；第二，正因為他是「正人君子」，不懂也不會吹牛拍馬、徇情枉法、矇上欺下的「為官之道」。

記：難怪他把所有的無明之火、悶燒之熱，全投射到兒子身上；他不斷的罵寶玉是「畜生」、「孽障」；再不然就「惡向膽邊生，怒從心中起」，把寶玉痛揍、毒打一頓，把自身功名學業無成，一古腦地發洩在寶玉身上。

黛：像是一個台大畢業的父親，要求他的子女全是台大畢業一樣的苛求。

記：要是他自己沒有台大畢業呢？

黛：更加要求子女進台大，以達「子報父仇」的父子心結。

記：萬一孩子不爭氣考不取台大呢？

黛：只好進「台大補習班」再補習。

記：臨死還遺言要進「台大殯儀館」、葬在「台大墓園」呢！

黛：這叫「摸門心理」，雖不至亦不遠矣！終其一生，「意淫」台大一番。

記：這下寶玉苦了！

黛：他反抗不成，只好以「愛的糾葛」、「肉的誘惑」、「心的寄託」作為他的移情作用，儘管他是王夫人口中的「孽根禍胎」、「混世魔王」……基本上他不是個壞人，他不曾酒色昏迷過，他只是逸出常軌、超脫現實、笑傲江湖的世家子弟而已。

記：一見面就喜歡上他了？有如王八眼瞪綠豆，對上了！

黛：在眾多的嘲諷中，多了一分悲憫與關懷而已！

五、孤獨對孤獨．惺惺惜惺惺

記：曹雪芹在《紅樓夢》第一回編了個神話：「女媧氏煉石補天時，煉就了頑石三萬六千五百零一塊，只用了三萬六千五百塊，單單剩下一塊未用，棄在青埂峰下……」

黛：寶玉出生時，口銜了一塊「通靈寶玉」而出。

記：他原就是那塊被媧皇遺棄的頑石，下凡到了人間。

黛：他是個失敗的天才，可說「極一生無可如何之遇」！

記：當您第一眼見到寶玉時，有「好生奇怪！倒像在那裡見過的？何等眼熟……」是靈犀一點通嗎？

黛：寶玉也說：「這個妹妹，我曾見過的。」又說：「雖然未曾見過，卻有著面善，心裡倒像是舊相認識，恍若遠別重逢的一般。」

記：難不成你們一見鍾情，再見傾心，三見迷惘了。

黛：我倆是表兄妹（姑表），他才大我一歲……

記：表兄妹又怎樣？天生注定要談戀愛嗎？是「夙緣」嗎？

黛：這是基因遺傳。寶玉臉上，或多或少有我媽媽的影子；而我的臉

上自然有舅舅的形象。

記：所謂「外甥（女）多像舅」，就是這個道理了。

黛：從另一個角度來看，在大觀園的眾多人口中，我倆是孤獨的一對！

記：說您孤獨我相信；寶玉在大觀園中有如「眾星拱月」般的熱鬧，怎麼會孤獨呢？

黛：表面上「鬧熱滾滾」，實際上內心深處是冰涼的，因為「沒有人了解他內心深處」。

記：他有如處在人海沙漠之中，「相識滿大觀園，相知無一人」。

黛：我們相知、相惜、相愛！我倆一見面便觸動了心靈的顫悸。

記：那曉得第四回殺出了個程咬金——薛寶釵。她品格端方，容貌美麗；行為豁達，安分隨和。

黛：那是我不及的地方，也是我不服氣的地方。

記：您的ＩＱ vs. 她的ＥＱ，從此展開了愛情的「三角習題」。May God bless you 這個「外戚」孤女！

黛：有您的支撐，使我勇氣百倍！

紅樓夢裡茱麗葉
～黛玉專訪記～

話說在義大利北部的維洛那城，住著普立德和蒙太古兩大世仇家族。在一次化裝舞會中，蒙太古家多情的羅密歐先生和普立德家美麗的茱麗葉小姐，竟然一舞定情，情不自禁地墜入了情網，成了一對「非君不嫁，非妹不娶」、難分難捨的愛侶。

好事真個多磨，茱家爸爸竟然在毫無預警的情況下，將他的掌上明珠逕自許配給貴族巴里斯先生，不日即將迎娶。專情不移的茱小姐，身懷匕首，以死相抵，這該如何是好？

「雞婆」的勞倫斯神父，為了化解兩家的世仇，並協助這對「有情人終成眷屬」，想了個「餿」主意：就在被逼婚的前一晚，神父讓少女喝下一瓶具有四十二小時藥效的毒汁……即刻使得喜事變喪事，樂聲成喪鐘，讚美詩替代了輓歌……

聽聞死訊的羅密歐悲痛欲絕，帶著劇烈的毒藥趕回，潛往茱麗葉所在的墓室。他抱著茱麗葉冰冷的軀體，傷心痛哭一場，相愛、至愛，雖不是同日生，卻願同日死，最後仰藥而盡，七孔流血地躺在愛人的身邊。

當茱麗葉甦醒過來之後，發現愛人已死，美夢成空。美人已無苟活之心，乃以隨身的匕首刺入胸膛，自盡殉情，了此殘生。塑造成莎劇中最富傳奇的一齣悲劇。

寶玉和黛玉他們童年相遇，正當兩人晝則同行、同坐，夜則同止、同息，真是「言和意順，似膠似漆」，順理成章地成為「你泥中有我，我泥中有你」的一對戀人。他們相惜、相戀、相愛；「不想忽然來了個薛寶釵」，不但破壞了「寡頭獨占」之局，更有因勢利導的鳳姐兒乘寶玉病體迷失之際，來個李代桃僵，移花接木的「沖喜」之舉。

於是，當寶玉迷惘花燭之夜，也正是黛玉相思絕命之時。一個心裡只有林妹妹；一個口中還念念不停地叫著：「寶玉！寶玉！」癡絕！悲絕！好一齣中國的「羅密歐與茱麗葉」！

且聽黛玉小姐細數這段「寶黛生死戀」……

一、賈府的外戚

記：我最近閱讀易君左先生的《中國百美圖》，赫然見到大小姐名列其中……

黛：是不服氣呢？還是認為我不夠美？

記：另外的九十九「美」，不論是西施、貂蟬、玉環或明妃……等人，都是「實體」美人；唯獨您是曹雪芹先生筆下的「虛擬」美人……

黛：有什麼不對嗎？

記：可見易老對您情有獨鍾，近乎「意淫」的程度；所以今天我才為《國文天地》萬千熱情讀者，來個「黛玉專訪」。首先，請來段自我介紹如何？

黛：我姓林名黛玉，蘇州人士……

記：玉已經夠美、夠珍貴了；而黛（一種青黑色）玉，更是一種稀世珍寶：它集冷、傲、愁、孤、疑……於一身，令人捉摸不定。這跟你的出身，大有關係罷。

黛：我是榮國府賈母史太君的唯一外孫女。

記：賈母有賈赦、賈政兩個兒子。

黛：她的唯一掌上明珠賈敏就是我母親。我父親姓林諱如海，曾任蘭台寺大夫、巡鹽御史……等職務。

記：這麼說來，您也是出身官宦世家咯。

黛：我父以科第出身任官職，固然是官宦；若從我祖父上數四代，即已襲侯，更是侯爵之府。

記：什麼從祖父上數四代，我都被弄糊塗了，那有這種數法？中國人所謂的「九族」，也不過數到高祖而已。

林：這樣好了，中文說不清楚，我用英文說好了：父親叫 father。

記：對！那祖父叫 grandfather。

林：那曾祖父叫 great grandfather，高祖叫 greater grandfather；再上一層不叫 The greatest grandfather 了嗎？

記：換句話說，您「高祖父之父」（The greatest grandfather）即已承封受爵；不過，通常世襲不過三代，亦即河洛話的「好業無三代」！為何您家超過四代？

黛：因皇上額外加恩之故。

記：可見你們林家受國恩寵至極，那寶玉又是誰？

黛：他是賈母第二個兒子賈政的二兒子。

記：這麼說來，他是您表哥。

黛：而且是唯一的表哥。

記：那大表哥那裡去了？

黛：大表哥賈珠年紀輕輕的就死了，留下孤子賈蘭，由寡母李紈撫養。

記：怎麼會住進大觀園的？

黛：我六歲的時候母親就過世了，父親為我請了個家教先生賈雨村，在家讀了五年書……

記：令尊無意為您找個新媽媽？

黛：我父年已半百，無心續弦；加上我體弱多病，上無親母教養，下無姊妹扶持，孤單一個，實在放心不下。

記：所以您就前去金陵府，依傍外祖母及諸舅氏姊妹，就近得到親人照顧。第一次出遠門，有沒有覺得怕怕的？

黛：怕倒是沒有；不過我媽先前有告訴過我：進到像外祖母這種大戶人家，要謹慎小心，時時留意，不要多說一句話，也不要多行一步路；否則會被人恥笑！

二、寶黛相見．恍如隔世

記：先前見過寶玉嗎？

黛：這是我第一次出門到金陵；他嘛……從未到過姑蘇；所以我們壓根兒就沒見過面。我只聽母親說過：「外祖母家有個銜玉而生的內姪，頑劣異常，不愛讀書，只喜歡在內幃裡廝混。外祖母又非常溺愛，無人敢管，一向被人稱為『混世魔王』」。

記：您也一直想見識、見識他是個怎樣的憨懶人吧！

黛：我們正在說話時，忽地傳來了腳步聲，丫頭們簇擁著一個年輕瀟灑的公子，他頭戴紫金冠，穿著一件大紅箭袖袍子，有點兒紈袴子弟狀，又有點玩世不恭樣兒……

記：顏面表情呢？

黛：兩鬢髮似刀裁一般整齊，鼻如懸膽，濃眉如畫，氣色紅潤，尤其那雙眼睛有如秋日潭水般地嫵媚。雖發怒時亦像是在笑，即使瞋目亦似有情……

記：任誰看了都會心動情移！

黛：當下我看了心驚，心下十分狐疑：「好奇怪，這麼面熟！好像是在那兒見過面似的？」

記：總之，你們雖沒見過面，看著卻挺面善地，像是很久以前就認識一樣；好像……好像……久別重逢的故人。

黛：很像他鄉遇故舊，恍如隔世一般；他也喃喃自語：「這個妹妹，我曾經見過的。」

記：就算你們之間沒有「木石前盟」，彼此「一見鍾情」倒是恰如其分。

黛：我們一見如故，他還為我取了個字叫：「顰顰」。

記：這倒十分貼切，因為您生得「兩彎似蹙非蹙籠煙眉；一雙似喜非喜含情目。態生兩靨之愁；嬌襲一身之病。……閒靜如嬌花照水；行動如弱柳扶風……」

黛：這或許跟我的生長背景有關。

記：寶玉是賈母最疼愛的內孫；而您是賈母唯一女兒的小外孫女。她是否有意讓你們朝夕一塊相處，以便日後「送做堆」？

黛：原先賈母準備把寶玉的房間讓我住，而讓寶玉住在賈母的套間暖閣裡……

黛：可見你們兩人都是她老人家最疼的……

黛：自然嘍！一個是手心肉，一個是手背肉，雖有厚薄之分，卻無輕重之別。

記：可是寶玉不願意。

黛：他才不願與老太太同住；他寧願騰出內房讓我住，而自己睡在碧紗廚外的大床上。

記：他原來早就有「陽謀」了，人云：「兩小無猜」；你們都是「晝則同行同坐，夜則同止同息；言如意順，似膠如漆」。

黛：實際上卻不如此！您可知道「愈沒有距離，就愈有距離」的哲理？

記：同樣的，「愈有距離，就愈沒有距離。」

黛：兩人像是一對前世冤家；兩人相對，往往很少有好話收場的。

三、大觀園裡・隔鄰相望

記：像你們這樣有點「兩小無猜」狀，成天地打打鬧鬧，即使相互之間存有「良好印象」，也不可能產生情愫。

黛：直到有一年皇上開恩，啟奏太上皇、皇太后，每月逢二、六日期准其后、妃、嬪、嬙……諸人的眷屬，入宮看視。

記：說的也是！這皇帝也滿有人情味的。宮裡的嬪、妃、才人、更衣等人入宮多年，拋離父母音容，豈有不相思之理。

黛：後來皇帝念及眷屬入宮，有關國體儀制，即便母女相見，都不能愜懷恣意……

記：對啊！皇宮裡只有遙遙地跪拜、叩頭，行君臣之禮，何能有抱頭訴苦、喊爹叫娘之情。

黛：所以皇帝一不作二不休，竟大開方便之門，降諭：「諸椒房貴戚，除眷屬二、六日入宮之恩外，凡有重宇別院之家，可以駐蹕關防之處，不妨啟請內廷鑾輿入其私第，略盡骨肉私情，一享天倫之樂。」

記：賈府這才有「省親別墅」之建，用以接待元妃省親之用。

黛：這座省親別墅，就是兩府上下裡外，日日忙亂，打理得「金銀煥彩、珠寶生輝」的「大觀園」。

記：這麼一座偌大的院落，元妃幸過之後，賈政必然敬謹封鎖，不敢使人進去騷擾、破壞；結果反而寥落荒蕪，形同廢園……

黛：於是元妃命太監到榮國府下了一道手諭，命寶釵等人只管在園中居住，不可禁約封錮。

記：因而，寶釵住了蘅蕪苑、迎春住了綴錦樓、探春住了秋爽齋、惜春住了蓼風軒，李紈住了稻香村……

黛：我住進瀟湘館……

記：那寶玉呢？

黛：住進怡紅院。為免賈母、王夫人思孫（兒）心切，她們也一併進住園中。

記：這下園內又恢復了往日花招繡帶、柳拂香風的榮景。

黛：寶哥自從進園後，每日裡只和姊妹丫頭們相處，或讀書、寫字，或彈琴、下棋、吟詩、作畫的；甚至於描鸞、繡鳳、鬥草、簪花、拆字、猜謎的，好不熱鬧。

記：這下寶哥應該心滿意足，再無別項可生貪求之心。

黛：算了罷！寶玉這個人，若能坐下來靜個半天，我改姓賈不姓林。

記：事情有這麼嚴重嗎？莫非他屁股上長了痔瘡？

黛：長痔瘡倒未必；他就是這麼個「心猿意馬」的人，吃不得飽飯的人。總覺得不自在起來，這也不好，那也不好；坐也不得，立也不得；進也悶悶，出也恍恍……

記：我看是寶哥體內的男性費洛蒙在作怪，他要發動「春季攻勢」了。你們這些女娃娃都沒發覺？

黛：我們又不是他肚裡的蛔蟲，他不說，我們怎會知道？

四、讀《西廂記》．愛的感應

記：他的貼身小廝茗煙，應該「感應」得到才對！

黛：茗煙想說小主人這個玩膩了，那件也玩煩了，便到書坊內借了些飛燕、合德、武媚娘、楊貴妃等人的外傳，外加幾本傳奇、小說之類的書，引他看……

記：寶玉成天地讀《學》、《庸》、《論》、《孟》，外加《詩經》、

《左傳》，讀得一個頭兩個大，一見閒書，豈不如獲珍寶，欣喜若狂。

黛：那是自然的事。讀經書有科考之壓力，讀漫畫方有成就之感。有天正當三月中浣，寶玉正在沁芳閘橋邊的桃花樹下一塊大石上，坐著看「閒書」。

記：好美啊！真是愜意極了！

黛：正看到精彩難分難解處，只見一陣風吹過，把樹頂上的桃花吹落得滿身、滿書、滿天、滿地都是。

記：此情此景，還真羨煞了我這個二十一世紀人……

黛：怎麼說？

記：處在這個「水泥叢林」的大都會中，我只能開著Discovery與National Geographic的電視節目，在鐵皮書屋下、保麗板書桌上，攤開《西廂記》意淫神遊一番了。對了！良辰美景當前，您在做甚？

黛：我肩上擔著花鋤，鋤上掛著花囊，手內拿著花帚……

記：幹嘛？

黛：憐香惜玉，掃春哪！像是「花鈿委地無人收」似的，一會兒就「黃埃散漫風蕭索」（〈長恨歌〉句）了。

記：他也不忍「落葉滿階紅不掃」，準備把那兜在懷裡的花瓣抖落在池水內，隨水流去……

黛：我嫌撂在水裡不好。園內的水還算乾淨，但一流到有人家的地方，洗衣服的洗衣服，倒馬桶的倒馬桶，仍舊把花糟蹋了。

記：把花都收藏、夾壓在書卷中？

黛：也藏不了好多！我把它掃了，裝在一個絹袋裡，葬在那犄角上，拿土埋了，日久之後，隨土化了，豈不超生乾淨……

記：你們又為這事吵架嘔氣？

黛：沒有！而且他竟然肯放下書，幫我收拾。

記：是本什麼樣的書？

黛：我一看是本我不該看的「淫」書——《西廂記》；可也是一本我最渴望看的書。

記：怎麼會有這樣的矛盾？

黛：「男不看《金瓶》，女不看《西廂》」，古有明訓，就是因為不准人看，才愈想看，何況寶哥說：「好妹妹！若論你，我是不怕的；你看了，好歹別告訴別人去；你要看了，連飯也不想吃呢！」

記：且把花具放下，接書瞧了一瞧？

黛：我從頭看去，愈看愈愛看，愈看愈想看，才不到一頓飯的工夫，已把全本《西廂記》十六齣全看完了。

記：感覺怎樣？

黛：除了自覺詞藻美艷、滿口餘香外；我口中喃喃自語，彷彿出了神，又彷彿心靈深處被Struck（重擊）了一下，豁然開通……

記：您被愛神邱比特之箭射中了。

黛：尤其寶哥說：「我就是個『多愁多病身』；妳就是那『傾國傾城貌』（《西廂記》第四折）。」

記：聽了這話，不覺使您帶腮連耳地通紅到脖子了。

黛：不意襲人走了過來！

記：這才是你們兩人之間「愛之樂」第一章。

黛：從此，我每日裡念念不忘《西廂記》裡的情節……

記：那些詞兒？

黛：像是「每日家情思睡昏昏」（《西廂記》第一折）、「若共你多情小姐同鴛帳，怎捨得疊被鋪床？」（同上）……

記：這下您變成劇中的崔鶯鶯，寶哥成了張君瑞……

黛：而紫鵑成了串場牽線的紅娘。

記：自此，您的內心深處別有情懷。

黛：我愛看戲，以前只是看熱鬧……

記：是個「外行看熱鬧」的一分子！

黛：如今，我特別玩味戲文中美詞妙句，並領略其中趣味。

記：像是「如花美眷，似水流年」，像是「流水落花春去也，天上人間」、「花落水流紅，閒情萬種」……如醉如癡，獨個兒對著白雲、對著青天傻笑……

黛：有時候又想到「良辰美景奈何天，賞心樂事誰家院」，忽而「原來是姹紫嫣紅開遍，似這般，都付與斷井頹垣」……

記：告訴您好消息，林妹妹您已經在戀愛了！您的心神從此再也不安寧了，有時候您心動神搖，有時候卻又幽閨自憐。

黛：事情有這麼嚴重嗎？不過只要一天不見他，心中難免為他擔憂，只要看見怡紅院的燈亮著，就不由自主的信步往前移。

五、夜訪怡紅・橫生醋勁

記：我說得不錯罷！

黛：有天，我看到寶釵進到寶玉的園子裡去了……

記：在以往，您都避著不要進去，免得「王見王」尷尬，到如今……

黛：我隨後也跟著上來！

記：誰知那晚正巧晴雯和碧痕拌了嘴，情緒不太好，正嘟噥著，把氣都出在寶釵身上，那曉得又正逢您去叫門。

黛：於是晴雯動了氣，回說：「都睡下了，明天再來吧！」

記：豈有此理，明明寶釵才進去，怎麼偏說：「都睡了！」

黛：我氣呼呼地高叫：「是我，還不開門嗎？」

記：這下她們忙著開門，迎小姐的大駕？

黛：那曉得心直口快的晴雯偏偏沒聽清楚是誰的聲音，使著性子叫著：「管你是誰？二爺吩咐，一樣不許人進來！」

記：這下您的疑心病又發作了，胃裡直冒「酸」水。

黛：我怔在門外「現」冬風，逗起氣來，正待發作，回頭一想：「雖說舅母家如同自己家一般，但到底是客邊，現今父母已故，無依無靠，若是真嘔起氣來，也覺沒趣理虧！」

記：那就回房算了！

黛：我觸景情動，淚流滿面，此時回去十分不甘願，光站著也不是辦法！

記：心有未甘，拿不定主意就是了。

黛：聽得從屋裡傳來陣陣笑聲，竟是寶玉、寶釵兩人的。

記：您是隔牆生悶氣，愈想愈生氣，愈氣就愈流淚，也顧不得蒼苔露冷，花徑風寒了！

黛：我獨自一人立在牆角下花蔭邊，嗚咽起來，也不知過了多久，忽見院門響處，寶玉、襲人一夥人送寶釵出來，有說又有笑的。

記：不上去給寶玉批他兩巴掌的。

黛：我怕當著眾人，會羞了寶玉，只好閃過一旁，讓寶釵過去。

記：等他們都進去了，方轉過身來，望著院門，灑了幾滴眼淚，無精打采的回房，卸了殘妝……

黛：我躺在床上再也睡不著，即使數星星、數山羊也沒有用……愈想

愈氣，心想：「你今晚不叫我進門，難道明天就不跟我見面了？」

記：寶玉是個大心眼兒，對女性的「興趣」又過於廣泛，您這顆脆弱的少女心，如何承受得住？

黛：第二天四月二十六日交芒種祭花神的日子。

記：為什麼要祭花神？

黛：這日一過，便是夏日了，眾花皆謝，花神退位，需要餞行。

記：閨中少女更興這件風俗？

黛：大觀園中的少女像鳳姐、寶釵、探春、惜春、迎春、李紈，以及香菱與眾丫頭們都在園裡玩耍……

記：有的用花瓣柳枝編成美人轎馬，有的用綾錦紗羅疊成屋宇涼亭的。繡帶飄揚、花枝招展地恭送花神，希望明年花神給姑娘們早早帶來「春」的訊息。

黛：女孩子們嘛！總有內心深處，心照不宣的秘密，您說是嗎？

記：唯獨您一個人沒參加？

黛：我因昨晚失眠，一直睡到午時（十一點左右）才醒，才吃了brunch。

記：什麼叫brunch？

黛：意即早午餐一併之餐（breakfast + lunch = brunch）。

記：您還在為昨晚的事兒悲傷落淚？這也未免太小心眼了一點……

黛：寶玉領頭一聲：「好妹妹……」使我高興極了。

記：兩人之間的疑雲猜忌一掃而空……

黛：我要端出少女的矜持，不搭理他，只顧回頭叫紫鵑把屋子收拾乾淨，逕自一人往外走到花園裡去。

記：寶玉立刻跟上來？

黛：那曉得探春這死丫頭，一聲聲的叫著：「寶哥哥，你來這裡，我有話和你說。」還有那個死湘雲也「二哥哥，愛哥哥」的叫個不停……

記：他像是北斗星一般，眾星拱之，卻冷落了您。您善妒猜忌，好使小性子，這樣的戀愛怎麼談得成。

六、紅消香斷有誰憐

黛：我獨自一人來到花塚間，愈想愈孤獨，愈想愈悲傷，不覺悲從中來，哭了起來。

記：「詩可以興……可以怨……」（《論語・陽貨篇》）您可以詩來抒發您的內心！

黛：「花謝花飛飛滿天，紅消香斷有誰憐？遊絲軟繫飄春樹，落絮輕沾撲繡簾。」

記：好一個落花有意流水無情。

黛：「閨中女兒惜春暮，愁緒滿懷無著處，手把花鋤出繡簾，忍踏落花來復去？……」

記：半為憐春半惱春，願把惱人之情隨花飛到天外天。

黛：「儂今葬花人笑癡，他年葬儂知是誰？試看春殘花漸落，便是紅顏老死時，一朝春盡紅顏老，花落人亡兩不知！」

記：萬般感傷齊集心頭，正是滿腔愁悶無處洩，卻又勾起無限傷春愁思。

黛：我一面低吟，一面嗚咽，痛花落、花萎，而傷自身之淒涼、孤獨……忽聽得丘坡上傳來悲嗚之聲，心想難不成和我有「同病相憐」之人。

記：這會兒是誰？

黛：原來是膨肚短命的寶玉，我啐了他一口：「呸！我以為是誰？原來是你這個狠心短命……」才說出「短命」兩字，便縮口抽身往回走！

記：故意躲著他，要咒他又怕咒他！

黛：我心中的大秘密全讓他給知道了！

記：有如裙蓋被人掀開一樣的尷尬。

黛：他抖了抖懷裡的殘花，順著坡道一路往怡紅院走去，趕緊加快腳步，趕上了我，說：「好妹妹！你且站著，聽我說一句話，從今以後就分手。」

記：他要與您攤牌了，他打的是小AS，還是大老二？

黛：我聽他說「只說一句話」，也就停了下來，便說：「那麼請說吧！」

記：他又要說嘻皮笑臉的話兒了？

黛：他長聲一歎：「既有今日，何必當初？」

記：當初怎麼樣？今日又怎麼樣？

黛：他說：「唉！當初姑娘來了，那不是我陪著玩笑？我心愛的，只要姑娘要，就拿去；我愛吃的，聽見姑娘也愛吃，連忙收拾乾淨，等候姑娘來吃。我們一個桌上吃飯，一個床兒睡覺……言如意順，似膠如漆，才

見得比別人好才對！不想……」

記：不想怎樣？

黛：「想不到如今姑娘人大、心大，不把我放在眼裡，三日不理，四日不見的，倒把個外四路的什麼寶姐、鳳姐全放在心上……」

記：他也有一肚子的委屈，怪只怪您太小心眼兒，聲東擊西，你躲我藏的，誤會不斷。

黛：我聽了不覺心灰大半，也隨之落淚，低頭飲泣不語。他接著說：「就算我壞，也斷斷不敢在妹妹面前使壞；果真有一兩分錯處的話，你罵我、打我，我都不傷心，千萬不要不理我，叫我摸不著腦門兒，如何是好？」

記：可見「冷漠」乃是人與人之間的最大殺手。

黛：我聽了他的「愛的告白」，我心如雷轟電掣般的感動！

記：這是他的肺腑之言，這是愛的誓言！從此，你們應該步入戀愛關係的第三階段，柳暗花明又一村地從晦暗陰濕中，步上通風光彩的「愛之顛」。

六、金玉姻緣VS.木石前盟

黛：那曉得那個配有金鎖的寶釵，加上一個「寶玉」，形成了「金玉姻緣」，與「木石前盟」空前大對抗！

記：誰是寶釵？這下豈不成了壁壘分明的「雙寶」與「寶黛」之間的愛情爭奪戰。

黛：她是賈政王夫人之妹——薛姨媽之女。

記：這麼說來，她也是寶玉的表妹——姨表妹；而您是寶玉的姑表妹，一表兩姊妹，旗鼓相當就是了。

黛：她的容貌、品性、才智，不但處處可以與我共比高，而且她獨得了被環境所推崇的特有地位。

記：怎麼說呢？

黛：她是中國傳統封建制度調教下最美滿的女性——飽經世故，八面玲瓏。

記：而您呢？

黛：我雖從小飽讀詩書，卻無人教以世俗的人情世故，以致孤獨、任

性、不諳世事，缺少一般所謂的閫範教養。

記：換句話說，您比較ＩＱ；她則比較ＥＱ。

黛：她比較理性，我則比較感性……

記：加上您的多愁善感、尖酸刻薄、小鼻子、小眼睛、小脾氣……不為眾人所接受。

黛：可是寶哥偏吃我這一套。敬重、愛慕兼而有之，把我捧若仙子般。

記：在外人看來，寶玉與寶釵的關係，是單一的、一元的、表面的，是一種「可感覺」的，是一種「公認」的；而您和寶哥的關係，卻是複雜的、多元的、內心的，是一種靈性的feeling，也只有你們兩人才感覺、體會得到；第三者永遠無法了然！

黛：那年的端陽節，元妃所賞的節禮中，寶哥和寶釵所得的俱是：宮扇兩柄、紅麝香珠兩串、鳳尾羅兩端、芙蓉簟一領……我就知道他們兩人在元妃心目中的分量了。

記：而您得的「節禮」是啥？

黛：是和迎春、探春、惜春一樣的，單只有扇子和珠球兒，別的都沒有……

記：這不是個好兆頭！

黛：寶哥也覺得奇怪，以為禮物傳錯了，可是籤子上明明寫得清清楚楚。

記：寶哥有沒有把他那份節禮轉送給您呢？

黛：第二天他就叫紫鵑拿來，隨我挑、隨我揀。我才不希罕，我才沒有這麼大的福氣……

記：要是寶釵那份禮給您還差不多！

黛：這還差不多！說什麼「金玉」、「草木」、「木石」的，全都是「多此一舉」！寶哥曾對我說過：「任憑弱水三千，我只取一瓢飲！」（第九十一回）我單只看在這句話上就夠了。

記：寶哥對您的愛已非常明朗了，他不只對您剖白心事；而且還以「三寶」為誓，在佛前起了誓、賭了咒。

黛：我和紫鵑準備進住怡紅院，做個怡紅院主人。

記：那曉得「劇情」的發展竟然出現了一百八十度的反轉，活生生的拆散了一對恩愛鴛鴦……

黛：怪只怪勢利眼的王夫人和鳳姐，乘寶哥病體迷失之際，來個移花接木「沖喜」之舉。

記：人都是自私的，一個是她姨媽，一個是她表姊；她們當然希望親上加親，來個賈、王、薛三府聯姻，而你們林家勢單力孤，充其量只是個「窮外戚」而已！

黛：那老太太賈母應該替我作主才對！

記：對賈母來說，您是她的外孫女，寶釵是她的姪孫女，寶哥是她的孫兒。她也只能就「表象」做到盡其在我的本分。

黛：其實怪來怪去還得怪寶哥。他為什麼不能在大庭廣眾之下……

記：執著您的手，大聲的對你說：Yes, I love you! 然後舔著您嘴唇上的Christian Dior（名牌口紅）！

黛：而且還要反過身來對寶釵大聲說：No! 寶姊姊！

記：@#&！?……

端莊嫻淑・知書達禮
〜寶釵訪問記〜

賈不假，白玉為堂金作馬。
阿房宮，三百里，住不下金陵一個史。
東海缺少白玉床，龍王來請金陵王。
豐年好大雪，珍珠如土金如鐵。（《紅樓夢》第四回）

賈、史、王、薛乃金陵四大名宦家族。他們不但有著親屬關係，而且學、官、產、經全包了。六方人際，八面資訊，「扶持遮飾，皆有照應」，有如國府時代，蔣、宋、孔、陳之四大家族*，其起步也「一榮俱榮」；及其敗落也「一損俱損」。

這薛家男主人雖已亡故，家中仍有百萬之富，現領著內帑錢糧，採辦雜料，忝為皇商之一。其不肖子姓薛名蟠者，性情奢侈，

言語傲慢，雖也上過學，略識幾個大字，終日唯有鬥雞走馬，遊山玩水，不知上進。賴著父祖舊日情分，在戶部掛個虛名，支領錢糧，飽暖思淫欲，只因為了爭奪一個婢女，毆人致死！

為逃避通緝之令，薛姨媽領著兒子薛蟠與女兒寶釵，挾著百萬家財，以貴賓的身分，浩浩蕩蕩地來到賈府，住進梨香院。薛姨媽雖是個寡婦，但卻沒有寡婦的淒苦相，一兒一女承歡膝下，頗不寂寞。在外，她是京營節度使、九省都檢點王子騰之妹；在內，她乃賈政王夫人之妻妹、寶玉之姨母，不但不愁寂寞，還是個很有身價的「富寡婦」。

兒子雖不肖，女兒卻是個可人兒，生得肌骨瑩潤，舉止嫻雅，知書達禮，還兼通針黹家計等事。當今皇上崇尚詩禮，徵採才能，除聘選妃嬪外，更擇名家世宦之女，備為公主、郡主入學陪侍，充為才人、贊善之職。

那曉得我們這位冷艷群芳，號稱白牡丹的寶釵小姐，放著宮中的女官、才人，不「競」不「選」，竟然加入寶玉、黛玉的「三角習題」爭奪戰；最後雖贏得了婚姻，但失去了愛情——一個落荒而逃的寶玉丈夫。

看我們這位冷靜、冷艷，卻又冷漠、冷酷的雪（薛）姑娘，在「鬧熱滾滾」的大觀園群芳裡，如何收服了活潑憨直的史湘雲，擊敗了多愁善感的林黛玉，在「應觀眾一致的要求」下，奪得「寶二奶奶」的寶座。

她奪得婚姻，卻失去了愛情。寶二哥為了抗拒這段被移花接木、沒有愛情的婚姻，竟然出家去也，這是大夥兒始料未及的悲劇。

一、榮國府裡避風頭

記：寶姑娘，寶姑娘！請接受《國文天地》廣大熱情讀者群的專訪。

釵：話從那兒說起呢？

記：話從賈、史、王、薛號稱金陵四大世家，最後你們薛家卻落得投靠賈府進了榮國宅邸說起。

釵：都是我那不爭氣的哥哥薛蟠！

記：薛蟠怎麼了？

釵：我們家原本亦是書香、財富、繼世之家。只因爹爹死得早，我媽對獨根孤種的哥哥，免不了縱容溺愛，以致不成材不說；反而成天鬥雞走馬，遊山玩水，不務正業。

記：像你們這樣，家大業大，又有皇糧可支，享受著國庫18%的優惠利息津貼；即使揮霍三輩子，也用不完，何必傍人門戶的依附人家，多沒面子啊！

釵：說的也是，壞就壞在：他偏喜逞勇鬥狠，竟然去跟一個名叫馮淵的，爭奪一個丫頭而犯了人命案。

記：天涯何處無芳草，何必呢？

釵：他從小就使性子慣了，愈是得不到的東西愈要爭，愈是唾手可得的愈不要，情急之下喝令下人動手，把個馮公子打死了。

記：俗話說：「殺人者死，傷人及盜抵罪。」出了人命官司可不是好玩的。即或枉法徇情也得找到真兇方可！

釵：那還不簡單，先把薛家族人及相關奴僕人等拷問一番，眾口交供：元兇薛蟠已因鬼魂纏身，暴病而死了。

記：這樣可以嗎？除非您哥哥薛蟠從此消失於人間。

釵：這就是我們全家投靠榮國府的原由了。一來避兇案的風頭；二來那年宮內選才人、贊善，我正好藉此機會進京待選；第三，我媽乃賈府當家王夫人之親妹，賈府執事鳳姐兒的姑媽；第四，我們正好趁這個時機，處理一下京中生意、房舍、財務……

記：依附人家，在氣勢上是否稍遜一籌？

釵：不會啊，我媽一住進賈府就跟她姊姊有約在先：「一應日費供給一概都免。」

記：經濟上獨立，方是處世之法；何況您舅舅王子騰還是「九省都檢點奉旨補授內閣大學士」，可以罩得住。

釵：這年頭真是「有錢王八好辦事」，無處不得心應手。

二、莫失莫忘．仙壽恆昌

記：您跟寶玉在什麼時候有了「第一類的接觸」？

釵：原先我們雖見過幾次面，但在大庭廣眾之下，亦無甚印象；何況我們住在東南角上的梨香院，與上房相隔了兩層房舍，又有街門別開，單獨出入，自然就少走動了。直到有一天……

記：有一天怎麼了？

釵：我生病了，他老遠的繞過廂廂房房來探病。

記：是得SARS症？病中無助，最容易引起情愫。

釵：那天他一到梨香院，我媽把他一把拉住，抱緊、摟入懷中，笑著說：「這麼冷天，我的兒，難為你想著來！快上炕來坐著罷！」

記：看樣子，媽媽為您盼望著這個白馬王子，已經好久了！真有那種「丈母娘看女婿，愈看愈有趣」的滋味。

釵：這我倒不知，不過看她命人沏茶、遞果的，忙個不迭，像是貴客臨門似的。

記：寶玉這就直奔閨房來？

釵：他先問哥哥在不在家。

記：您哥哥像是沒籠頭的馬，那肯成天在家；又像是屁股長了痔瘡似的，那有一刻坐得住！

釵：接著他又問姊姊可大安。

記：問您哥哥是應酬話，問您才是主題；您媽媽怎麼回話？

釵：「她在裡間不是？你去瞧！她那裡比這裡暖和，你去那裡坐著，我收拾收拾就進來和你說話兒！」

記：她分明給你倆製造單獨見面的機會。

釵：那天鶯兒倒了茶後，退出房門，我讓寶玉坐在炕沿上，起先只是談家常話……

記：不外是請老太太、姨娘的安，還問別的姊妹們好。像這樣左一搭、右一搭的話題總不能引入「正題」。

釵：我忽然靈機一動，據說他出生落地時，口中銜著一塊「寶玉」，藉這個單獨相處的機會，何不瞧它一瞧！

記：就像男生要找陌生女子搭訕最好的方法，莫不從為對方「看手相」入手。您也深諳這套男女社交「教戰手冊」？

釵：不要說得這麼世俗、這麼市儈嘛，沒話總是要找話題嘛！

記：其實您只稍瞄它一眼，即可看得一清二楚！

釵：那可不咧！他脖子上掛的可多了——計有「長命鎖」、「記名符」、「寶玉」……等。

記：那是一塊什麼樣的玉石？

釵：我托在掌上，那是一塊大如雞卵，燦若明霞，瑩潤如酥，而且還

有五色花紋纏邊，正反兩面分別鐫有「莫失莫忘，仙壽恆昌」八個小字，我看了以後不覺心頭為之一震。

記：為什麼？莫非它已觸動了彼此之間心靈的顫悸？

釵：因為我項圈上有一把金鎖，兩面也有「不離不棄，芳齡永繼」兩行字。

記：你們倒是天生的一對、地設的一雙啊！

釵：您怎麼也這麼想呢？

記：因為你們彼此之間的「八字」非常登對，您也十分對眼寶玉。

釵：儘管我並不十分欣賞公子哥兒型的寶玉；但有朝一日若能成為榮國府的首席孫媳婦，也是我平生之願。

記：在小朝廷的榮國府中當家作主，總比進冷宮、吃冷粥的嬪妃、才人強多了。

釵：何況因我與寶玉的結親，使得賈、史、王、薛金陵四大家族關係更形緊密。就算不為個人著想，也要為整體家族著想。

記：那天兩個人坐得這麼近，近得連鼻息咳心都聞得到，又沒有外人，不是很羅曼蒂克嗎？

釵：由於挨得近，以至於他聞到我身上的香氣。他問我：「姊姊燻的是什麼香？我竟未聞過這味兒？」

記：這個「淫魔色鬼」（賈政語）的調情聖手，分明是在「投石問路」。狐狸尾巴終於露出來了，您怎麼回答他？

釵：我最怕燻香了，好好的衣服為何要燻香？

記：那為什麼您渾身上下充滿著香味？

釵：是我早起吃了「冷香丸」所發出的香氣。

記：這下您完了，您沒聽說過這個「孽根禍胎」在「抓周」時抓了什麼？

釵：無非是抓了釵環、脂粉之類女人用的東西！

記：他還抓起胭脂往嘴裡送，猛啃猛吃呢！

釵：果然，他對我說：「什麼冷香丸？這麼好聞！好姊姊，給我一丸嘗嘗」呢！

記：說時遲，那時快，他就kiss了您？占上處女的那「第一壘」！

釵：我正在思量他要如何吃這我已吞下的冷香丸？一聲「林姑娘來了」，黛玉妹妹已搖搖擺擺的走了進來！

記：是林姑娘解了您的圍？

釵：也是她破壞了我們的「續集」呢！

記：這是您和寶玉的第一類接觸，僅此而已，既不驚心動魄，也不羅曼蒂克。

釵：而且媽姆時刻在身旁，要如何培養「氣氛」！

三、既生黛玉‧何生寶釵

記：在大觀園的眾姊妹中，黛玉是出名的才女，一流的詩人，是《紅樓夢》中第一美女；尤其她那兩彎似蹙非蹙的籠煙眉，一雙似喜非喜的含情目，真是惹人憐愛……

釵：還有她那態生兩靨之愁，嬌襲一身之病。淚光點點，嬌喘微微，有如嬌花照水、弱柳扶風……不要說男人愛她，就算我這個女兒身，也愛她三分。

記：加上她才思敏捷，時而旁敲側擊，話裡藏鋒，嬉笑怒罵皆成文章；時而幽默雅謔，妙語如珠，有如大珠小珠落玉盤！

釵：從表象看，我真的樣樣不如她！

記：算您有自知之明。在這場「二寶雙玉」的「三角習題」中，您要如何贏得勝利？

釵：我要用「內在美」戰勝她的「外在美」；我要以EQ戰勝她的IQ；我更以「鄉村」（眾女眷）包圍「城市」（寶玉）的戰術，贏得全勝而歸。

記：總之，寧鬥「智」而不鬥「美」就是了。

釵：我要黛玉輸得一無所有，一乾二淨方才罷手。

記：有這麼嚴重嗎？

釵：我要讓眾人知道：黛玉只是個理想的情人，卻是個不「受用」的妻子，要叫她們（賈母、王夫人、鳳姐等）有「娶妻當娶薛寶釵」之想。

記：「以鄉村包圍城市」？這是毛氏（澤東）游擊戰術的最高準則。你如何運用？

釵：我早已看清楚寶玉在這個大家族中沒有婚姻的「自主權」。

記：難不成在賈政手中？

釵：他父親成天巴望著他讀書、中舉、有功名，能光耀門楣。

記：喔！我知道了，一切權力握在賈母的手裡……

釵：而且王夫人又有影響賈母選擇的能力……

記：那鳳姐兒呢？

釵：鳳辣子深得賈母之寵，又有口才，她的話具有扭轉乾坤之勢。

記：所以您從不正面與黛玉爭奪寶玉的愛情；而是在賈母、王夫人面前表現出端莊、寬厚，處處為人設想，時時討好鳳姐，刻刻不忘以小利、小惠籠絡下人。

釵：黛玉常以「心上的血」、「眼中的淚」，私下地向著寶玉傾訴愛的情愫，從事「攻心為上」的功夫。

記：而您卻以高度智慧與委婉的手法，向著寶玉周遭的人物公開做功夫，自是不同凡響。

釵：我十五歲生日那天，當老夫人問我愛聽何戲，愛吃何物，我分別點了《西遊記》、《魯智深醉鬧五台山》與《劉二當衣》等三齣戲。

四、守拙、裝愚．老子之道

記：怎麼這麼沒水準，盡點一些猴子戲、打科插諢的鬧劇、笑劇，真沒水準！

釵：老人家心中寂寞，喜歡熱鬧，是我為迎合老太太的胃口，特別為她點的三齣戲。

記：您能深深體會老子「後其身而身先，外其身而身存，非以其無私耶？故能成其私」（《道德經》第七章）的哲理，所以贏得賈母心；不過，論起口才，黛玉不但伶牙俐齒，時而話裡藏鋒，時而幽默雅謔，妙語如珠。那絕不是您寶釵所能對付得了的。

釵：口才好固然占了很多便宜，但也因為「語無忌憚，口舌招尤」，有時鋒芒過露，顯得恃才傲物，反而招怨……

記：難怪老子說過「多言數窮，不如守中」（《道德經》第五章）的話兒。

釵：所以我拿定了「罕言寡語，人謂裝愚；安分隨時，自方守拙」不管閒事主義，「不干己事不開口，一向搖頭三不知」的明哲保身作法。

記：您是那種「寧可不交一百個朋友，也不樹立一個敵人」哲學的奉行者。

釵：說的也是！在人際關係中，有一百個人講您好話，人家不見得聽得進去；但只要有一個人說壞話，您就見「話」死！您說可怕不可怕！

記：總之，在這一場「黛釵之戰」的愛情爭奪戰中，您仰仗的就是貞靜、和平、裝愚、守拙……

釵：其實這都是假象，都是裝出來的。

記：但是要裝好每一件小事，也是很不容易的；可見您用心十分良苦。

釵：史大林說過：「假話說過一百遍，最後也變成真話了。」所以再怎麼說，我得炮製「為人和易，人人喜歡」的假象，以贏得「寶二奶奶」的寶座。

記：何況，基本上您就得認命：「他們兩人是姑舅姊妹；而你們兩人卻是兩姨姊妹，論親戚關係，自是不如。」

釵：他們兩小無猜，一桌吃，一床睡，從小一塊長大；而我卻是後來的……

記：深知「世事洞明皆學問，人情練達即文章」的處世哲學。

釵：黛玉起先一直對我心存芥蒂，把我當作她的第一號情敵！

記：事實上，在整個大觀園中的眾小姐裡，也只有您可以跟她共比高。

五、以立以破·一石二鳥

釵：她跟寶玉只是「木石前盟」，而我跟寶玉卻是「金玉良緣」；加之，我很會做「政戰」功夫，贏得全大觀園中上上下下對我一致愛戴！

記：連黛玉也是您「政戰」的對象？

釵：當然，您別忘了，她可是我第一號敵人。我一再地對她獻殷勤、表體貼，不斷地送燕窩、遞短箋，逐漸的贏得她的好感。

記：進一步使得絕世聰明、不諳世情的黛玉，對您感激涕零，引為同志了。

釵：我除了建「立」自我形象，努力化解「敵人為貴人」外，還得「破」壞對方的形象……

記：破壞對手的形象，這如何使得，人家會相信嗎？

釵：用「栽贓法」。

記：如何栽法？願聞其詳。

釵：有次我在滴翠亭前偷聽到寶玉的丫嬛小紅和墜兒在談天大的秘密事……

記：什麼樣天大的秘密事？

釵：是小紅的一塊手絹被賈芸揀到了，墜兒從中拉線，要她以「身」相謝芸兒爺。

記：有這等事兒？

釵：在封建的大家庭下，爺兒們玩弄丫嬛使女的事，無日不有。

記：萬一東窗事發呢？

釵：免不了丫嬛們被毒打一頓，皮傷筋疼而已。

記：至於爺兒們則一點事兒都沒有！

釵：就在「當下」，墜兒和小紅推開窗兒，發現有人在窗前……

記：聽了不該聽的「私房話」，這下逮個正著，躲也躲不了。怎麼辦？說不定會引起軒然大波，鬧出人命案來。

釵：我靈機一動，放重腳步，笑著往前叫道：「顰兒！我看你往那裡藏？」

記：使了個「金蟬脫殼」法，把偷聽人家秘密的嫌疑，不經意的轉向林姑娘……高桿！高桿！

六、借力使力．隨勢趁勢

釵：還有王夫人的丫嬛金釧兒，平常跟寶玉調笑慣了！有天在涼床上給王夫人搥腿時，竟然和寶玉公然調情，發生了「性侵害」事件……

記：千錯萬錯又是丫嬛的錯。

釵：王夫人不責罵自己的兒子，反把過失推給別人，一氣之下，把貼身丫嬛金釧兒毫不留情的攆出了大觀園。

記：這是斷人後路，無疑的是送人上絕路！

釵：金釧兒那裡受得了這種屈辱，一氣之下，憤而投井以明志。

記：那王夫人豈不受著良心上重大的譴責與煎熬。

釵：說的也是，我只好安慰王夫人寬心，「說不定金釧不是自殺投井，而是井邊失足掉下去的」。

記：您不但很會察言觀色，而且更懂得「打蛇隨棍上」的哲理，亂編故事一通！

釵：王夫人賞了五十兩銀子給金釧兒她媽，並且還準備賞她兩件新衣裳，作為殮葬……

記：這是觸霉頭的事，林姑娘很忌諱，一定不會答應的……

釵：姨娘（即王夫人）正準備叫裁縫去趕工，我很大方的拿出兩套，省卻了許多麻煩……

記：真的太識「大體」，難怪人人道您好！

釵：反正說幾句好話，有如三春天，溫暖人家的心，是惠而不費的事。

記：那黛玉呢？

釵：獨抱幽芳，一副孤標傲世的樣子——小心眼，言談尖酸刻薄，「心有喜怒哀樂便形於色，意有不情不願就出於口」。

記：不可否認的，黛玉是個才華出眾的女孩。

釵：傲氣往往與才華並生就是了。

記：她是個孤女，比家世大大的不如您；她自小與藥罐子為伍，體弱多病，難怪她多愁善感。

釵：也正因為她那「工愁善病」的閨閣情操，分外贏得了寶玉的憐惜與疼愛；這方面，就是我想學，也學不來的。

記：您自有您的陽剛之美，那絕不是窩囊廢的賈寶玉所能領略的。

釵：何以見得？

記：看您的〈詠柳〉即知不同凡響。

釵：「白玉堂前春解舞，東風捲得均勻，蜂團蝶陣亂紛紛，幾曾隨流水，豈必委芳塵。萬縷千絲終不改，任他隨聚隨分，韶華休笑本無根，好風頻借力，送我上青雲。」（〈臨江仙——詠柳〉）

記：這「好風頻借力，送我上青雲」是啥子意思？

七、贏得婚姻．失去丈夫

釵：我若不贏得「寶二奶奶」的寶座，我絕不罷休。

記：最後您在鳳姐的「移花接木」計下，冒名頂替嫁給寶玉，行洞房花燭之夜！

釵：結果，我與寶玉成婚之日，正是黛玉斷魂之時……

記：當寶玉發現「新娘不是黛玉」後，便「兩眼直視，半語全無」，神志陷入昏迷，不斷喃喃自語，吵著要見黛玉。

釵：當他得知黛玉已死，便看破紅塵。那年鄉試，他雖中了第七名舉人，但出家去也。

記：這您又何苦呢？

釵：倒是寶玉，雖生來是個「富貴閒人」，臨去還成了個「孝子賢孫」之令名。

記：怎麼說？

釵：他勉強與我成婚，順了老太太、王夫人之意；他考中舉人第七名，成全了他爸（賈政）之心；他在我肚裡留下「愛的結晶」，讓我不至於絕望。

記：可是他卻失掉了自我！

釵：讓天下有情人同聲一哭。

---

*1.蔣中正（介石）及其長子經國先後任中華民國總統；達四十年之久；次子蔣緯國任裝甲兵司令。

2.宋耀如（查禮）為基督教傳教士。生三子三女：長女藹齡適孔祥熙，二女慶齡適孫中山，三女美齡適蔣介石；長子子文歷任財政、外交部長；二子子良、三子子安等均隨著乃兄成為「財經專家」。

3.孔祥熙曾任財政部長、行政部長。

4.陳其美（英士）及其兩侄陳果夫（曾任江蘇省主席）、陳立夫（曾任教育部長、立法院長）

上述四大家族集黨、政、軍、經幫（令）於一體，影響中國近代政治，五、六十年。

天真浪漫・心思靈巧
～湘雲訪問記～

許多讀者莫不認為《紅樓夢》是溫柔多情、俊美瀟灑的男主角賈寶玉與林黛玉、薛寶釵之間的一部才子佳人愛情故事。

曹雪芹塑造了黛玉與寶釵這兩位性格鮮明、人格強烈對比的女主角：一個多愁善感；一個端莊寬厚。一個是病西施；一個是冷美人。一個是秋煞；一個是冬寒。一個太不懂事；一個又太懂事。一個是木石前盟；一個是金玉良緣。一個小心眼兒，喜怒哀樂全寫在那張蒼白的粉臉上；一個不露聲色，什麼都擺在心裡，然後慢慢出「貨」。一個是情感主義者，「為愛而生，為愛而死」，除了戀愛之外，似乎再也沒有別的東西；另一個是功利主義者，原本要「好風憑借力，送我上青雲」的珍重芳姿、才貌雙全、財大氣盛的完美女性，為了搶奪「二奶奶」寶座，竟然低心下首，不惜冒名頂替黛玉

嫁寶玉。

湘雲是個天真、浪漫又可愛的女孩子。她沒有寶釵的世故，講話有點大舌頭，不會巴結人，也不喜歡討好人，比之寶釵大為遜色；不過，她也沒有黛玉的小家子氣，什麼事都記在心裡，逮到機會就尖酸刻薄的給予迎頭痛擊，以至於往往為逞一時之快，自埋禍根，失寵於眾人。

湘雲項間配戴著個金麒麟；寶玉也從道士獻贈的玩飾中，挑選了個金麒麟佩著。是有意？還是巧合？現在讓史大姑娘述說這段寶、湘之間「淡淡的愛」。

一、紅樓豪放女．雪芹心所託

記：史大姑娘，史大姑娘！請接受記者的專訪，以報我廣大熱情的《國文天地》讀者……

史：什麼死大姑娘，活大姑娘的嚷嚷個不休。難聽死了，再告訴您一遍我叫湘雲……

記：特喜歡「湘雲」這名字。

史：因為我豪放不羈，熱情爽快……

記：有如多情湘女。

史：又因為我崇善率真，最厭惡虛偽客套……

記：個性如行「雲」流水般，自適自在。

史：我最欣賞魏晉之間阮籍、劉伶……那種不隨流俗、不顧物議、我行我素、旁若無人的風采。

記：依我讀《紅樓夢》的心得，姑娘才是作者曹雪芹投射心理下的真正化身主角。

史：何以見得？

記：雪芹名霑字夢阮。他常以竹林七賢中阮氏叔姪（阮籍、阮咸）自比。他是那種「醉餘奮揮如椽筆，寫出胸中塊壘詩」的真名士。

史：據《續閱微草堂筆記》說：曹雪芹生前有個相好的女子和他同居……

記：這個同居女子，就在《紅樓夢》中化身為史湘雲。

史：難怪他在《紅樓夢》中，塑造成一個「穿男裝、烤鹿肉、喝酒猜拳，和寶玉鬧成一團」的我。

記：有一回，您吃醉了，酣睡在一個石板凳上；四面芍花飛了一身，滿頭、滿臉、衣襟上是紅香散亂，手中的扇子掉在地下，也半被落花埋了。一群蜜蜂、蝴蝶鬧嚷嚷地圍著……

史：多自在、多美妙的一幅田園山林生活畫。

記：有次在蘆雪亭您還親自動手生切鹿肉，圍著火爐烤著吃呢！

史：眾家小姐圍著我嚷嚷！有的說：「怪骯髒的！」（寶琴）有的說：「罷了！罷了！今日蘆雪亭遭劫，活生生的被雲丫頭作踐，我為蘆雪亭一大哭！」（黛玉）

記：她們真是「枵鬼假細膩」！

史：她們那裡知道什麼叫作「真名士自風流」的真諦。她們都是假清高，一會兒腥的、膻的，大吃大嚼的；一會兒卻又錦心繡口的假斯文，最可厭了！

記：肉香飄散，誘得大家都來爭著搶鮮！

史：我乘機當眾宣告：「我吃了這個方愛吃酒，吃了酒才有詩。若不是這鹿肉，今兒斷不能作詩。」

記：快人快語。那天作了什麼詩兒？

史：「奔騰而砰湃，江間波浪兼天湧，需要『鐵鎖纜孤舟』，既遇著一江風，不宜出行，這鴨頭不是那丫頭，頭上那討桂花油。」

記：這意味著您從小父母雙亡，寄人籬下於苛刻的嬸娘，時常要做針線到三更半夜，有如「鐵鎖纜孤舟」般。

史：祇有到賈府姑婆處作客，才稍覺寬慰！

記：又為什麼說：「這鴨頭不是那丫頭，頭上那討桂花油」呢？

史：意即我雖貴為金陵四大家族史家侯門小姐，由於家道中落，所過的卻不是侯門小姐的生活，還必須自食其力，日夜的做女紅。生活的道路上多的是殘雲逝水，前景黯淡……

記：就如同《紅樓夢》作者曹雪芹一般，飽讀詩書之後，總巴望有一天能「上致君，下濟民」……

史：結果並未見用。

記：所以您是曹雪芹心愛、心疼的人物之一，他在您身上寄寓了他的一切。

史：但在大觀園待久了，也免不了染有功利思想，也未能免俗地親口苦勸二哥哥為官作宰之道，說些仕途經濟的「混帳話」。

記：即刻引起寶玉的反感！

二、阿房宮三百里．容不下湘雲客

記：對了！您跟賈府有著什麼關係？怎麼會屢次出現在大觀園中，而且還頗受眾姑娘的歡迎、喜愛的？

史：我就是曹雪芹筆下「阿房宮，三百里，住不下金陵一個史」的千金小姐，湘雲是也！

記：怎麼說？

史：話說賈、史、王、薛乃金陵四大名宦家族……

記：四大家族之間是否有著「合縱」與「連橫」的關係？

史：何謂合縱關係？

記：「合縱」即學、官、產、經、財……等上游、中游、下游「產業」串連成一氣，有如西方資本主義之壟斷從生產、分配到消費的管道。

史：此即西方「卡特爾」（Cartel）組織。那麼又何謂「連橫」？

記：「六方人際、八面資訊……」「扶持遮飾，皆有照應」嗎？

史：四大家族之間不但有著親屬關係，而且下一代更以「婚姻」作為

「建構」之本。

記：也就是柏楊先生所說的，以「性器官關係」進一步地鞏固著彼此的關係。

史：其起步也「一榮俱榮」，及其敗落也「一損俱損」。

記：有如國府時代，蔣、宋、孔、陳等四大家族。民國十五年「蔣父起」，固然雄霸一方、傲視全國；但六十五年後「蔣子落」銷聲斂跡，為李敖斗所出賣。

史：這「連橫」原是西方資本主義獨占組織（Monopoly），有如阿拉伯集團的「石油輸出組織」一般。

記：經濟學上有所謂「雙頭獨占」（Duopoly），你們早已成為「四頭獨占」（Quadripoly）了。

史：我乃史家史鼎之姪女……

記：史鼎又是誰？

史：他是賈母史太君的內姪，襲有「忠靖侯」爵位。

記：換句話說，您是賈母的姪孫女。

史：「枕霞舊友」是我的別號，原籍金陵，由於雙親早亡，依叔嬸而

居。

記：叔嬸待您如同己出？

史：他們待我很刻薄，針、黹、縫、補……等一應事情，全責於我。

記：有如他們的養女般，他們既已付出伙食養您，總要將本求利，有所「回收」，才心甘情願。

史：我也因此因禍得福，練就一身本事。

記：那您為什麼會常到賈府走動？

史：我姑婆賈老太太，憐我無父無母在外形單影隻的，常叫人把我接到賈府居住。

記：您也樂得藉此機會喘口氣，就當是到賈府渡假。

史：賈府上下姊妹眾多，我的針黹功夫很好，正好跟眾姊妹們切磋琢磨，所以很受歡迎。

記：每次來賈府無不興高采烈，充滿著希望……

史：我在自己家裡，飽受嬸娘的苛待，針線女紅常常做到三更半夜，不得稍息；祇有到賈府作客時，才享受到真正侯門小姐的待遇。

記：每次離開賈府，總有點悵然若失，不勝依依之感，十分期待著下一回的再見。

史：所以我臨走時，必定再三叮嚀囑咐寶哥，要寶玉時常提示賈母接我回來。

三、純純的愛·淡淡的情

記：我看您之所以「期望」賈府，期望的對象並非賈母。

史：那是賈府中的眾姊妹？

記：也不見得！

史：那會是誰？

記：是您的寶哥哥、「愛」哥哥！叫得好不親熱，您不害臊，不怕人取笑你？

史：我天生有點大舌頭（舌繫帶過短症），「二」字發音不準，走音變成了「愛」哥哥。

記：發音不準確，應該變成「噢」哥哥、「惡」哥哥或「阿」哥哥才對，怎麼會變成「愛」哥哥呢？

史：我也不知道怎麼會變成這個樣子？每次我一到賈府，就喜歡找寶

玉說話……

記：偏偏寶玉跟黛玉二人「黏」在一起，讓您插不上嘴。

史：有一次我就抱怨了他們一頓：「愛哥哥！林姊姊！你們天天一處玩，我好容易來了，也不理我一理兒！」

記：這話聽來天真，但實際上您和黛玉之間，已經盪漾著妒、恨、愛的波紋暗潮。

史：有這麼嚴重嗎？其實我跟寶哥的感情，才是自然的發展，有如兄妹般的純潔、光明，用不著刻意迴避。

記：何以見得？

史：我常到大觀園作客，一住就是兩、三天或四、五天……

記：都住那兒？有沒有為您特別準備一間套房或什麼院落的？

史：我帶著丫嬛翠縷來到大觀園，有時住在寶釵姊的「蘅蕪苑」，較多時候都住在黛玉姊的「瀟湘院」。

記：您應該有一座「枕霞閣」才對，門外釘上一塊「枕霞舊友」的牌子，這才富詩意。

史：每次天方明，寶哥便披衣趿鞋往黛玉房中來了……

記：寶哥去看黛玉？

史：看我一把青絲，拖施枕畔；一幅桃紅綢被，只齊胸蓋著，襯著那一彎雪白的膀子，撂在被外……

記：您的睡相很野？不像黛玉那樣嚴嚴密密地裹著一幅杏子紅綾被，安穩合目而睡。

史：他忍不住的歎道：「睡覺還是不老實！回來吹了風，又嚷肩窩兒疼了！」接著輕輕的替我蓋上被子……

記：一切盡在不言中。

史：等我洗了臉，翠縷便拿殘水要潑，寶玉道：「站著！我趁勢洗了就完了！」

記：他甚至願與您共用一盆水、共飲一杯水……當然也可能共用一個枕、共撐一支傘……

史：他還要我替他梳頭……

記：他有襲人幫他梳頭，何必勞駕您呢？何況您自個兒的頭都要翠縷梳。

史：我偏不給他梳，推說我不會梳……

記：那他沒轍了？

史：他就嘻皮笑臉的說：「好妹妹，你先時怎樣替我梳了呢？」我推說如今我忘了怎樣梳呢！

記：於是他死乞八賴的「千妹妹、萬妹妹」的央求著。

史：我只好替他梳了。

記：而且也是滿心歡喜，隨意喜悅的替他梳頭。

四、我愛寶玉・寶玉愛我

史：我和寶哥的互動，只有黛玉、寶釵、襲人和我四人體會感覺得到。

記：真個如人飲水，冷暖自知！

史：「木石前盟」（寶黛之戀）、「金玉良緣」（玉釵之戀）和「金麒麟一雙」（玉雲之戀）繼續上演著。

記：你們各自在暗中較勁！

史：說實在的，在這三雙戀人中，寶玉和我是最「速配」、最相愛的一對。

記：怎麼說？

史：寶釵太懂事，處處避嫌……

記：失去了純真的本性，流於世俗的虛套中，顯得很不自然。

史：黛玉太任性、太不懂事，我行我素的哭鬧無常……

記：一個神經質的病美人，不但給自己製造麻煩（Trouble-Maker），也往往讓寶玉下不了台階。

史：我則介於她們兩人之間，是個樂觀主義者。很會作怪，玩的花樣也最多，是寶玉的好遊伴，能夠製造出許多情趣，最能滿足寶玉的好奇心，也能帶給寶玉快樂、幸福的婚姻生活。

記：可惜您沒有一座專屬的館閣，處處寄人籬下，因而從第一女主角，掉落到「最佳女配角」的角色。

史：說的也是！寶釵住蘅蕪苑、黛玉住瀟湘館、迎春住綴錦閣、探春住秋爽齋（秋掩書齋）、惜春住蓼風軒、李紈住稻香村、寶玉住怡紅院……只有我每次來大觀園，不是跟黛玉住，就是跟寶釵住……

記：難怪有「阿房宮，三百里，住不下金陵一個史」的說法。

史：更令我想像不到的是：我正在大觀園與寶釵鏖戰、與黛玉苦鬥之

際，我叔嬸竟然把我許配給衛若蘭……

記：這下襲人最高興了。

史：她一聲「姑娘大喜呀」的道賀，有如炸彈開花，轟然一聲，我整個人都崩潰了。

記：聽說您的「阿那達」，才貌雙全，性格又好……；和寶二爺差不多兒。

史：可是成婚不久，便患癆病死了。我只有自歎命苦、自悲命薄了。

記：您「既遇著一江風，不宜出行」（寶玉生日酒宴上湘雲說的令），弦外之音是不宜出「嫁」。

史：「展眼弔斜暉，湘江水逝楚雲飛。」（〈金陵十二釵判詞其四〉）

記：「終久是雲散高唐，水涸湘江，這是塵寰中消長數應當，何必枉悲傷。」（〈樂中悲〉）

史：一樁不幸的婚姻，使得四個多情女子的後半「人生是黑白」的。

記：怎麼說？

史：黛玉姊吐血而死；寶釵姊獨守空閨以終；襲人則全部希望落空；我嘛！實不願遠嫁，結果嫁了個癆病丈夫，不出一年就守寡了。

記：May God bless you.

八面玲瓏・威風四方

～鳳姐訪問記～

「……彩繡輝煌，恍若神仙妃子：頭戴金絲八寶攢珠髻，額綰朝陽五鳳掛珠釵；項圍赤金盤螭纓絡圈；身著縷金百蝶穿花大紅緞襖，外罩五彩刻絲石青銀鼠褂；下著翡翠花洋縐裙。一雙丹鳳三角眼，兩彎柳葉棹梢眉；身量苗條，體態風騷；粉面含春威不露，丹唇未啟笑先聞。」從《紅樓夢》第三回王熙鳳上台的「場景」，人未到，聲先到，多麼地先聲奪人。

她就是能幹、好強，而且集巧詼、潑辣、狠毒、陰險、貪欲於一身的鳳姐兒。她是大觀園中的「主軸」人物，若是沒有她，《紅樓夢》充其量只是寶玉、黛玉和寶釵之間的一部才子佳人愛情故事，《紅樓夢》也就顯得坍塌、無力、平面了。

她是大觀園內的管家婆，她也是榮國府裡的「內閣總理大

臣」。在「女王」賈母史太君「你辦事我放心」的放縱下，她為所欲為；她「欲壑難填」，挪用下人們的月錢放高利貸；她弄權使招、費盡心機，把龐大的家族資財，在「國庫」通「黨庫」，「襠褲」轉「內褲」，五鬼搬運下，逐漸化為個人的私房錢……

直到「榮國府」被查、被抄、眼看它人去樓空，高樓塌下……

一、八面玲瓏．EQ高手

記：王小姐，面對著廣大熱情的讀者群，首先請自我介紹一番。

鳳：我姓王名熙鳳。人前他們喊我「鳳姐兒」、「嬸娘」的；尊我「璉二嫂子」，「二奶奶長、二奶奶短」的，叫得親熱得不得了；把我捧得高高的，說我是「脂粉隊裡的英雄」！

記：背地裡呢？

鳳：叫我鳳辣子，說什麼我「嘴甜心苦，兩面三刀；上頭笑著，腳底下使絆子，明是一盆火，暗是一把刀……」

記：照這樣看來，您是又麻又辣的，堪稱為「麻辣火鍋」。

鳳：最忍無可忍的是，把賈瑞相思夢遺、虛脫身亡的源頭推在我身上，還說我借刀殺人，使得尤二姐自殺……

記：有這麼嚴重嗎？

鳳：說的也是，有人要吞金自殺，有人要夢遺虛脫，那關我什麼屁事？更可惡的是，他們還說我設下了移花接木之計，製造了紅樓夢的大悲劇……

記：什麼樣的大悲劇？

鳳：使黛玉飲恨而死，使賈府未來的主人翁賈寶玉一氣之下，勘破紅塵，出家當和尚……

記：也給寶釵帶來了悲劇婚姻——空有寶二奶奶的虛號！

鳳：唉！「不遭人忌是庸才」，又有誰知道當家之苦、之難！

記：正是「道鳳姐，怕鳳姐，罵鳳姐；不見鳳姐又想鳳姐」！

鳳：身處這麼龐大、複雜的大家族，我除了善體親心、善知人意之外，只好採「寧我負人，毋人負我」的人生觀，來保護自己。

記：身處賈府的當家媳婦是不容易的。

鳳：本來嘛！在那長輩、平輩、小輩、本家親戚和男女奴僕之間，上下四百四十八口的大戶人家，彼此之間都存在著極複雜的矛盾……

記：若不具備獨到的權術機變，以您一個孫媳婦輩的年輕女子，如何挑得起這「內閣總理」的大任。

鳳：有時還得見人說人話，見鬼說鬼話，唬弄一番；否則順了娘心，卻又拂了姊意的，可就不好玩了。

記：您真是一等一的EQ高手，在這四百多口，龍蛇雜處，五彩斑斕的賈府中，能夠轉得動、吃得開。By the way，說說您擔任寧國府「內閣總理」的經過如何？

鳳：那年，寧國府的當家媳婦秦可卿一死，她婆婆尤氏又因胃病臥倒在床，家務事頓時無人料理……

記：他們家的男丁像賈珍、賈蓉父子倆難道不是人了？

鳳：正如寶玉說的：女兒是水做的骨肉，男人是泥做的骨肉……大觀園中的男人根本就是一些鬚眉濁物，他們只知吃、喝、玩、樂、嫖、賭；還娶小老婆、玩女性、玩變童，飽食終日，十足的發揮了低級雄性動物的本能。所以賈珍再三的苦苦哀求我去料理寧國府的家務。

記：這正合您素來愛賣弄能幹，又喜多管閒事的意念，其實您心裡早就巴望著這一天的到來！

二、受命於三頭馬車之局

鳳：多管寧府的一顆大印，就有更多迴旋的空間，我何樂而不為？

記：您是個腦袋清晰的精明人，三兩下就找出了大家族的潛在之憂。

鳳：第一，人口龐雜，動不動就有人遺失東西；第二，事無專管，每個人臨事便成「推事」；第三，需用過費，濫支冒領，所在多有；第四，任務輕重分配不均，苦樂不一；第五，管束家僕不嚴，任其胡作非為……

記：對症下藥，只消幾天時間，就把寧國府治理得井井有條；但為什麼長年累月的，反把自個兒的榮國府搞得一塌糊塗呢？

鳳：在寧國府實施的是責任「內閣制」……

記：何以見得？

鳳：賈珍是虛位元首，他給了我寧國府的「對牌」……

記：那對牌是幹啥子用的？

鳳：要用錢、用人，只管拿這「對牌」去取，既不必向賈珍報備，也不怕別人抱怨，一句話「認牌不認人」，直截了當！

記：換句話說，您在寧國府既有人事權，又有主計權，而不必負擔任

何責任與風險。

鳳：又有個總管賴陞、管事來旺，等人的配合，自然十分得心應手。

記：至於榮國府呢？

鳳：他們實施三頭馬車、雙首長制。

記：怎麼個三頭馬車，又怎麼個雙首長制？

鳳：老太太是最高領袖，她有權無責；王夫人為人庸懦，做人處事沒有主張、沒有決斷……

記：她平日裡唯有吃齋、念佛，不是不太過問事情嗎？

鳳：有時心血來潮，三不五時的又來個攆金釧使金釧投井死，趕晴雯令晴雯患病亡，平添許多麻煩。

記：往往使您這個「內閣總理」無所適從了。

鳳：就像游錫堃這個行政院長夾在陳水扁與呂秀蓮中間一樣的尷尬。

記：您乾脆一不做二不休，也藉這個機會，發揮自私的貪念，來個趁火打劫外加渾水摸魚，中飽私囊再說。

鳳：最後導致經濟崩潰。

記：終於「樹倒猢猻散」，那是後事，先談談「賈瑞事件」如何？您是怎麼懲治這個妄想吃天鵝肉的癩蝦蟆？

三、色不迷人人自迷·瑞爺看走眼

鳳：話說寧國府一老爺賈敬壽誕，我代表榮國府管家媳婦前去拜壽，順道探望那生病的秦可卿（壽星賈敬的孫媳婦）……

記：您對於人際關係面面俱到，總是做到滴水不漏的。

鳳：我帶著跟來的婆子、媳婦們和寧國府的媳婦、丫頭們正繞進園子，猛地……

記：莫非闖出一頭惡犬來？

鳳：忽地從假山後面走出個人來！對我說了一聲：「請嫂子安」。

記：誰啊？

鳳：我猛吃一驚，將身往後一退，才知是賈瑞、瑞大爺。

記：誰是瑞大爺？

鳳：他是賈府塾師賈代儒之長孫，父母早亡，幫著他祖父管理書塾。他遇見我劈頭就說了句「也是合該我與嫂子有緣」，而且色瞇瞇的兩眼不住的在我身上「打點」。

記：他特意在假山旁「堵」您，他有意要吊膀子？

鳳：男人嘛！處處表現出「雄性動物」的本能。

記：您立刻義正辭嚴的澆他一盆冷水，給他好看？

鳳：這多沒趣啊，在這麼多婆子與丫嬛面前，我要表現出賈二奶奶的風度與風情；暗地裡，我非要好好教訓這個色鬼，非叫他死得難看不可！

記：得饒人處且饒人，何必做絕！做死！

鳳：這大觀園的爺兒們，那個幹了正經事的？成天地酒、色、財、氣活像一群貧血的活屍：他們討小老婆、玩丫嬛、玩孌童；扒灰的扒灰，「污錫」（污媳）的「污媳」；現在活得不耐煩了，竟然把歪腦筋動到本姑娘的頭上來了。

記：莫非癩蝦蟆想吃起天鵝肉來了？

鳳：說的也是！於是我將計就計的應和著他：「怪不得你哥哥常提你，說你好；今日見了，聽你這幾句話兒，就知道你是個聰明和氣的人了。」

記：這下他不爽死才怪呢！

鳳：男人們大都愚蠢而粗暴，只要您讚聲聰明和氣，最為受用。

記：就像女人，即使是隻母豬，您只管讚她美麗、苗條、有氣質，無不樂翻了天！

鳳：我接著說：「這會子我要到太太們那邊去，不得合你說話，等閒了再會罷！」

記：放下長線，讓他自動上鉤！

鳳：他接著又說：「我要到嫂子家裡去請安，又怕嫂子年輕，不肯輕易見人。」

記：自家骨肉，說什麼年輕不年輕的。他分明是在「投石問路」，得到了滿意的答案，滿心歡喜的得此奇遇！

鳳：這個知人知面不知心的傢伙，妄想亂倫亂到嫂子的頭上來了。

記：可是您卻特別鍾愛賈蓉與賈薔兩人？容許他們的輕浮舉動，有時還和他們混纏不清……

鳳：話說到那兒去了，他們不過是十七、八歲的娃兒；他們都是我的姪兒輩，誰叫他們長得這麼清秀、這麼別致，不但貼心而且還「會意」呢！

記：劉姥姥的外孫板兒，也算是您的姪兒，她左一個「你姪兒」，右

一個「你姪兒」，不免使您心驚膽戰的！

鳳：真是「那壺不開偏提那壺」，惹得我心煩意躁！

記：後來瑞大爺是否常去您那兒糾纏？

鳳：明目張膽的糾纏，不敢！三不五時的使人來打聽二奶奶在家否？倒是有的。

記：他正是鬼迷心竅，好惹不惹的惹到璉二奶奶！

鳳：有一天他覷個空看我在家，大模大樣的進得家門；見了我，滿面陪笑，連連問好。我只好假意殷勤，讓座讓茶……

記：要如何引起話題呢？

鳳：他眼色朦朧、口齒纏綿的問話：「二哥哥怎麼還不回來？」

記：他應該問您好才對！怎麼倒問起璉二哥來了？

鳳：他大概早已風聞賈璉在外搞七拈三的事，想趁我獨守空閨之餘，來個趁虛而入之便。

記：莫非有「人」絆住了璉二爺的腳，捨不得回來了吧！

鳳：可知你們男人家都是色鬼，見一個愛一個的，見異思遷。

記：賈瑞一定說：「嫂子你這話錯了，我就不是這樣的人！」

四、將計就計・瑞爺上鉤

鳳：我笑著說：「像你這樣的人，能有幾個呢？十個裡也挑不出一個來！」

記：這分明是挑逗，是煽情嘛！弄不好會引火上身的！

鳳：這也是客套話，認不得真的，那曉得他聽了之後抓耳撓腮，樂得像猴子似的說：「嫂子天天也悶得很？」

記：說的也是，只盼有個人來說話解解悶兒，這下正好一拍即合。他嘛！天天閒著，正想趁虛而入，替嫂子解悶，只聞說嫂子是個正經八百的利害人。

鳳：那曉得我是有說有笑，是個極有七情六欲之人；儘管賈蓉、賈薔兄弟倆常來調笑解悶，畢竟少年不知愁滋味，難貼人心……

記：那他心上豈不像十五個吊桶似的，七上八下的亂撞一番，禁不住要唱「我那能忍得住唷！」

鳳：他像王八眼瞪綠豆似的出魂、出竅覷著眼，緊盯著我手上戒指，正待伸手抓著問：「嫂子戴的是什麼戒指？」

記：這下可不是投石問路，簡直是登堂入室了。您厲聲而拒，起身而去……

鳳：我悄悄的在他耳邊道：「放尊重些，別叫丫頭們看見了！」

記：青天大白日的，人來人往的多礙眼啊！就在「當下」，也十分不便……

鳳：我告訴他，且等晚上起了更，悄悄的在西邊川堂兒候我。

記：真的跟他約會了？

鳳：癩蝦蟆想吃天鵝肉，也不灑泡尿當鏡子照照，是副什麼德性……那夜起更時，他果真鑽入川堂赴約，裡面一片漆黑，我叫人把東西兩片大門「咯」上門！

記：在那朔風凜凜、侵肌裂骨的臘月天，讓他獨個兒在黑暗中凍一個晚上，不凍死嘛，也嚇破膽。

鳳：第二天回到家，由於交代不出去處，被他祖父賈代儒罰跪，按下重重的打了三、四十板屁股，還罰他不許吃飯、罰他在風地裡背唐詩、背八股文，足足被折騰了十幾天。

記：誰叫他色膽包天，得罪了鳳辣子！

鳳：過了兩天，得了空兒，他又來了。

記：邪心未改，不到黃河心不死的樣子。

鳳：這次我決定讓他死心外加心死！才見面，我就直抱怨那天他失信。他急得賭咒發誓，於是我又約他，今晚在我這房後小過道裡那間空屋子等我。

記：那晚您真該去赴約了！

鳳：本姑娘怎麼會去呢？我約了賈蓉、賈薔兩兄弟去修理他。

記：那天夜裡掌燈時分，他就來到那夾道中的屋子裡，「人約黃昏後」……

鳳：左等右等，急得像熱鍋上的螞蟻般……

記：怕像前回那樣放他鴿子，又怕被人發現。真是又急、又疑、又期待之際，一個黑幽幽的影子進入……

五、好色賈瑞．死相難看

鳳：那是賈蓉！瑞大爺以為是我，不管青紅皂白，便如餓虎撲羊、貓兒捕鼠般一把抱住，叫道：「親嫂子等死我了！」

記：說著，說著，滿口的「親爹」、「親娘」、「達令」、「亨妮」的又親又舔的扯褲破衫的……進入「限制級」的鏡頭……

鳳：說時遲那時快，賈薔舉了個蠟台照著：「誰在這屋裡呢？」被壓在炕上的賈蓉笑道：「瑞大叔要脫我褲子！」

記：賈瑞正待回身落跑，被賈薔一把揪住，免不了被數落了一番，弄得無地自容……

鳳：賈薔喝道：「別走，如今璉二嬸子已經告到太太跟前，說你要調戲她，她用了脫身之計，哄你在這邊等著，太太叫我來拿你……」

記：這瑞大叔被這姪兒倆的「雙簧戲」，作弄得可以了！

鳳：而我是這齣雙簧戲的導演兼編劇。

記：這齣叫好又叫座的「偷情雙簧戲」的票房記錄不錯吧。

鳳：蓉兒他倆各得以賭債為名的「五十兩」銀票；從後門放賈瑞走時，在倉皇竄逃中又淋了他一身糞水屎尿，真是狼狽！

記：賈瑞真是自作自受，偷雞不著蝕把米，賠了一百兩銀子還惹了一身晦氣！他祖父還每天開罵！怎麼受得了哇！

鳳：不上一年，在內外交攻下，犯相思病，死了！

記：鳳辣子！您也未免太狠心了一點！

鳳：虧您這個教授讀了這麼多書！難不成不知道「無毒不丈夫」這句警語！

六、璉二夫君·花心蘿蔔

記：談談您的夫君璉二爺如何？

鳳：是個窩囊廢，雖不滿意，還能接受，只是他太貪了，使我不快！

記：怎麼說？

鳳：他有一妻、二妾（秋桐、平兒）、三「點心」（鮑二家的、多姑娘……），還嫌不足，像饞貓一樣，吃在碗裡，看到鍋裡，還瞞著我私娶尤二姐，金屋藏嬌在外……

記：對丈夫前頭的小妾外遇都能坦然接受，為何獨獨不能容忍尤二姐？

鳳：前二者「妾」分已定，我雖憤怒，但也只在心中，因為我究竟是「老大」，她們爭的也只是老二、老三；至於其餘的「搞七拈三」，我也懶得理會，也不勝理會。

記：反正您也有您的「管道」；賈蓉、賈薔二姪兒也都風流俊俏、體心順意的，頗為受用。

鳳：至於尤二姐，誰教他們「新二奶奶、舊二奶奶」的叫個不停……直接威脅我二奶奶的本尊！簡直肉麻當有趣嘛！

記：業已威脅您「老大」的地位，斯可忍，孰不可忍！

鳳：務必把這個圖謀「謀王篡位」的「新二奶奶」除之而後快！

記：您是在什麼情況下，得知璉二爺在外「金屋藏嬌」？

鳳：話說寧國府的賈敬賈大爺算是我叔伯輩，丙辰科進士出身，一味兒好道，只愛燒汞服丹，巴望成仙，不管家務，只在都中城外「玄真觀」，和道士們胡羼亂作。一夕，他守庚申時，悄悄的把一包丹砂服了下去，即刻面皮嘴唇燒得紫絳皺裂，腹中堅硬如鐵……

記：走火入魔，死了！

鳳：這對「追賜五品之職」的賈大爺來說，可是「大代誌」；天子還命光祿寺按例致祭……當作國喪辦理。

記：這下親朋好友、三姑六婆，莫不爭先恐後的前來拈香致祭……

鳳：這正是各房各派從事串連、進行「外交」的好機會；賈敬媳婦、賈珍之妻尤氏不能回家，便將她繼母接來，在寧國府看家。

記：這親家尤氏繼母理所當然的把兩個未出嫁的閨女尤二姐、尤三姐帶來，一併住著才放心。

鳳：這尤二姐眉彎柳葉，高吊兩梢，目橫丹鳳，神凝三角，俏麗若三春之桃，清素若九秋之菊，生得十分標致，外加性情柔順，真是「我見猶憐」。

記：匹夫無罪，懷璧其罪，有時候美麗的女人，本身就是罪！

鳳：何罪之有？

記：她不斷的散發出熱、愛和光。陣陣濃郁的費洛蒙引誘著人家犯「色」罪。

七、在外租屋．金屋藏尤

鳳：我那老不羞的璉二舍，在賈蓉的穿針引線與賈珍的暗示默許下，竟然在外面小花枝巷內買定一所房子，金屋藏嬌起來了；於是「新二奶奶長、新二奶奶短」的在小廝們閒扯中傳開來，偏偏被平兒聽見了，向我報告。

記：此事激起您醋勁大發，非同小可。平兒夾在璉爺與鳳姐之間，以小事大，向來周旋妥貼，大事化小，小事化無，以「受得住」見稱，為何今日倒火上加油起來了！

鳳：這您就有所不知了！平日裡我和平兒雖有妻妾之隙，但此時遭逢「外來政權」的入侵，當然要「聯合次要敵人打擊主要敵人」為先。

記：這是「統戰定律」第一條。

鳳：我和平兒是「亦敵亦友」，隨機而動！

記：那該怎麼辦？

鳳：有天璉爹往平安州出差去了，我便帶著平兒、豐兒、周瑞、旺兒媳婦四人，逼著興兒引路，來到小花枝巷尤二姐住處……

記：一行六人前去抄家，把它砸個稀爛……

鳳：尤二姐聽說大奶奶來了，先是一驚，而後趕忙整理衣裳，以禮相見，張口便叫「姊姊」，說：「今兒實不知姊姊下降，不曾遠迎，求姊姊寬恕。」說著便拜了下去。

記：「迎面不打笑臉人」，古有明訓。這下發不出脾氣來了！

鳳：我忙陪笑還禮，說道：「……如今娶了妹妹做二房……我勸過二爺，早辦這件事，果然生個一男半女，連我後來都有靠。還求妹妹體諒我苦心，起動大駕，挪到家中，你我姊妹同居同處……這才是人之大禮……」

記：化敵為友一番大道理，使得尤二姐感動得願效犬馬之勞，願報結環之恩！

鳳：「……我如今來求妹妹進去，和我一塊兒，住的、使的、穿的、戴的，總是一樣兒的。」

記：您的話合情入理又動聽，那老實忠厚的尤二姐錯把個情敵視作知己，不死得快才怪！

鳳：我把尤二姐接進大觀園，悄悄地求李紈收養幾天，然後挪到東廂房的三間屋子裡住了。

記：禁臠已在囊中，端看您這「潑皮破落戶兒」（潑辣貨）如何收拾她了。

八、尤二吞金·自殺身亡

鳳：在大觀園裡，我只給她過了三天好日子，先叫供她使喚的丫頭善

姐，不聽她使喚；還冷言冷語的，「咱們又不是明媒正娶的。」漸漸地，連飯也懶得端給她吃，有一頓沒一頓的，臭的、餿的、爛的全供上了。

記：尤二姐不言不語？

鳳：說過丫頭兩次，她反瞪著眼叫嚷了起來！

記：那璉二爺都不知也不管？

鳳：二爺看到的只是「表象」，絕對看不見「裡象」；而且我派旺兒挑唆尤二姐已退婚的丈夫張華到都察院去告賈璉，讓他官司纏身，不能兼顧。

記：告璉二爺重婚罪，讓他吃官司坐牢。說投鼠也得忌器啊！何況他是您終生倚靠的良人吔！

鳳：這個我知道，我只是讓他在重重「外患」之下，顧不了「內憂」而已；至於重婚不重婚，那是小 case 一樁，我在都察院和張華兩造都塞了銀子，包管沒事。

記：尤二姐是「花為腸肚，雪作肌膚」的美人兒，如何受得了這種屈辱？

鳳：我還教唆秋桐（璉二爺之妾）和丫頭們惡言惡語的折磨尤二姐

……

記：尤二姐不氣出病來才怪。

鳳：她月信已三月不來，病「身」兼病「子」。我請了個胡太醫給她看診，抓了藥。

記：是您下的毒手，借刀殺人，打掉她肚裡一塊肉。

鳳：生受活罪，不如死了乾脆。傷心失望之餘她果然將衣裳首飾穿戴整齊，吞下一塊金子，上炕躺下，一死了之。

記：您除去了心腹之患的尤二姐，這下璉二爺與璉二奶從此過著幸福快樂的日子……

鳳：我這一生左操心、右算計的，衣祿、食祿也享盡了，氣也賭盡了，強也要夠爭足了，就是「壽」字兒上缺了一點兒，在一場小產過後，種下病根，活不過二十六歲的生日，便死了。

記：May God bless you！鳳辣子，您安息罷！

才精志明・女中丈夫
～賈探春訪問記～

賈政與王夫人所生的「元春」；賈赦與周姨娘所生的「迎春」；賈政與趙姨娘所生的「探春」；加上寧國府賈敬之女「惜春」，是為賈府四姊妹。四姊妹出身、背景不一，才識、品德各異，自有其不同的性格與際遇。

在悲劇作家曹雪芹先生的摶捏下，賈府四大小姐卻都沒有好結局。元春生於大年初一元旦吉時，賢孝才德，兼於一身，被選入宮，得皇上寵幸，封為鳳藻宮尚書，晉封賢德妃。「碧海青天夜夜心」她雖身處深宮，然此心常在大觀園中，心懷寶玉；可惜壽祚不長，正於非常得寵之時，得痰疾而薨，得年才四十三，有如曇花之一現。

賈迎春，「肌膚微豐，適中身材，腮凝新荔，鼻膩鵝脂，溫柔

沈默，觀之可親」，其性格卻是反應極其遲鈍，懦弱無能。她的諱名是二木頭，戳她一針也不知哎她一聲。這樣一個庸懦之人，偏偏嫁給一個「丘八」出身，暴戾不仁，綽號「中山狼」的孫紹祖。像這樣一位「侯門艷質」、「公府千金」，在丈夫的拳打腳踢下，才一年就一命嗚呼了！她名曰迎春，有如一朵早開早謝的迎春花。

賈探春，「削肩細腰，長挑身材，鵝蛋臉兒，俊眼修眉，顧盼神揚，文采精華，見之之人，莫不忘俗。」她為人事理清楚，說話最有條理，處事明快，雖是庶出，王夫人卻把她視同己出，眾人也不敢小覷她；可惜她遠嫁海疆統制周瓊之子，無緣常見，等到她再回家省親時，大觀園已「物是人非，事事非」了。

賈惜春，天性孤僻，不喜與人親近，為人膽小怕事且近乎糊塗，她「看破三春（元春、迎春、探春景不長」，在心冷、口冷、心狠、意狠之餘，逃避現實，跟著妙玉落髮為尼，青燈黃卷了此殘生。

四姊妹的名字：「元」、「迎」、「探」、「惜」，是有「原應歎息」的伏筆；但也只有勇敢的探春小姐，面對現實，為「千紅一窟」

（哭也）；「萬艷同杯」（悲也）的眾女娃兒一吐怨氣。

一、姨娘之女・志高才精

記：探春小姐，探春小姐，請接受《國文天地》記者的訪問。

探：我一直等著您的採訪，怎麼現在才輪到我？要知道，全大觀園中的男性，除了寶玉和柳湘蓮外，全是一群糊塗蟲，一大票色鬼；女的則全是一票依傍他人為生的可憐蟲。只有我，才是個獨立的「個體戶」，您要看賈府上下的萬花筒，從我這裡出發，絕對錯不了的。

記：那麼先請自我介紹一番。

探：賈政是我爹，賈環是我哥哥……

記：您跟寶玉是何關係？

探：他是我同父異母兄！

記：呵！我知道了！賈政大享「齊人之福」。

探：何謂「齊人之福」？

記：「齊人有一妻一妾而處室者」（《孟子・離婁下》），因為賈府二老爺賈政有妻王夫人，有妾趙姨娘……

探：寶玉為王夫人所出，賈環和我為趙姨娘所生。

記：由於您是庶出的，基本上您在賈府應該沒什麼地位。

探：那倒不見得，由於王夫人自己沒有生女兒，她把我當親生女兒看待，加上我自小潔身自好，力爭上游，又常仗義執言，持理力爭，連老太太賈母都服了我，所以眾人不敢小看我。

記：至於您哥哥賈環呢？

探：從小生得不成人才，加上心腸陰狠，舉止粗糙，是個人見人厭的傢伙……

記：而您是個人見人愛的小姑娘……

探：女孩家們，總得生得討喜取巧一點，不比男孩子家。

記：您這一對兄妹很像薛蟠那對兄妹。

探：怎麼拿我跟他們比？薛蟠是我表兄。

記：薛蟠怎麼會是您表兄呢？這一表豈不「表」到三千里外了！

探：不會啊！薛姨媽閨姓王，她是王夫人之妹；而王夫人嫁給賈政，生寶玉；我媽趙姨娘是賈政之妾。因為薛蟠和寶玉是表兄弟，所以我和薛蟠當然成了表兄妹；還有呢……

記：寶玉娶了寶釵，寶釵又成了您的表嫂。

探：這叫作表外之表，親上加親。

記：是的，是的！我了解。

探：剛才怎麼把潘氏兄妹跟我兄妹比。

記：賈環和薛蟠一樣，人見人厭；而您和寶釵一樣，人見人愛。

探：男生嘛！總是過動有餘，沈靜不足！

二、女中丈夫．與眾不同

記：說說小時候的情景！

探：我小的時候就跟別的姑娘不同。

記：怎麼個不同法？

探：小姐們喜愛的不過是花啊、草啊、胭脂、口紅、歐蕾之類的東西；我則不同。

記：很「男人婆」，大剌剌地……

探：這倒沒有，我在很小的時候，當我攢下零用錢時，常託寶玉外出時買些玩意兒回來。

記：不外糖果、餅乾、鹹酸甜之類，小女生喜歡吃的東西。

探：我可不是那樣的！

記：要不就是布料、頭巾、手帕、洋娃娃等日常應用小東西。

探：我才不這麼庸俗、這麼的柴契爾（菜市啊）夫人式；我叫寶玉替我買好的字畫，還有輕巧、細緻的手工藝品。

記：像哪些手工藝品？

探：像用柳枝兒編的小籃子，用空竹根挖的香盒兒，用膠泥垛的風爐兒哪……

記：聽說您的閨房陳設，也與眾不同。

探：我無所謂閨房與客房！三間屋並不曾隔斷。當中放著一張花梨大理石書案……

記：案上擺著繡花、繡鞋的？

探：案上壘著各種名人法帖，還有數十方寶硯……

記：各色筆筒內，插的筆有如紅樹林的水筆子一般。

探：您怎麼知道的？

記：那是書房而不是繡房！

探：東邊擺著一個斗大的汝窯花囊，插著滿滿的一囊水晶毬白菊；西牆當中，掛著一大幅米芾的「煙雨圖」；左右掛著一幅對聯，乃是顏魯公的墨跡。

記：這是一種疏朗高雅的男兒情調，而非閨閣少女氣氛。

探：我但願我是男子漢，可以出得去，打拚天下，立一番大事業。

記：這麼說來，您是個屬於「空間智慧」與「人際智慧」型的女中大丈夫。

探：您所說的什麼「空間」、「人際」智慧，我搞不懂，我只知道傳統的智慧分為「上智」、「中人」、「下愚」三等；那是韓愈在一千二百年前所創的「性三品」說。

記：這也是推孟（Terman）在一九二六年所提出的（智齡÷實齡100＝智商IQ）的智商（Intelligence Quotient）公式。

探：推孟先生如何界定他所謂的「智力商數」？

記：凡智商在一四〇以上是為「天才」，那是不世出的。

探：也就是說，不一定有的！

記：凡在一三九至一一〇的人是為優異，也就是韓愈所說的「上

智」。

探：占的比例有多少？

記：百分之二十；智商在一〇九至九〇者為中才，占人口比例的百分之六十。

探：那下愚的呢？

記：從八九到七〇的是為下愚，占人口總數的百分之二十……

探：那智商在六九以下的呢？是否「智能不足」，已到不堪造就的情形？

記：這是傳統的「垂直式」量表，已不足為訓；一九八三年美國哈佛大學教授豪爾．迦納博士（Dr. Howard Gardner）推出另一套「智力架構」（Frames of Mind），提出了所謂的「多元智慧論」（Theory of Multiple Intelligence），簡稱為ＭＩ。

探：這是一種新型的智慧量表？

記：這是一種「平行式」的量表。

探：要怎麼量呢？

記：他認為所謂「智力」，是人類解決問題或製造產品的能力……

探：有不同的生活環境就發展出不同的「應付環境」的能力，這和「文化」的定義相契合。

記：他訂出八項標準，作為選擇智能的標準……

探：是那八項？

三、集空間智慧、語言智慧於一爐

記：第一是「語言智慧」，即善於運用語言、文字來思考的能力。

探：這種人一定擅長於記憶、背誦和複述，他們適合擔任政治人物、作家、節目主持人。

記：第二是「數學邏輯智慧」，即善於利用推理來思考的能力。

探：這種人在探索技巧與科學操作、分析能力較優異。他們具備數學家與科學家基因。

記：第三是「空間智慧」，即善於運用圖像來思考的能力。

探：他們具有較強勢之空間智慧、藝術創作與視覺色彩運用。畫家、雕刻、劇作、裝潢設計，航海家、飛行員，都是空間智慧者所能從事的領域。

記：第四是「肢體運作智慧」，即透過身體的感覺來思考的能力。

探：外科醫師、演員、舞蹈家、運動員……都是肢體運作強勢智慧的代表。

記：第五是「音樂智慧」，即透過節奏旋律來思考的能力。

探：像歌唱家、演奏家，以及一切音樂的工作者或創作者，都是音樂強勢智慧的代表者。

記：第六是「人際智慧」，他們可以透過他人的回饋來思考的能力。

探：還有這種「智慧」，這我就不懂了。

記：像外務員、社團負責人、行業領導人等都是。

探：導遊、保險推銷員、賣靈骨塔的、老鼠會的、六合彩組頭等「賣空買空」行業都是。

記：只要彼此「歡喜做甘願受」有何不可？而且這是個具有「最大空間」的行業。

探：不過「騙」得不好，就被「扁」、被殺、被活埋。

記：第七是「內省智慧」，即以探討自我、深入宇宙、打破時空限制的思考能力。

探：那一定是宗教家或哲學家。

記：答對了！他們是介於瘋子、白癡、天才之間的人物。

探：那第八類智慧又是什麼？

記：「自然觀察智慧」，即能辨識、觀察大自然生態的一種能力。

探：我知道了……生態學家、植物學家、動物學家、天文學家就是這一號人物了。

記：上天（帝）非常公平，給每個人上述八種智慧中的至少二到四項，用以謀生，得以發展生計……

探：可是很多家長還以傳統的「智商量表」去規範他的子弟。

記：叫每個孩子都去記憶、背誦、模仿、複述一些死資料，以為「萬般皆下品，唯有背書高」；時序已進入二十一世紀，很多不開竅的父母，其眼中仍然只有「語言智慧」。

探：夫婦兩人內外夾攻，「仙拚仙，惹死猴齊天！」不但把個孩子整慘了，而且還給他帶來無可奈何的一生，甚而不幸的一生。

記：其實再好的政治家、法律家（第一類智慧）、科學家（第二類智慧）也無法改變、撫慰與生俱來的宿命缺憾（包括生、老、病，死的恐懼

與痛苦）。

探：有時候藝術（第三類智慧）戲劇舞蹈（第四類智慧）、音樂歌唱（第五類智慧）、人際關係的運用（第六類智慧）、宗教、哲學（第七類智慧）觀察自然、投身自然（第八類智慧）更能發揮其「心靈保護網」的補強作用……。

記：說的也是！

探：對了！您剛才說，我具有「人際智慧」，那是從何說起呢？

四、節流開源．理財高手

記：話說有一年榮國府剛忙完過年，鳳姐兒因操勞過度而小產。王夫人請您和李紈、寶釵三人共同理事，您的表現可圈可點，顯現出是個有「人際智慧」的人。雖然只是暫代「行政院長」職務，而且還是「三頭馬車」之一的代理人而已。

探：何以見得？

記：您這「財經內閣」首件展示魄力的是節流：把環哥、寶哥、蘭哥每人每年八兩銀子的「公費」取消了。

探：他們三個爺兒們平時每人就在趙姨娘（賈環的娘）、老太太（寶玉祖母）、大奶奶（賈蘭的娘李紈）屋裡，領了二兩的月錢，又何必另外領買紙筆、吃點心的公費。

記：說的也是，阿扁敢蠲除李前總統的「退職年俸」嗎？

探：同樣的，我還把每位小姐月支二兩銀子的買「頭油」「脂粉」的錢也減了。

記：光大觀園中的池塘、園圃，每年所生產的稻米、竹筍、蓮藕、花果、魚蝦……不知有多少，你們從不計較。

探：有個「園藝組」在賴大等五、六十人的管理下，不但沒有實際收益，還花費一大筆的管理費、維護費、添購費……等等。

記：這是多麼浪費啊！

探：我改採「外包」制度，以每年四百兩銀子，由園中服役的婆子、媳婦們分別承包。

記：這樣你們每年既可省下大筆的工資、維護費、添購費……等，還可以有四百兩現銀的進帳，這真是「無中生財」法。

探：其實，整個國家的大小事務，也可以這麼做；政府何必花那麼多

的冤枉錢，去豢養一大批的米蟲……

記：您說，誰是蛀米蟲？

探：像警察、稅務員、戶政人員……統統都是沒有必要設立的冗員。他們往往「成事」不足，瀆職、貪污、擾民等「敗事」則是有餘。

記：您發言要小心喔！不然交警五百西西的哈雷機車饒不了您。

探：全台不是有三千多家統一超商等便利商店嘛！要他們附帶收稅、通報、賣車（郵）票，連帶申報戶口、家訪……全包了，相信他們的效率一定比政府機關高。

記：照您這麼說，連行政院、總統、副總統都不必設置了？

探：他們除了口掀門簾全靠一張嘴，狗咬狗滿嘴是毛外，您說，他們到底做了什麼事？

記：整個政府機關從中央到地方、從內政到外交、從國防到教育……，兩百萬公務員，其效率比得上「慈濟」、「台塑」、「統一」……團隊嗎？每次摔飛機、翻遊覽車時，第一個到達現場的絕不是交通部長、也不是衛生署長；而是慈濟志工。

探：說實在的，就算來了十個陳水扁，上百個「遊戲晒」（游錫堃），其精神的感召也比不上一個擁有四百萬志工的小尼姑。

記：我看台灣的「利委」袞袞諸公，表決通過，領著這些飯桶官員集體去跳台灣海峽算了。

探：當官員污穢的屍體填滿了台灣海峽時，「三通」不通也就通了……

五、想起出身‧無可如何

記：談談您媽如何？

探：我媽趙姨娘在賈府是一個罪惡而又可憐的婦人。

記：怎麼說？

探：她本是個奴才，後來做了我爸賈政的侍妾，生了環哥和我。

記：就憑她這一兒一女，就足以與王夫人分庭抗禮。

探：說的也是啊！王夫人也是一女一兒——元春與寶玉。

記：賈赦也是一兒一女——賈璉與迎春。

探：西寧府的賈敬，更是一兒一女——賈珍與惜春。

記：就憑她生下一兒一女，她對賈府即使沒有功勞，也有苦勞，退而

求其次，沒有苦勞也有生兒養女的「疲勞」；她大可抬頭挺胸，昂首而行，與王夫人、邢夫人、周姨娘等分庭抗禮。

探：不過她天生自卑的奴才相，使得她在人前、人後抬不起頭來，處處表現出小鼻子、小眼睛作風。

記：她竟然跟芳官、藕官等幾個唱戲出身的丫頭打將起來。

探：我就很不客氣的教訓了她幾句：「何苦不自尊重？大吆小喝的，也失了體統。」尤其為了趙國基之死，弄得我跟她反目成仇。

記：誰是趙國基？

探：趙國基是我娘的弟弟，也就是我舅舅，正當我當家主政（財政）時死了。

記：他也在賈府中當差？

探：他是賈環上學的侍僕；所以我就比照奴才的身分，發給二十兩銀子的撫恤賞銀，以示一視同仁。

記：這是您大公無私與英明獨斷的表現。

探：但我娘不高興，她認為我應該再多給二、三十兩銀子……

記：反正也使不著您的銀子，人嘛，胳膊總是往裡彎的。

探：她「碎碎念」，念個不停。說什麼將來等我出閣後，還指望我額外照顧趙家，想不到如今尚未長滿翎毛就忘了本，揀高枝兒飛了去！

記：什麼母舅不母舅的？什麼趙家不趙家的？她竟然不知道您現在姓賈，是賈三小姐賈探春。

探：說的也是嘛！本來嘛！公事公辦。在公眾場面，說什麼母子關係，又什麼母舅最大。

記：說老實話，您有沒有您娘那種「奴才心結」？

探：我不但沒有，腰桿挺得更直，胸脯抬得更高。

記：非常的酷（cool），格外的酷。

探：有次抄檢大觀園……

記：是「外抄」還是「內抄」？

探：還不是「拿著雞毛當令箭」，藉機會進行權力鬥爭一番。有回在賈母這邊做粗活的傻大姐，在園內撿到個「繡春囊」……

記：什麼叫繡春囊？

探：一個女用的小手袋，上面繡著「兩個妖精」打架的春宮圖。

記：這小事一樁，要我是傻大姐，我就把它據為己有，三不五時拿出

來把玩、欣賞一番多好……

探：這癡丫頭可不知這是什麼玩意兒，大剌剌的要拿去給賈母看……

記：賈母看了？

探：不巧給邢夫人發覺，傳給王夫人……

記：向來慣於小題大作的王夫人，認為此種「敗壞善良風俗」的行徑不可長，要徹底查一查，以免敗壞賈府門風。

探：其實賈府的淫風敗行，早已敗壞得無以復加，一個「拾錦春意香袋」算得了什麼？

記：王夫人、鳳姐和王善保家的賈府三「王」要如何查？

探：藉口說要查賭。那夜，等賈母安歇後，她們三人率領著周瑞家的、吳興家的、鄭華家的、來旺家的、來喜家的——五大家陪房，浩浩蕩蕩的明火執仗的各個搜查。

記：好像當年國民黨抓匪諜的陣仗排場……

探：來到了我探春院，我命眾丫頭秉燭開門而迎。

記：跟她們對壘？

探：我迎頭笑道，我的丫頭全是賊，我是領頭的賊窩主……我的東西許你們搜閱，想要搜我的丫嬛，哼！門兒都沒有，凡我院丫頭所有的東西，我負責……

記：想不到您竟來這招「責任內閣」一肩挑起。她們個個傻了眼，愣在那兒，沒眼色、沒膽量了。

探：王善保家的為了維持權威和面子，乘勢作臉，越眾向前，拉起我衣襟，故意一掀，嘻皮笑臉地笑道：「連姑娘身上我都翻了，果然沒有什麼……」

記：鳳姐趕忙打圓場，忙說：「媽媽走罷，別瘋瘋顛顛的！」

探：我掄起手掌，「啪」！一個清而脆的巴掌打在王媽媽臉上，指著她說：「你是什麼東西？敢來拉扯本姑娘的衣裳？」

記：痛快！痛快！給這些狐假虎威的小人們來個下馬威！

探：再怎麼說，我也是政老爺的親骨肉，並不能因為你們夫人、姨娘之鬥，而殃及我這無辜的池魚罷！

記：為階級尊嚴而爭，為基本人權而鬥，值得喝采、鼓掌。

探：也給跋扈的王家外戚集團一個當頭棒喝，也為我娘趙家外戚爭了一口氣。

記：其實您娘才不在乎這尊嚴之爭；她在乎的是銀兩金錢之爭。

探：人比人，真他媽的氣死人！

記：賈府四姊妹中，您最有擔當，最有願景；不像二姊迎春那樣，聽任她的丫嬛司棋被抄檢、受辱、被攆，最後憤而撞牆自盡。

探：人爭一口氣，佛爭一炷香。為的是什麼？

記：三姑娘！您消消氣罷，您儘管做您的「海門鎮守」夫人吧！大觀園任其腐敗、腐化……

探：Bye! Bye! 當我看不慣時，逮著機會我還是要罵人的。

記：Cool!

甜言蜜語·死亡陷阱
〜尤二姐訪問記〜

尤家班——在尤老娘領導下的三尤物——尤氏、尤二姐、尤三姐。在賈氏東西兩府，本是個極堅強的內閣團隊：尤氏是寧國東府賈敬之媳、賈珍之妻、賈蓉之母、賈惜春之嫂，她是寧國府的女主人；尤二姐是賈珍之小姨子、賈蓉之姨媽、賈璉之填房，只要鳳姐一死，她就是榮國西府的女主人；尤三姐是柳湘蓮的未婚妻，而柳湘蓮是薛蟠的生死結拜，也和寶玉最合得來，其影響之大，更不在話下。

可是由於尤氏自卑感重，既無理家之才，弄得寧國府常是亂糟糟的，又由於她亦無做人之能，是個「顢頇」人物，以至於大權旁落；尤三姐遇人不淑，在苦待五年之後，竟被污蔑而遭退婚，遂至刎頸自盡；至於尤二姐自從被賈璉金屋藏嬌之後，倒是死心塌地，

安守本分的當一名備胎「二奶奶」；結果落入王熙鳳「一國兩制」的圈套中，受盡了軟硬折磨，不到一個月便懨懨得病，最後被迫吞金自殺。

怪只怪，尤氏無能無才；尤二姐犯了感情重於理智，意志不堅定，耳根太軟的毛病，結果被鳳姐暗算了；三姐則又過分剛烈堅毅，受了污蔑不必自殺，卻走上自殺的道路。尤氏四人並不能因此掌握賈府大權，有如鳳姐那樣成為一柱擎天的角色，實為千古憾事。

一、豔若三春之桃．清如九秋之菊

記：美麗的二姐，請接受《國文天地》記者的訪問。

尤：從那兒說起呢？

記：先自我介紹一番罷！

尤：我是尤老娘之女，尤三姐之姊，尤氏的異父同母妹。

記：尤氏不是賈珍之妻嗎？

尤：所以，我是賈珍的小姨子，賈蓉的姨媽。

記：賈璉為您在花枝巷「金屋藏嬌」……

尤：所以我又是賈璉的準「二奶奶」……

記：首先要向您請教的是：是怎麼跟賈珍、賈蓉、賈璉父子、叔姪三人之間，有了「第一類的接觸」？

尤：先前我不是說過，我是尤氏的異父同母妹，大姊尤氏嫁給了賈珍，所以我自然是賈珍的小姨子，賈蓉的姨媽。

記：這是第一類的接觸？

尤：由於賈珍的父親賈敬好道迷丹，有天吞服了過量的丹砂，竟然一命嗚呼……

記：這個身為東府媳婦的大姊，成了當家女主人，可忙得昏頭轉向，不一時間沒了主意才怪！

尤：大姊分頭要到玄真觀與鐵檻寺辦理居喪、守靈等事項。府中無人看家，就請老母尤老娘前來看家。

記：您媽只得將你們兩個未出嫁的閨女姊妹，帶在身邊，一併住著才放心。

尤：我那外甥賈蓉，方從鐵檻寺回來，才掛好孝幔子、搭起鼓手棚與

喪牌樓，就急忙忙的來看他外祖母——也就是我老娘。

記：這是小夥子對老安人的孝心！也是一種禮貌啊！

尤：可是他卻嘻皮笑臉的對我說：「二姨娘，你又來了？我父親正想你呢！」

記：您畢竟是他姨娘，他怎麼這麼無禮？

尤：我又沒常去賈府「討食」，他怎麼說「我又來了」？

記：半大不小的小兔崽子，竟然這般沒大沒小、沒輕沒重的調笑他的小姨子。

尤：我順手拿起一個熨斗來，兜頭就打；並破口大罵：「好蓉小子！我過兩日不罵你幾句，你就過不得了，愈發連個體統都沒了！還虧你是大家公子哥兒呢！每日地念詩學禮的，愈發連那小家子的卵鳥也跟不上！」

記：罵得好！給他一個當頭棒喝！

尤：他竟然一不作二不休，順勢滾到我懷裡告哀討饒的！

記：外甥戲弄小姨子，這成什麼話？

尤：我真拿他父子倆「嘸法多」。一個嘛是我姊夫，倚老賣老的指使我這，指使我那，令我不得不從；至於那個小兔崽子，依小賣乖的，成天在我身邊死纏爛打的，說他小，他早就會「尿尿」了。

記：父子倆整天地在姨娘身上打歪主意，吃豆腐，遲早會出問題的。

尤：無風不起浪嘛！是我姊夫一直想把我姊妹倆「一串燒」，來個一箭雙鵰；然後那小兔崽子便乘機渾水摸魚。

記：賈府的男人們全是一批蠹魚、一群淫蟲。

尤：賈蓉還暗示我老娘快到鐵檻寺去會同「參詳」喪事，留下兩位姨娘在府。

記：留下你們姊兒倆做甚？莫非給他這個小兔崽子做娘！

尤：他才不這麼想，他小子只想在我們身上磨蹭、磨蹭，乘機吃個豆腐、揩個油。

記：您不會嚴辭拒絕，正色以待。

尤：我們窮人家，怎麼能跟大戶人家對抗。

記：其實窮賤人家，也可以大聲說No的。

尤：不過他口頭上說的卻十分冠冕堂皇：「放心罷！我父親每日地為兩位姨娘操心；要尋兩個有根基的富貴人家，又年輕、又俏皮的兩位姨父，父親好聘嫁這兩位姨娘……可巧前兒路上才相準了一位……」

記：是誰家的公子？

尤：我娘跟您一樣的急，急於找答案。

記：真是「女大不中留，留了惹是非。」您娘急於把姊妹倆嫁出去。

尤：我娘的想法很單純，兩個未出閣的大美人，有如蜜糖在手，成天地招蜂引蝶，深怕惹出麻煩。

記：正所謂「匹夫無罪，懷璧其罪」；美麗有時後，反倒成為罪過。

尤：天下父母心，難呵！生了醜女兒怕她嫁不出去，一輩子賴在家裡，怨天尤人，怨父母；生得太漂亮，風風雨雨的爭風吃醋，甚至還會引來殺機。

記：所以，有女兒的父母，莫不早盼、晚盼，想為她找個婆家。

二、賈璉有意．賈蓉有鬼

記：那您怎麼又跟西府的賈璉扯上關係呢？

尤：由於大姊的關係，我跟賈珍、賈蓉父子倆當然很熟。

記：一個是您姊夫，一個是您外甥，當然不在話下。

尤：那曉得這對禽獸父子，竟然連番在我身上打歪主意！

記：怎麼個打歪主意？

尤：賈珍那「老猴」，講明了要我做他二房，就堂而皇之進我臥房，行其「霸王硬上弓」；至於那小兔崽子，只要他父親不在場，也進來搞七拈三的行其「祿山之爪」……

記：一個未婚的黃花大閨女，在這對禽獸不如的父子威迫利誘之下何以堪？

尤：而且賈珍、賈蓉父子倆也覺得不方便！

記：府裡人多免不了口雜，父子倆總得迴避迴避，方成體統。

尤：所以賈蓉就出了個餿主意，把我說給他叔叔賈璉金屋藏嬌做二房。

記：賈璉早就對您想入非非，視為不可多得的禁臠。

尤：辦賈敬喪事期間，他常到東府向我娘請安。

記：這是西府主人對東府主人長輩應有的禮貌。

尤：但是，他那兩隻賊骨碌的眉眼，像兩盞巨大的探照燈似的，盡在我臉上、身上、腰際、胸口……上下不停地打量著；還誇我長得標致、很會做人……外加舉止大方，言語溫柔，無一處不令人可敬可愛！

記：人人都說二嬸子鳳姐兒好！

尤：賈璉說，遠不及二姨娘的零頭兒呢！

記：完了，這下完了；中了口蜜腹劍之計。

尤：何以見得？

記：只要男人花言巧語的說您可敬、可愛；下文便是可親、可餐、可吞了。

尤：有這麼嚴重嗎？

記：等著瞧好了！不久璉二爺的狐狸尾巴自會露出來的！

尤：果然珍大爺向我姊及我娘提出這樁「親上加親」的婚事。

記：母姊不反對？

尤：我姊說此事不妥，極力勸止，但無效……

記：珍大爺主意早已定了！而令姊向來是個無主意、順從慣了的人；況且大姊和您不是同一個娘生的，也不便深管。您娘呢？

尤：我娘想說平日裡全虧賈珍周濟，此時又由賈珍作主納聘，不用自己購置妝奩，樂得做順水人情，把女兒家的婚事定了。

記：何況賈璉是個青年公子，不愁衣食，進一步連老人家的終身養老，都一併解決了。

尤：更重要的是，鳳姐有病在身，除了巧姐一個女兒外，再也不能生育了；這年頭兒只消生個一兒半子的，或是鳳姐一死，立刻晉級為「正室」了。

記：您姊原先不是已與當「皇糧莊頭」的兒子張華指腹為婚的嗎？搞不好會弄得一頭霧水，使您犯「重婚罪」；另一頭使璉二爺成了「妨害家庭」罪？

尤：那早已是十幾年前「明日黃花」的事兒；張家後來遭了官司，敗了家產，早已弄得衣食不周，那裡還娶得起媳婦兒？

記：賈府家大、業大，了不得花個二十兩銀子；那張家窮極了，見著銀子有什麼不依的——即使心頭不願，口頭也得應允。

尤：一樁婚姻終身大事，就這樣搞定了。

記：您自始至終，都沒意見？

尤：既然我娘與我姊都不反對，我又何必節外生枝呢？坦白說，珍、蓉父子倆對我的糾纏，實在不像話，我一直想Settle down，即使做二房也行！

記：做二房總比「亂房」好；何況您這二房還大有發展的「空間」。

尤：他在距寧榮街二里處的小花枝巷內，買了一所房子，共二十餘間，又買了兩個小丫嬛，以及心腹鮑二和多姑娘伺候著。

三、金屋藏嬌．一邊一國

記：璉二爺有沒有跟您舉行婚禮？

尤：他雇了一乘素轎將我抬進花枝巷，他也素服乘坐一頂小轎過來，一應香燭、紙馬、鋪蓋、酒飯等俱全，拜過天地，焚了紙馬……

記：為什麼用素轎、燒紙馬，這是什麼禮節？

尤：一則璉二爺喪服在身；二則以示停妻再娶……

記：鳳姐還沒死，你們就這樣咒她死，太不厚道了罷！

尤：那不關我的事，而是二爺的事。

記：他供應多少開銷？

尤：每月十五兩銀子。璉二爺不來時，母女三人一處吃飯；若二爺來時，夫妻一起吃，我母妹兩人回房吃！

記：二爺對您好嗎？

尤：他命鮑二、丫嬛等人，不許提三說二的，人人以「二奶」相稱，我也以奶奶自稱。

記：把個鳳姐一筆勾消，忘到九霄雲外……

尤：他還把「私房錢」一併拿來，給我收著；枕邊衾裡，盡訴說著鳳辣子的不是，信誓旦旦的告訴我，只要等她一死，便接我進去……

記：聽了自是高興，從此，二爺與（賈）「假」二奶奶，過著幸福快樂神仙般的生活。

尤：不過珍大爺父子倆，三不五時，覷個空兒，還是過來死纏爛打的，討厭死了！

記：您還是必須同時伺應三隻大色狼。

尤：原來這是珍蓉父子倆的陰謀，用以避人耳目，以達其隨心所「慾」！

記：這那是陰謀，根本就是他父子倆的「陽謀」嘛！

尤：「時搞時擔登，沒米煮番藷湯」，也只好將就了事。

記：事已至此，不然又能怎樣？

四、一國兩制・鳳姐統戰

記：「事不如意十常八九」，也不必計較這些小節細事兒。在花枝巷的獨門獨戶中，您以「新二奶奶」之姿，以與大觀園中的「舊二奶奶」分庭抗禮。

尤：本來嘛！井水不犯河水的，應該相安無事才對！那曉得「新二奶奶俊，新二奶奶俏，新二奶奶脾氣好……」的風聲，竟然傳到鳳姐耳朵中……

記：這下醋桶子打翻了，不搞得天翻地覆，酸氣沖天才怪呢！

尤：我一直被蒙在鼓裡，過其每個月十五兩銀子（王夫人也不過才二十兩銀子）的「小公館」新二奶奶生活。

記：鳳姐也不動聲色？

尤：直到有一天，賈政老爺差遣璉二爺往平安州去找平安節度使辦公事。

記：這一去少則十五、六天，若值平安節度使巡邊在外的話，就可能遷延一些時日，把不定一、兩個月，兩、三個月也可能。

尤：有一天十五日，鳳姐竟然帶了首席丫頭平兒、豐兒、周瑞媳婦、旺兒媳婦四人以及眾男丁僕人，素衣素蓋的，逕自到花枝巷我的公館……

記：幹嘛勞師動眾的，卻又素衣素蓋的？

尤：她在前一日，已稟明賈母、王夫人，說十五日一大早要到姑子廟進香，求子嗣。

記：其實她是來看您的，那才真是「提籃仔假燒金」，假好心。

尤：她一進門就送上四疋上色尺頭，四對金珠簪環，作為拜見禮。

記：有道是「見面不打笑臉人」！她先「通」之禮，把您的「敵意」先化解。

尤：我的「精神武裝」全被「繳械」了；我受寵若驚之餘，趕忙迎上拜見，張口便喊姊姊，說：「今兒實不知姊姊下降，不曾遠迎，求姊姊寬恕！」我感激得五體投地，連叩頭帶跪，拜個不停。

記：好的開始是成功的一半。

尤：她忙著陪笑還禮，連拉帶牽著我的手，同入房中……

記：話匣子如何打開呢？

尤：「妹子年輕，自從到了這裡，諸事都是家母和家姊商議主張，今

兒有幸相會，若姊姊不棄寒微，凡事求姊姊指教，情願傾心吐膽，只伏侍姊姊……」

記：您也不是一盞省油的燈！深懂「柔勝剛，弱勝強」的老子之道。

尤：「將欲歙之，必固張之；將欲弱之，必固強之……的微明之道。」（老子《道德經》第三十六章）我深深的知道：眼前這個鳳辣子是「來者不善，善者不來」的貨色，我得小心謹慎的應付她。

記：難不成鳳姐也是盞沒有油的燈？

尤：她也自謙年輕，總是以婦人之見屢勸二爺保重，不可在外眠花宿柳，以免傷了身體，空教老爺、太太擔心……

記：說得入情合理，絕非醋海生波。

尤：她說：「如今娶了妹妹做二房，這樣的正經大事，不比在外包占人家姊妹……」

記：這可是兩家的大禮數，可輕忽不得！

尤：她還說，若我能因此生個一男半女，連她的後半生都有靠了！

記：說的多動人啊！任誰都會被感動的。

尤：她還說，今天特來拜見勸駕，希望姊妹同居同處，彼此同心合意的侍候著二爺……

記：她要您進大觀園與她同住，和璉二爺過著齊人有「一妻二妾」的生活。

尤：而且她還說，兩人住的、使的、穿的、戴的，總是一樣的。

記：她要跟您過「一國兩制」的日子，千萬小心！絕不可輕易的中了她「統一大業」的統戰伎倆！

尤：她還說，二爺在服孝中娶我，千萬別給老太太，太太們知道，否則二爺不被打死才怪！

記：她要把您上達「天聽」——老太太、太太之路加以堵絕；讓您背上「偷娶」的惡名，外加「偷進」大觀園的惡行。她是「好姊妹不離口，小動作不離手；眼前好話說盡，背後下毒手」，您都不知道她的陰謀。

尤：鳳姐還「傳各色匠役收拾東廂房三間，照依自己正室，一樣地裝飾陳設」供我住下。

記：以示新舊二奶同等待遇。同居同處，同心合意……

尤：她把我帶來的丫頭一概退掉，又將自己的一個丫頭送來供我使喚

……

記：她要切斷您的左右手，這在「政戰法則」上是孤立敵人，使敵人無法獲得奧援；並且暗中吩咐園中的媳婦下人們：「好生照看著她，若有走失逃亡，一概和你們算帳！」

尤：原來她派來的丫頭是用來監視我的！

記：現在才知道！她的戰略、戰術是：蒐集情報、了解敵情、誘敵入彀、孤立敵人、圍困敵人、使敵人陷於四面楚歌之境、疲憊敵人、瓦解敵人，最後一舉殲滅之。

尤：果不其然，我在大觀園中，才過了三天好日子，那個叫「善姐」的丫頭，就對我不「善」了。

記：怎麼個不善法？

尤：沒了梳頭油，我便叫善姐去要，善姐不但不去拿，反而數落了我一頓，要我識相一點，大奶奶掌理整個寧國府的大小事體，總有五、七十件，經手的銀子錢鈔，怕不也有銀子上千、錢上萬……萬一奶奶計較起來……

記：您只好將就一些，暫時委屈一下自己！

尤：後來那不善的善姐，連飯也懶得端了，即或端來，也是早一頓、晚一頓；甚至在十點端來一客Brunch，我都不知該吃還是不吃；有時端來的還是剩菜餿飯的……

記：您不抗議、埋怨一番？

尤：說過兩次，她反而瞪著眼兒嚷嚷起來！

記：這下您可是叫天天不應，喚地地不靈了！

尤：我真是後悔不及，當初輕信鳳姐兒的甜言蜜語了。

記：一入牢籠，已是百年身。若即若離，保持距離，才是兩國相交「以策安全」之道；否則一腳踏入「一國兩制」的大觀園，您就只有等死。

尤：接著她又封了二十兩銀子，唆使張華寫了狀子，往衙門按鈴申告……

記：告誰啊？莫非告您？

尤：告璉二爺在國孝、家孝裡頭，背旨瞞親，仗財依勢地強逼退親，停妻再娶……

記：有這麼嚴重嗎？那璉二爺豈不要吃上「欺君罔上」之罪，這可是

死罪吔！鳳姐兒有這麼糊塗嗎？投鼠嘛！總得忌器，古有明訓。

尤：她早就封了三百兩銀子去「封」法院了，這只不過是虛張聲勢，造成「我雖不殺伯仁，伯仁卻因我而死」的形勢，使我孤立，無法在賈府立足。

記：這下您徹頭徹尾的是個「名不正言不順」的女人了。

尤：第三步，她又大鬧寧國府，一頭滾進尤氏（是我大姊，也是賈大爺賈珍之妻）懷裡，呼天搶地，一把眼淚一把鼻涕的大聲哭著：「給你兄弟（即賈璉）娶親，我不惱；為什麼使他違旨背親，把個混帳名兒給我背著？咱們只去見官，省了捕快皂隸來拿；再者咱們過去，去見了老太太、太太和眾族人等……大家公議，我既不賢良，又不容男人買妾，把我休了，我即刻走路！」

記：她要發動群眾攻勢，辦示威、遊行、公投等一連串的「政治伎倆」。

尤：她還說：「你妹妹，我也親身接了來家，生怕老太太、太太生氣，也不敢回；現在三茶六飯、金奴銀婢的侍候著，原本巴望大家安分守己的過日子……」

記：天下婦人心，最毒鳳辣子……

尤：她一手製造事端，掀起官司，還說她為了賈府的面子，少不得偷把太太的五百兩銀子去打點官府……

記：她這又哭又鬧的如何了得？

尤：我大姊被折騰得衣服上、臉頰上全是鳳姐兒的眼淚鼻涕的；眾人也無奈，只好一起跪下去哀求鳳姐……

記：這簡直是「秀才遇到兵」有理講不清了。

尤：接著她止住哭，綰了綰頭髮，開始喝罵賈蓉：「去請你父親來！問問他親大爺（賈赦）的服孝才過五七，姪兒（賈璉）娶親，這是什麼禮數？」

記：鳳辣子果然厲害，這一竿子把人家三代全悶死了！您那像麵團似的大姊（尤氏）如何處理這尷尬的「場景」？

尤：真是拿她沒法兒，小的叩頭如搗蒜，左一個嬸娘，右一句「二奶」的請她息怒，自顧自的打自個的嘴巴；老的只好端出五百兩銀子消災……

記：這下鳳姐平白淨賺兩百兩銀子，真個所謂的把銀子「寧贈朋友，不與家奴」的典型。

尤：從此，就等於鳳姐封了我大姊的嘴，斬斷了我的後援；她又把我帶到賈母跟前，向老太太大大地誇獎我……

記：您是她敵人，為什麼她要長他人志氣滅自己威風呢？

尤：一則讓老太太、太太們感到鳳姐寬厚賢慧，深明大義；二則預為來日自己的陰謀脫罪。

記：她做的這一切還不夠，她還有什麼花招？

尤：當鳳姐一切外在條件布置停當後，就抓住時機，一步步的進行她的「陽謀」活動。

記：她如何進行？

尤：第一，她催促我的前未婚夫張華要人，自己卻裝得驚惶失措，一副不得了，天要塌下來的樣子……

記：她設法要幫您解決問題？

尤：讓賈母、太太們甚至整個賈府上下都覺得我尤二姊名聲不好，出身不光榮。另一方面又唆使丫頭們冷落我，給我氣受，讓我孤立無援……

記：這也沒什麼，您既已進了大觀園，就得忍人所不能忍的氣，吃人所不能吃的苦……

尤：最讓我受不了的是秋桐……

記：誰是秋桐？

尤：是二爺出差有功，賈赦送了個叫秋桐的丫頭給賈二爺做妾。

記：什麼不好送，怎麼送女人做妾呢？

尤：由於鳳姐沒有生小壯丁，前陣子又流了個「小雞雞」……

記：所以賈赦急著要抱孫子。

尤：秋桐得了鳳姐的鼓勵與支持，日日夜夜到我那兒謾罵，要多難聽就有多難聽。

記：秋桐身為小妾，應該力爭「上游」，去與鳳姐作對才好，怎麼反而跟您這個同陣線的妾來爭風吃醋？

尤：這叫作「聯合戰線」的統戰手法，知道嗎？

記：我雖得過政治作戰學校的碩士學位，而且還是第一名畢業的，但這我就不懂了！

尤：此時此刻，我這個「外來政權」是鳳姐兒的「主要敵人」；而公公賞的小妾秋桐，只是「次要敵人」……

記：尚未成為心腹當頭之患。

尤：所以鳳姐先聯合次要敵人秋桐，來打擊我這個「主要敵人」，等我這個主要敵人消滅後，要消滅次要敵人是輕而易舉的事兒。

記：那秋桐怎麼心甘情願的做她的馬前卒？

尤：秋桐也是個政戰高手，先把我這個主要敵人——「妾對妾」打倒後，再去對付鳳姐。

記：呵！原來「貓鼠」，把我都搞糊塗了！

尤：我看這政戰碩士無「三小路用」，當馬桶蓋去用算了！

記：您少損人了，我這碩士是國家承認的！

尤：算了罷！人家嘴裡承認，心頭可不見得承認。

記：氣死我了，還是說您的事吧！誰叫您不會跟秋桐成立「聯合戰線」——妾連妾，先鬥倒鳳姐才說。

尤：總而言之，統而言之，一言以蔽之，誰叫我先中了鳳姐兒「一夫兩妻」的陰謀，被賺入大觀園，猛回頭已是百年身了。

記：這怎麼了得？您在物質供應上被鳳姐虐待，在精神上又受秋桐的日夜威脅，情何以堪？

尤：我呼天不應，叫地無門，只好吞金自盡，結束那苦命的日子……

記：據說接著又命人整死您的未婚夫——張華，何苦這樣毒？連一點生路都不留！

尤：鳳姐她要殺人滅口，毀屍滅跡啊！

記：好毒的鳳姐，她會得到報應的；尤二姐您好好安息吧！趕快去轉世投胎吧！

尤：寧做醜女來使壞；不做美女投人懷！

性比火烈．情比玉堅
～尤三姐訪問記～

迷道好丹的賈敬，經年累月的在都中城外的玄真觀修道院裡，和那些道士們胡羼亂搞。一夕，在他守庚申時（晚間五點到七點），悄悄地把一包丹砂服了下去，霎時面皮嘴唇燒得紫絳皺裂，腹中堅硬如鐵，竟然一命嗚呼，死了。

這一意外死亡，加上趕辦喪事，寧國府上下忙作一團，身為寧國府女主人；賈敬之媳、賈珍之妻、賈蓉之母的尤氏，卻無理家之才，要尤老娘帶著兩個妹妹——尤二姐、尤三姐，到寧國府來幫忙看家。這一幫忙，倒是幫了「倒」忙。

這一對絕色的姊妹，又是姓了「尤物」之尤的大美人，落入了大觀園這個「爛泥塘」，被賈珍、賈蓉、賈璉這父子、叔姪三個衣冠禽獸，用金錢和權勢，極盡生吞活剝之能事；及至事有不成，醜

態畢露之後，又極盡散布流言之能事，使得尤家兩姊妹，一個吞金而死，一個刎頸而亡，造成令人扼腕的人間悲劇。

一、尤家美人窩．各有千秋

記：尤三，尤三，請接受《國文天地》記者的專訪，一吐您心中的鬱卒。

尤：幹嘛，尤三、尤三的叫得這麼響，多難聽，您乾脆叫我柳三，我還情願點，您就這麼惜口如金，不在後頭加個姐字或妹字的稱呼？

記：對不起啊，我的亮麗、活潑、風流、標致的尤三姐……

尤：這還差不多。

記：首先我要請教的是：您是怎樣跟賈府扯上關係的？

尤：若論及我們尤家與寧、榮兩府的關係，比任何人都深，甚至連王夫人、王熙鳳姑姪都比不上我們；只是我們的家世出身，沒有王家那麼顯赫而已。

記：這從何說起呢？

尤：王家的後盾全靠著王夫人之兄，領有「九省都檢點補授內閣大學士」頭銜的王子騰，在外招搖聲勢而已。

記：你們則以「人海戰術」取勝。

尤：我大姊尤氏，她是寧國府賈敬之媳、賈珍之妻、賈惜春之嫂以及賈蓉之母，她可是寧國府的……

記：怎麼會輪到她呢？上頭不是還有公公賈敬嗎？

尤：那賈敬雖是丙辰科進士，但自老婆死後，心如死灰，一味兒好道迷丹，別事一概不管。

記：他一心想做神仙，羽化而去，與夫人在天為比翼？

尤：他把官爵讓予兒子賈珍襲了。

記：那您大姊不就是「賜同進士夫人」，兼寧國府女主人了。

尤：賈敬不肯住在家裡，經年累月的住在玄真觀修道院中，向那些茅山老道們燒丹學道的，連兒孫們替他做壽都不回家，只吩咐家人印「陰隲文」一萬張送人，以資消災滅障……

記：那他從不回家？

尤：只在除夕祭祠時，才回來一下。

記：照這個樣子說來，您大姊的地位比起王夫人要高多了！

尤：是啊！王夫人上頭有賈母、賈政；旁有賈赦、邢夫人；左右還有趙姨娘（賈政之妾）、周姨娘與嫣紅（賈赦之次妻），一時還不能擅作主張，事事得請示、協調……

記：怎麼沒見您姊擅權作主、發號施令呢？

尤：我大姊自卑感很重，常屈身受辱，既無做事之才，亦無做人之能，是個顢頇人物，這點跟鳳姐兒沒得比。

記：所以我說，一個人的成功與否，決定於他的「人格」（personality）；而這個人格亦即所謂的「個性」，在三歲時就已塑造完成……

尤：難怪我們國人有「三歲看到老」之說。

記：讓我們的話題仍然回到賈敬、賈老爺罷！

尤：賈老爺為了早日成仙，有一夕，在他守庚申時，偷偷地把整包丹砂吞服了下去……

記：這下不走火入魔才怪！

尤：立時面皮嘴唇燒得紫紅皺裂，腹中堅硬如鐵……

記：不多久，也就一命嗚呼了！

尤：這突來的噩耗，讓人措手不及，加上賈珍父子併賈璉等均不在家，一時間竟沒有一個男子可以頂著的……

記：蜀中無大將，廖化做先鋒，在這個節骨眼兒，您大姊尤氏雖無理家之才，也只好出面張羅著。

尤：她命人先到玄真觀，將一干所有道士全都鎖了起來，等珍大爺回來審問，一面將老爺遺體用軟轎抬至鐵檻寺停放，三日後便破孝開弔，做起道場來。

記：這下可把您大姊忙得團團轉。外頭的事務，可託賈㻞、賈珖、賈珩、賈瓔、賈菖、賈菱等去跑腿；屋裡的事反倒沒人可託。

尤：由於尤氏到鐵檻寺守孝不能回家，便將繼母尤老娘接來，到府看家。

記：您母親只好將她那兩個未出嫁如花似玉的女孩兒帶來，一併住著才放心。

二、一入虎穴・虎吻難免

尤：這下才不放心呢！

記：為什麼？

尤：「匹夫無罪，懷璧其罪」，古有明訓。

記：怎麼個說呢？

尤：卻說那色鬼兼色狼的賈璉，素聞我尤氏姊妹之名，恨只恨無緣得見……

記：您大姊尤氏不已嫁給他堂兄賈珍了。

尤：就是因為美貌的大姊嫁給了他兄長，他更想「染指」另兩個小姨子。

記：賈府準備「歸碗捧起」？他更想一箭雙鵰？

尤：說的也是，因賈敬的喪事，停靈在家，他每日裡從西（榮國）府到東（寧國）府來叩頭稽首的，如孝子賢姪狀……

記：他本來就是賈敬的親姪子，來盡點孝道也是應當的。

尤：若是真盡孝道就好了，他哪是！他是「醉翁之意不在酒」，而在於我姊妹倆！

記：他動了垂涎之意？

尤：豈止垂涎而已；他藉拜見尤老娘之際，對我姊妹倆乘機百般撩撥，眉目傳情……

記：拜見尤老娘一天也只一次，起不了什麼作用！

尤：他常託相伴賈珍為名，在寺中住宿；又時常藉著替賈珍料理家務，三不五時到寧府中來勾搭，百般撩撥，眉目傳情的。

記：女人家嘛！三句甜言蜜語；一句「愛流目油」（I love you），就使她昏頭轉向，不知東西南北，投懷送抱了。

尤：我二姊就這樣被騙上鉤，最後忍無可忍，被鳳姐兒逼得吞金自盡。

記：您呢？

尤：我可不吃這一套！男人賤骨頭我見得可多了；我只是基於禮貌，與他們淡淡相對而已。常常轉過臉，連正眼也沒瞧他們一眼！

記：賈府裡的男人全是一群禽獸，而且葷腥不忌、生冷均可，您怎麼抵擋得住？

尤：有次璉二爺到花枝巷我二姊處，從東院逛到西院我娘和我的住處，珍大爺正在我們房中……

記：這對「牛黃狗寶」怎麼老是碰頭？

尤：俗云：「不是冤家不聚頭」，反正女人多的地方，他們自會碰

頭，花枝巷是璉二爺金屋藏我二姊處，我和我娘就住在西院。

記：珍大爺來拜見丈母娘跟小姨子，也是名正言順的。

尤：那狗嘴裡長不出象牙的竟然敬他兄長一杯，笑嘻嘻的說道：「三妹妹為什麼不和大哥吃個雙錘兒？我也敬你一杯，給大哥和三妹道喜！」

記：什麼意思？

三、父子聚麀・兄弟同好

尤：要我共大姊與珍大爺玩「三P」。

記：什麼叫玩三P，我不懂吔！

尤：這個字叫作「嫐」；然後他又可共他大哥跟我玩另一個三P。

記：另一個字叫作嬲，成何體統！

尤：說的也是，我立刻跳將起來，站在炕上，指著璉二爺冷笑：「你不用和我『花馬吊嘴』的；咱們清水下雜麵，你吃我看見。咱們走著瞧！」

記：花馬吊嘴，是啥意思？

尤：意即花言巧語，把自己的快樂建築在他人的痛苦上。他已經把我二姊拐去做了二房，現在又把歪腦筋動到本小姐頭上。哼！他們哥兒倆，拿著我們姊妹兩個權當粉頭來取樂兒，這可是打錯了算盤啦！

記：誰怕誰！烏龜怕鐵鎚，我們窮人不見得全是吃稀飯長大的！

尤：說著我拿起酒壺來斟了一杯，自己先喝了半盞，揪過璉二爺就灌，說：「我倒沒有和你哥哥喝過，今兒倒要和你喝一喝，咱們也親近親近！」

記：冷不防有這一招，嚇得賈璉酒都醒了，他究竟是您「二姊夫」；而且大姊夫珍大爺也想不到您會來這一招，您這小姨子是夠嗆的了！

尤：去將姊姊請來！要樂，咱們四個大家一處樂！俗語說：「便宜不過當家的！」你們是哥哥弟弟，我們是姊姊妹妹，又不是外人，只管上來！

記：這招更厲害，您要讓他玩四P？

尤：連我大姊一起玩五P都可以！反正我豁出去了！

記：對！肥水不落外人田，大家一齊來不要臉就是了！

尤：我老娘不好意思起身走了，珍大爺乘機要溜；璉二爺待在那兒不知所措……

記：不知廉恥的哥兒們，您真拉下臉來，他反而孬了！

尤：這叫欲擒故縱，讓他們知難而退；我率性卸了妝飾，脫了外衣，鬆鬆的綰了個髻，解開大紅小襖，在一片雪脯中露出了蔥綠乳罩、紅三角褲、紅軟鞋，鮮艷無比，光可奪目……

記：這已是「限制級」的演出，您不怕新聞局開罰單？

尤：就算陳水扁來「公投」，我都不怕！我乾脆舞動身子，忽左忽右，忽起忽坐，邊喜邊嗔的，收起斯文，大大的浪蕩一番。

記：您也是借酒壯膽，借題發揮一番！

尤：我像跳非洲肚皮舞似的，搖頭晃臀的，兩個墜子就和打鞦韆一般，在燈光下愈顯得柳眉籠翠，檀口含丹的。

記：您說的兩個「墜子」，是耳墜子還是「胸墜子」？

尤：好沒見識的呆記者；當然兩者都有！

記：啊唷唷！這還了得？

尤：我本來生就一雙秋水勾眼，這下喝了幾杯烈酒，愈發顯得橫波入鬢，轉盼流光。

記：弄得那珍、璉兩寶欲近不敢近，欲捨不敢捨。迷離恍惚，落魂垂涎，這下別說調情吃豆腐，竟連一個屁也不敢放了。

尤：我真是樂壞了，逮著機會高談闊論，任意揮霍一番，村俗流言，灑落一陣，不但把他兄弟二人嘲笑取樂一番，連帶著把賈蓉那個小雜種也一起罵在裡面。

記：精彩之至，可是這劇本如何Ending呢？

尤：我罵夠之後，不容他倆多坐，攆了出去，然後我關門上床，呼呼大睡，一覺直到天亮。

記：以後呢？

尤：我抓了他倆的小辮子，天天撒野，挑穿揀吃；打了銀的，又要金的；有了珠子，又要寶石；吃著肥鵝，又要黃鴨、醉雞的……

記：您使勁的揮霍，要為你大姊、二姊討回公道。

尤：有時一不順心，我連桌一推；有時衣裳不如意，不管新舊，不論綾羅綢緞，便用剪刀剪了，撕一條、罵一句。

記：罵些什麼？

尤：罵他兄弟、父子、叔姪三人是禽獸，罵他爺兒三個誆騙孤女寡母的。

記：這珍、璉二寶活該！偷雞不著蝕把米！

尤：他究竟偷娶了我二姊。

四、心中自有寶哥在

記：失之桑榆，收之東隅，對爺兒們來講，並不蝕本！

尤：連我二姊都看不過去，常在枕邊細語，嘀咕璉二爺：「你和珍大爺商議商議，揀個相熟的，把三丫頭報聘了罷；留著她不是常法兒，終久要生事的。」

記：這叫女大不中留，留了會出問題的！

尤：只是珍大爺捨不得！

記：是塊肥羊肉，無奈燙得慌；是朵可愛的玫瑰花，奈何刺多扎手。

尤：兩害相權取其輕，最後決定給我說媒。

記：您依了？

尤：說媒可以；但那人必須經我「考核」，首肯方可！

記：我最佩服您這一點，人嘛！不論高低貴賤，總要活出自我的尊嚴來；尤其婚姻大事是一輩子的事兒，又不是豬狗牛羊，生張熟魏的，「交配為傳種之本」。

尤：那是「青年守則」特別條款，又叫特一條。

記：依您的標準，我看賈氏東西兩府，那些骯髒、祿蠹男人，說老實話，沒有一個夠格的。焦大不是說過：「東府除了門口那兩隻石獅子乾淨外，賈府上上下下沒有一片乾淨地。」

尤：寶玉哥還差強人意！

記：想高攀寶哥，未免太猾想了；人家是榮國府的未來主人翁吔！

尤：您這個記者真是大驚小怪。我尤氏三姊妹：大姊不是嫁給賈珍，她可是寧國府賈敬的大兒子賈珍的夫人……

記：您二姊呢？

尤：我二姊是榮國府賈赦大兒子賈璉的二奶奶。

記：只不過是個填房而已！

尤：「鹹格澀，夭鬼兼雜念」的鳳姐兒，缺德事做多了，只生了女兒巧姐，屢次懷了「小雞雞」屢次流產，璉二爺看她有如母夜叉一般，唯恐避之不及。她在「內憂」與「外患」的煎熬中，氣急敗壞得大小病齊攻心，恐怕日子不多了……

記：到時二姊就可扶正了。

尤：正是！所以拿我配寶玉二哥，有何不可？何況我是三姊妹中最美艷動人、最有個性的一個；所以無論就「表」象或「裡」象；就「主」觀或「客」觀而言，都足以匹配的。

記：人家寶玉很有文化水平，那天他可以「恩貢」、「蔭監」或「納貢」考得舉人也把不定。

尤：等他「舉」了才說；舉而才能挺；否則也是個「白丁」而已；何況我也讀過幾天《三字經》、《百家姓》的……再說寶哥長這麼大了，沒上過正經學，也只是認得幾個字而已。

記：說實在的，他每日裡既不習文，也不習武，又怕見生人，只愛在丫頭群裡胡鬧，一點兒也沒有陽剛之氣。

尤：說的也是！我一點兒也不冤枉他。坦白地說：榮國府中無大將，二爺做先鋒罷了。

記：也不過是「嘸魚蝦抹好」而已。

尤：寶哥外貌賣相好是事實，可是「阿打瑪」裡頭糊塗，中看不中吃的；果然有些獃里獃氣！他自己燙了手，反倒問別人疼不疼；自己被淋得像落湯雞似的，反告訴別人：「下雨了，快避雨去罷！」

記：這就是他可愛之處。他是孔老夫子的信徒，充分的發揮了「人飢己飢，人溺己溺」的精神。

尤：尤其是他對女人的貼心，那真是無話可說的。他對女性絕不獨占，也不是世俗的色情狂，更非女性的殘害者；他像隻「性嗅覺」敏銳的獵犬，永遠不停地在嗅著、追著女性的美貌、感性與靈性……是個可以合記過日子的人。

記：若論模樣兒，你們倒是一對兒，只是他已經有了人了，只是沒有浮現出來而已！

尤：誰？

記：黛玉啊！

尤：林姑娘體弱多病，患著嚴重的「禽流感」。罷了！罷了！恐怕等不到成親之時，就一命嗚呼了。

記：就算黛玉不成，別忘了還有那寶釵母女時刻覬覦著寶二奶奶的寶座；還有那湘雲、那朝思暮想投奔到寶玉身邊的柳五兒……

尤：終身大事，是一生至一死的大事，非同兒戲；要任憑人選擇，雖

是有錢有勢的，只要進不了我心裡，我豈不白過了這一世。

記：換句話說，您也絕不是非寶玉不嫁的。

尤：那是當然的了。要是有姊妹十個，也都嫁予他們兄弟十個不成？難道除了賈府之外，再也沒有好男人了！

五、一心思嫁柳二哥

記：最後他們給您說的對象是誰？

尤：不是他們說的，而是我挑的柳二哥柳湘蓮……

記：這柳湘蓮是個什麼樣的人物？

尤：五年前，我們老娘家做生日，媽媽帶我們到那裡給老娘拜壽，他家裡請了個戲班子，裡頭有扮小生的，叫柳湘蓮，是個好人家子弟……要是他我才願意嫁！

記：聽說他打了薛蟠薛獃子，也不知道他如今逃禍躲災的到了那裡？

尤：這人如果一年不來，我等一年；十年不來，我等十年；若這人死了等不到，我情願剃了頭當尼姑去！吃長齋、念佛，永不嫁人。

記：您對愛情這麼堅貞？

尤：我是個「愛情至上」論者，這世上若無愛情，那也就地老天荒、日月無光、生不若死！

記：放出了愛的訊息，他們有沒有幫您去找？

尤：璉二爺和我二姊商議了一番，回家又和鳳姐交代一番，便起身出發去找去了。

記：他們為什麼這麼緊張兮兮的？

尤：因為我發過誓：「若有了姓柳的來了，我便嫁他，若一百年不來，我自己修行去了。」說著說著拔下一根玉簪子磕作兩段，說：「一句不真，就和這簪子一樣！」

記：「惹熊，惹虎，嘸湯起惹著恰查某」。他們放您在家，就像是個定時炸彈似的，不知何時會發作。

尤：誰叫他們這兩隻色狼有把柄抓在我手上！

記：可是人海茫茫，小小個柳湘蓮要到何處去尋覓。

尤：他是戲班子的名小生，那還不簡單，打聽戲班子的「遊演」路線，就可按圖索驥了。

記：果然找到了？

尤：說真的，賈府還真有一套，不但找到而且還有戲劇化的演出呢！

記：怎麼說？

尤：他們不只找到一個，而且還找到一雙——柳二哥和薛蟠薛公子。

記：怎麼會這樣子呢？原先不是說他打了薛蟠，惹了禍，落跑到外地去了？

尤：那薛公子趕了一批貨去販，在平安州地面，遇見了一夥強盜，將貨物全劫走了。不想柳二哥正從那裡過來，才把賊人趕散，奪回貨物，救了大夥兒的性命……

記：這下仇人變成恩人了。

尤：大恩不言謝，兩人從此結拜了生死兄弟哥兒們，正好一路進京。

記：於是這門親上加親的婚事，就順水推舟的做成了。

尤：誰說不是呢？我大姊嫁予賈珍，我二姊是賈璉的填房，我來日嫁給柳二哥；他是薛蟠的拜把子，薛蟠的妹子寶釵來日嫁給寶玉……然後寶玉和柳二哥原本就合得來，有如親兄弟般。

記：這下子賈府三個當家公子，因為你們三姊妹，更是親上加親；進一步的，賈史王薛金陵四大家族，由於你們尤家的介入，更形穩固，成為奧運「五連環」的團結標誌。

尤：這門親事，柳二哥是求之不得。打鐵趁熱，當下賈璉等要了柳二哥隨身攜帶的一口家傳之寶「鴛鴦劍」，作為定情物。

記：從此，您在家吃齋念佛，侍奉老母，安分守己的，一心等待柳湘蓮……

尤：那鴛鴦劍煞是名貴，劍匣子刻龍鐫鳳的，鑲嵌著綠紅各色珠寶……

記：這是人家的傳家之寶，名貴當然不在話下。

尤：及至抽出劍看，裡面卻是兩把合體劍……

記：也就是說劍中有劍。

尤：一把下面鏨了個「鴛」字，一把上面鏤了個「鴦」字，冷颼颼、明亮亮的，如兩痕秋水般。

記：只有您這樣的絕色美人，才能配這樣的絕世稀寶。

尤：我看了之後，喜出望外，把它掛在繡房床上，每日望著劍，懸念著情郎！

記：自喜終身有靠，而且還擺脫了珍、璉兩色狼的勾引與騷擾。

尤：那曉得在我一心苦等五年之後，他竟然上門……

記：娶您入洞房？

尤：要求索回鴛鴦劍。

記：他反悔這門婚事，他嫌您不夠漂亮？

尤：他不知打那兒聽了那些讕言讕語……

記：什麼謠言？

尤：還不是那句：「你們東府裡，除了那兩個石頭獅子乾淨罷了！」

記：他懷疑您也是淫亂之輩？像您這樣玉潔冰心的女子，竟然被「一竿子」打盡，斯可忍孰不可忍也！

尤：我淒風楚雨苦待五年，落得如此下場，不覺悲憤交集，淚如雨下，橫下一條心，左手將一股雄劍併鞘還與湘二哥，右手把一股隱在肘內的雌劍，直往頸上一抹……

記：可憐揉碎桃花紅滿地，玉山傾倒難再扶，三姊啊！您安息罷，芳靈蕙性，渺渺冥冥，化羽升天而去……

後記：

尤三姐用她的一腔鮮血，洗雪了自己「出污泥而不染」的名聲與尊嚴，她的摘劍自刎毫不留情的揭露並控訴了賈府的醜陋與罪惡，並粉碎了「你們東府裡，除了那兩個石頭獅子乾淨罷了」的讕言。

最負心、最沒出息的還是那個柳湘蓮。他輕易的聽信了賈璉、薛蟠等人的憑空「推薦」，就獻上傳家之寶鴛鴦劍說定一樁終身大事；事後又聽到社會流言，不相信在爛泥塘裡會長出白蓮，唯恐辱沒了自身，不明究裡的斷然退婚，索回定情物。他輕諾於前、寡信於後，以致釀成了人間悲劇——熱三姐刎頸自盡；冷二郎削髮出家。

心地善良・幹練周到
～平兒訪問記～

如果「鹹擱澀夭鬼兼雜念」的鳳姐兒，是榮國府裡集權內閣總理兼財政部長的話；那麼無疑的，平兒便是「鳳內閣」的秘書長了。

平兒原是王熙鳳陪嫁過來的丫頭，鳳姐兒嫁了賈璉後，她自然「升」任賈璉的婢妾。賈府裡上上下下、裡裡外外，人事安排、銀錢往來，全靠「內閣總理兼財政大臣」的王熙鳳一個人主持；但在忙不過來的情形下，隨扈日久，已成「半個主子」的平兒，自然成了她的左右手，是個名副其實的秘書長，起了匡助的作用。

平兒身分雖低，論起權勢，更是不及鳳姐；不過，她為人和氣，性情溫順，憑著她辦事穩妥，心地善良，在賈府複雜的人際關係中，有時處理得比鳳姐還要高明些。

尤其她夾在那俗不可耐，而又「色」相難看的賈璉與恰查某悍婦鳳姐之間，竟能周旋妥貼，化險為夷，相安無事。

平兒這塊柔軟的「三明治」（Sandwish）角色，是如何扮演的，我們且聽她娓娓道來……

一、此平非彼平．千萬別誤會

記：平兒，平兒！慢走一步，請接受《國文天地》記者的訪問。

平：打那兒說起呢？

記：就從「平兒」這個名字說起！

平：名字只是一個人的符號，有什麼好追根究柢的呢？

記：是「太平公主」呢？還是「三平皇后」？不然為什麼被叫「平」兒？

平：什麼叫太平公主？又什麼叫三平皇后？您這個記者懷的什麼鬼胎、出的什麼餿主意？

記：所謂太平公主就是指上圍平平，有如飛機場般……

平：那您不會叫林姑娘為「洗衣板公主」算了；您的所謂三平又是那

三平？

記：扁平臉、扁平胸，外加扁平的屁股，不就成了三「平」皇后了。

平：無聊！看我生得「花容月貌，嬌俏非凡」，像個「三平族」嗎？

記：原來我錯怪了。人說：平兒是賈府奴僕、丫嬛中唯一的全人：有德、有才、有色，是女性的標竿，在男性眼中，是「性」的代表。

平：平者，屏也。鳳姐兒太辛辣，需要我「平」一下，所以我被取名為平兒……

記：就像有人叫連戰，他可能是「連戰連勝」。

平：把不定是「連戰連敗」也說不定。

記：所以他祖父——連雅堂先生給他配以「永平」的字，以保永享太平歲月。

平：同樣的，我若太軟弱平庸了，就不配做鳳姐的心腹助手；我若精明強悍過度，那麼鳳姐一天也容不下我。

記：總之，您必須扮演「潤滑劑」的角色就是了。您不但是賈府四大院落的秘書長之一，也是賈府三大管事之一。

平：是那四大院落？

記：平兒、襲人、鴛鴦、紫鵑，她們分別是鳳姐、寶玉、賈母、黛玉的首席大丫嬛。

平：那您所說的「三大管事」，又是那三大？

記：基本上王熙鳳是榮府的第一管事。

平：也是唯一的管事；不過有次她兼管榮、寧二府，因而累倒以致小產，在休養階段，業務由探春代理。

記：所以探春是第二管事。

平：這時我也幫忙處理各項事務。

記：所以您是第三管事。

平：覺得我們三人之間有何不同？

記：鳳姐著眼於「法」，依制度來做事，刻薄寡恩；探春則尋「理」來改革；您則側重於人「情」的考量……

平：我不太懂您所說的，可不可以舉一、二例子做說明？

記：就以「玫瑰露」與「伏苓霜」的事件而言。

二、能放手時須放手

平：在廚房工作的柳嫂，她的女兒五兒身體不好，想吃玫瑰露補身；於是寶玉的丫嬛芳官便向寶玉要了半瓶給了五兒，柳嫂見這玫瑰露是珍貴物兒，就倒了半盞送給五兒的舅舅；剩下的半瓶，便放在廚內。

記：禮尚往來，你贈我送，也是人之常情。有次五兒的舅舅得了一包伏苓霜，讓柳嫂帶回去給五兒吃，五兒見了茯苓霜想到芳官，於是分了一些回贈給在怡紅院的芳官。

平：結果，正好碰到王夫人房裡遭竊，內含一罐玫瑰露……

記：這事給鳳辣子知道了還了得，立刻「未審先判」……

平：來個：「將她娘打四十板子，攆出去，永不許進二門；把五兒打四十板子，立刻交給莊子去，或賣或配人。」

記：「有理三大板，無理打三板。」鳳姐不愧為「鳳辣子」；然後呢？

平：把太太屋裡的丫頭，叫她們墊著瓷瓦子跪在太陽底下，茶飯也別給吃，一日不說跪一日，一月不說跪一月，便是鐵打的，一日也管招了，

有道是：「蒼蠅不抱無縫的蛋」。

記：「捉賊先捉贓，捉姦要成雙」。鳳姐兒怎麼可以這樣「屈打成招」，「一竿子打翻一船人」呢？這簡直是「欲加之罪何患無辭」嘛！

平：寧錯殺一百人，絕不放過一個！這是她的處世原則。

記：這也是國民黨與共產黨辦司法案的最高指導原則。

平：而且伏苓霜這東西很普遍，不光是賈府才有……

記：我太太就有！

平：至於玫瑰露很可能是寶玉給芳官，然後再轉給五兒的。

記：說的也是！沒證沒據的，何苦這樣揚鈴打鼓的折騰大家，得饒人處且饒人——大事化小事，小事化無事，方是道理。

平：鳳奶奶凡事太急躁，處事又不周延，以致操勞過度，傷神動氣的，把懷了六、七個月的小哥兒都流掉了。

記：她這種公式化的官僚作風，也不知壞了多少個人，傷了多少天理，還是您比較好。

平：我是「人性相待」加「人情管理」；事後，我雖察知是彩雲偷了玫瑰露給賈環，但為了顧全探春（賈環是探春的弟弟）與趙姨娘（是趙姨娘要彩雲偷茯苓霜）兩人的面子，還是沒有公開「偵訊」。

記：這樣，連帶的開脫了五兒母女，也保住了彩雲與玉釧兒的飯碗。

平：凡事總是求個穩當、妥貼就是了；而且事情過身了，也就算了，犯不著掀起血腥鬥爭，唯恐天下不亂！

三、得饒人處且饒人

記：您夾在嗜色如命的賈璉和嗜財如血的鳳姐當中，您如何自處，伺候這兩個主子？

平：我是全心全力的效忠於鳳姐，但她對我照樣疑忌。我是她最親密的戰友，但也是她的眼中釘……

記：可說既矛盾又尖銳而又微妙的關係。

平：璉二爺之好色，是有名的，只要他離了二奶便要尋事生非。有次巧姐出痘子，二奶奶為了照顧她，便讓二爺在外書房獨寢了兩夜；當我替他收拾鋪蓋時，竟然撿出一綹女人的頭髮來……

記：這事非同小可，萬一被鳳姐知道了，那可是醋罐子打翻了，不鬧個天翻地覆才怪。

平：璉二爺正想從我手中搶奪這綹頭髮時，好死不死鳳姐進來了……

記：這下璉二爺不急黃了臉才怪，您豈不正好逮到機會告他一個惡狀。

平：這樣對我會有什麼好處？您說呢？

記：第一，得罪了璉二爺，以後有苦頭吃了；第二，就算二爺跟二奶大吵一架，您也得不到好處，而且搞不好「城門失火，殃及池魚」，最後，倒楣的還是您自個兒？

平：所以，我不慌不忙的用言語支吾過去了。

記：這樣，璉二爺不感激您到五體投地才怪呢！

平：我乘機指著二爺的鼻子搖頭笑道：「……這件事你該怎麼謝我呢？……這是一輩子的把柄兒，好就好；不好咱們就抖出這個來！」

記：他從此在您跟前就守分多了，不敢再對您予取予求，唯知淫樂悅己而已。

平：我夾在賈璉之俗與鳳姐之威中，其難處之道，實不足為外人道也。

四、燒餅夾油條·丫嬛難為

平：有一回，二奶奶生日，寧榮合府姊妹們為她慶生。

記：鳳姐最喜這個調調兒，那她豈不樂壞了。

平：由賈珍之妻尤氏主辦，上上下下每人派二兩銀子湊分子，辦得十分熱鬧。不但有戲，還有雜耍特技百戲的，外帶說書的「女先兒」全都有；正好又碰到李紈主持的詩社集會活動的日子，於是大家全力的打點著取樂玩耍。

記：二娘是榮府的總管家，平日裡忙碌、奔波，就算沒有功勞，也有苦勞；就算沒有苦勞嘛也有疲勞。這下不比往日，賈母定然身先示範，要教鳳姐痛快一天……

平：賈母讓她坐首席，按在椅子上，要大家輪流敬她，若二奶敢不喝，老太太要親自敬她！

記：是誰先去敬酒？

平：當然是主事的寧國府女主人尤氏，斟了酒笑道：「一年到頭，難為你孝順老太太、太太和我，我今兒沒什麼疼你的，親自斟酒。我的乖

乖!你在我手裡喝一口罷!」

記:於是,鳳姐被灌了兩盅!

平:接著眾姊妹們輪番上陣,二奶奶只得逢人喝兩口;接著各房的丫頭也來敬酒……

記:這下鳳姐不討饒才怪!

平:她說:「好姊姊們!饒了我罷!我明兒再喝!」

記:這會兒,她們怎會饒得了她?趁著高興固然要喝;就算平日裡有疙瘩在,更得喝……

平:賴嬤嬤見著賈母上下這等高興,也少不得來湊趣兒,領著眾嬤嬤們也來敬酒。

記:鳳姐這下盛情難卻,衝著高興也一一喝了!

平:喝到二奶奶自覺酒沈了,心裡「突突的」往上撞。

記:再喝就要「掠兔仔咯」!

平:她趁雜耍上台之際,交代了尤氏準備賞錢,便出了席,往房門後簷走了去……我也忙著跟了去,扶了她。

記:她急著要回房休息?

平：才至穿廊下，只見他屋裡的一個小丫頭，正在那裡站著，見我兩個來了，回身就跑……

記：這是把風的！這下落在鳳姐手裡，她可有的苦頭吃了。

平：一頓沒頭沒腦的巴掌，像雨點似的落在丫頭臉上；接著又從髮髻上拔一根簪子來，死命的朝那丫頭的嘴上亂戳……

記：那小丫頭只得招了，說是二爺打發她來這裡瞧著奶奶，要見奶奶散了，先叫她送信去……

平：原來二爺趁二奶奶生日慶宴之隙，開了箱子，拿了兩塊銀子、兩支簪子、兩疋緞子，叫人送予鮑二的老婆去，叫她進來……

記：乘機在屋裡幽會，巫山雲雨一番。鳳姐這下氣得渾身發抖，忙立起身來，一逕衝到窗門前……

平：來至窗前，往裡聽時，只聽得裡頭說笑道：「早晚你那閻王老婆死了就好了！」

記：這是鮑二家的聲音！

平：「她死了，再娶一個，也這麼著，又怎麼樣呢？」

記：這是璉二的聲音。

平：「她死了，你倒是把平兒扶了正，只怕還好些。」

記：賈璉怎麼回答呢？

平：「如今連平兒她也不叫我沾一沾了，平兒也是一肚子委屈不敢說。我命裡怎麼就該犯了夜叉星！」

記：這下鳳姐聽了不氣得渾身顫抖才怪！

平：最倒楣的是我這個不相干的人，也被牽連進去……

記：怎麼會不相干呢？

平：二爺是個好色如腥的人，而二奶是個又酸又辣的醋缸子，我以侍妾的身分夾在中間，實在左右為難。

記：那只好睜一隻眼閉一隻眼，樂得裝癡裝呆！

五、難為三明治．夾死在中間

平：結果偏偏大水沖倒龍王廟，醋火燒到我身上。

記：鳳姐懷疑您平素背地裡也有許多怨言。

平：回頭就打了我兩個巴掌，並且不清不楚地罵起大街來：「平兒，過來！你們娼婦們，一條藤兒，多嫌著我！外面兒你哄我！」

記：說著，說著，對著您又是一頓沒頭沒腦的毒打。

平：我真是惹誰、招誰了，怎麼盡往我頭上出氣兒？

記：這都是鮑二家惹的禍！

平：於是，我也壯起膽子罵開了：「你們做這些沒臉的事，好好的又扯上我做什麼！」說著說著，就拉著鮑二家的廝打起來。

記：一則以洩被枉打之憤；二則以示與二奶奶站在「統一戰線」……

平：那曉得二爺見到他那相好的被我打，他又氣、又惱、又愧，便上來朝我踢罵道：「好娼婦！連你也動手打人！」

記：真是夠「衰」了，主子偷人，本不干您事，現在您變成豬八戒照鏡子，裡外都不是人，都把氣出在您身上。

平：別看二奶平日裡兇氣巴拉的，碰到璉二爺這檔子窩囊事兒，她儘管心中惱怒得咬牙切齒，但卻不敢對二爺怎麼樣。

記：連帶著對二爺喜歡的鮑二家的也不敢怎樣。

平：頂多指桑罵槐而已，卻把三個人的憤怒和不平，像土石流似的，朝我身上發……我好可憐呵！

記：這齣鬧劇要如何收場？每個人都要顧著面子，誰也不讓誰。

平：最後，我便跑出來找刀子要尋死……二奶更是一頭兒撞在二爺的懷裡，叫道：「她們一條藤兒害我，被我聽見，倒都唬起我來！你來勒死我罷！」

記：女兒家嘛！事情到了不可開交之時，來個一哭二鬧三上吊，萬事OK。

平：二奶更是高人一等，最後發出「媚」功，哭倒在二爺懷裡。

記：死要面子、死不認錯的璉二爺這下沒轍了吧！

平：二爺氣得從牆上拔出劍來，說道：「不用尋死！我真急了！一齊殺了，我償了命，大家乾淨！」

記：二奶一見玩真的，鐵定跑到賈母處去求救：「老祖宗救救我，璉二爺要殺我呢！」

平：一場偷人、殺人的風波就此平靜了，最倒楣的是我，拳打腳踢外帶巴掌都吃了！

記：賈母有沒有叫璉二夫婦向您賠罪道歉？

平：口頭賠罪道歉，有個屁用。除非讓我批二奶「二卡車」的巴掌，咬二爺的肉，啃二爺的骨，方能消我心頭之恨；可是，我能嗎？

六、疼得寶二爺憐香惜玉

記：鬧得如此不可開交，這面子如何扳回？

平：我被李紈大嫂拉入大觀園怡紅院去了；鳳二奶被留在賈母處歇了一夜；璉二爺則獨自歸房，冷清清的胡亂地睡了一夜。

記：那一夜就在寶玉的怡紅院過夜？

平：我一進怡紅院，寶二爺的首席丫嬛，便笑吟吟的迎上前來，道：「原先我要勸慰你的，只因大奶奶（尤氏）和眾姑娘都在勸，我就不好進去！」

記：看她多體貼、多會做人啊！

平：她又勸慰我：「二奶奶素日待你好，這不過是一時氣極罷了。」

記：與其說是氣極，不如說是山西老醋桶子打翻了才對！

平：寶二爺也忙著勸道：「好姊姊，別傷心，我替他兩個賠個不是！」

記：這干寶玉屁事！

平：他卻笑著說：「我們弟兄姊妹都一樣。他們得罪了人，我替他賠

個不是，也是應該的啊！……可惜這新衣裳也沾了！這裡有你花妹妹（襲人）的衣裳，何不換下來，拿些燒酒噴了，熨一熨，把頭也另梳一梳。」

記：向來聽說寶哥懂得伺候女孩子，這下您倒是親炙他的熱情了。

平：他一面吩咐小丫頭們舀水洗臉，燒熨斗來；一面叫襲人開了箱子，拿出兩件不大穿的衣裳……又揭開一個宣窯瓷盒乳膏……白玉胭脂盒……

記：這下您可真十足地領略了寶哥對女生的「雞婆」了；他對大觀園中的女兒家，不論大小、親疏、貴賤……都一體親之、護之、愛之。

平：他不是說過嘛：「女兒是水做的骨肉，男人是泥做的骨肉；我見了女兒便清爽，見了男人，便覺濁臭逼人……」

記：像您這麼個美人胚子，怎不見他對您大獻殷勤？

平：因我是璉二爺的愛妾，又是鳳二奶的心腹，所以他才不敢輕舉妄動。

記：這下逮到機會，大大的盡心一番，以補平日之憾。

平：用他房裡上等的化妝品，諸如SKII，美白一番，果見鮮艷異常，甜香滿頰……他將盆內開的一枝並蒂秋蓮，用竹剪刀擷了下來，替我簪在鬢上……

記：他有沒有在您頰上留下一個「愛的標記」？

平：我也正期待著，說時遲、那時快，李紈打發的丫頭正進門來喚，他急忙忙的走了。

記：那天晚上，我想寶玉一定轉輾難眠，又惱、又恨、又怨……

平：怎麼會？

記：心想像您這樣一個極聰明、極清俊的上等美人胚子，竟然落在俗如賈璉、毒如鳳姐的手裡……

平：大有「鮮花插在牛糞上」之憾？

記：豈止鮮花插牛糞？簡直就是一朵玫瑰插在污泥狂風中……而您竟然還能周全妥貼，應付自如，實在不簡單。

平：我外無父母叔伯，內無兄弟姊妹；獨自一人，還做他們的受氣包、出氣筒，實在夠命苦的了。

記：更令人不平的是，賈璉唯知以淫樂悅己為已足，並不知作養脂粉，善加培育。

七、男人啊，愛要及時喔！

平：說的也是。小女孩像花蕾，年輕的女子像株花，固然要疼惜、愛護、灑水、施肥；就算上了年紀的媽媽們，有如瓜瓞綿綿一株葫蘆，雖有點瓜蔓纏人，卻也看在結實纍纍的分上，要更加維護、愛惜。有您這樣一心思，就是我們女人的福了。

記：大多數的男人，身在福中不知福……

平：所以「愛要及時」！

記：說得倒是容易，做起來可就難了！

平：怎麼會？

記：您可別忘了，男人是一種健忘的動物，他們是不見棺材不掉淚。

平：即使掉了淚，過會兒也忘得一乾二淨。

記：男人啊！你的確是種悲哀的雄性動物。

深謀遠慮‧心思細膩

～襲人訪問記～

襲人本名蕊珠和珍珠，原是服侍賈母的。賈母因溺愛寶玉，唯恐寶玉之婢不管用，遂與晴雯一起給了寶玉。寶玉因嫌蕊珠之名有點「柴契爾」（菜市仔）夫人味，遂根據前人「花氣襲人知晝暖」之句，改名為襲人，於是成了花襲人的雅名。

襲人生得細䠷身子，長長臉兒，長得非常俊俏。腦筋精細，最懂人情世故，知大體識大局，心地尤其善良。為人處世，一千個小心，一萬種謹慎，事事求妥貼，人人求和好，行事見人大方，話中和氣帶剛強，賢淑圓通。她的柔情，使得寶玉為之屈服；她的穩當妥貼，深得賈母與王夫人的信任，她是怡紅院小內閣的「總理」，連一向行事潑辣的鳳姐兒也得讓她三分，因為在整個大觀園的內閣之中，也只有襲人可與鳳辣子相提並論。

親愛的讀者，你可別為這「委曲求全，百般依順」的襲人叫屈，她可是深懂「統戰」戰術的政戰高材生，她工於心計，善於逢迎。她的「政戰策略」最高指導方針是：「把握對象——寶玉；爭取上層——王夫人、鳳姐兒的認同；結合六方人際——前後、左右、上下；聯合次要敵人——薛寶釵；打擊主要敵人——晴雯與黛玉」……一場血腥的愛情爭奪戰從此展開。

其結果是：晴雯含冤而死。黛玉憂憤而亡。寶玉受不了任人擺布而落跑，最後不知所終。寶釵做了活寡婦。至於獻身伺候，百般依順，一心想做「寶二姨奶奶」的襲人，終因沒有名分兒，想「守」沒她的分，想死沒她的名。最後改嫁給姻緣前定的蔣玉菡——琪官——是主子寶玉的同性戀者。

一、怡紅院的內閣總理

記：花姑娘！您好！請自我介紹一下好嗎？

花：我是花自芳之妹。父親早死，母子三人相依為命。

記：您是怎麼進大觀園的？

花：家徒四壁，窮得無以為生，只好把我賣與賈府做丫嬛；後來我哥哥雖努力佃耕，想把我贖回，終是心有餘而力不足；接著我母親往生，兄長娶妻，我更沒機會回去，也沒有必要回贖了。

記：您怎麼會到怡紅院去侍候賈府第一公子寶玉的？

花：我原是賈母之婢，本名蕊珠，老太太因溺愛孫子，把我和晴雯給了寶玉。

記：在眾多姑娘之中，為什麼偏偏選中你們兩人？

花：由於晴雯長得最漂亮、伶牙利齒的，女紅又做得最好，所以才派她去侍候寶玉。

記：至於您呢？

花：我這個人有個優點，也是唯一優點！

記：什麼樣的優點？

花：當我服侍賈母時，心中只有賈母；當我跟了寶玉，心中自然只有寶玉了。

記：總之，您盡可能的委曲求全，百般依順就是了。

花：我們做奴婢的目的，只有一個——得主子的歡心就是了。

記：寶玉跟前有多少個丫嬛？

花：除了我和晴雯、麝月、碧痕等四大丫嬛外，其餘像四兒、五兒、定兒、小紅、佳惠外，還有茜雪、檀雲、春燕、秋紋、秋霞、綺霞……不下十三、四人之多。

記：十幾個人伺候一個人不嫌太多了？

花：這還不包括外房的老嬤嬤們呢！

記：這是個什麼世界？為主為奴，竟然有著天淵之別。

花：那有什麼辦法？碰到年荒災歉，有時候即使一塊鍋巴就可買到個奴婢。

記：中國歷史就這樣往往復復的循環著，到了無法循環時，農民只好鋌而走險，起而造反，改朝換代；等殺了一票人之後，自然而然土地與人口成了某個比例，就是所謂的「盛世」了。

花：那政治人物拿了百姓俸祿是吃冤枉的？

記：正是「官字兩個口」。一張嘴吃乾抹淨之餘；另一張嘴還不忘大吹大擂。直到「偉大的人民政府」根據歷史的軌跡，經過三反五反，東爭西鬥，總算勉強地把十三億張嘴巴餵飽了，也不知這「改革開放」之盛世能挺多久。

花：這在中國歷史上可是曠古未有之盛世，不曉得以後會怎樣。

記：我們不談這些令人傷心氣餒的「國」事，還是說說您這十三、四人的「小內閣」吧！

花：我這十三、四人自成一「獨立小王國」。我與碧痕、麝月自成一個「鐵三角」，緊緊的掌控著這個內閣的進退。

二、制伏寶玉・攻心為上

記：寶玉是個「孽障」（老太太說的）、是個「混世魔王」（王夫人說的），「心性乖張」外加「行為偏僻」，任情恣性的，怎麼治得了他？

花：事實擺在眼前，我知道單憑我的先天條件，是成不了氣候的，我頗有自知之明。

記：何以見得？

花：在寶二爺跟眾姑娘面前，第一，我生得沒有晴雯漂亮；第二，我性情沒有碧痕溫順……還有勢單力薄，沒有可退之本家——哥哥娶親，阿母已死。

記：只好死心塌地的扒住寶玉！

花：寶玉的吃飯、喝茶、穿衣、蓋被……甚至於「更衣」，我都細心服侍著。他外出回來稍晚一點……

記：您就依窗而探，倚門而望了。

花：我為他出門看「天」色，進門看「氣」色，無不小心翼翼地護著他，尤其他那塊「命根子」——通靈寶玉，以及他所有的任何東西，我都細心的保存或看管著，有「隨傳隨到」，「唾手可得」的把握。

記：您無時無地不為主子擔心駭怕，生怕他有一絲一毫的煩惱與災難。

花：等我半推半就的破了他「在室男」功後，讓他從此離不開我，我也愈發的盡我侍候的功夫。

記：委曲求全地伺候著他？

花：有次寶玉嫌我開門晚了，發了少爺脾氣，朝我肋骨踢了一腳，斷了肋骨、吐了血。

記：強忍著羞、氣、疼，還對外聲稱沒有踢著，這您又何苦呢？

花：您以為被主子踢一腳，是光彩的事兒？我當然要打落牙齒和著血吞下，裝著沒事。

記：真可說是逆來順受了。

花：一讓人知道實情，就給人以挑撥的機會，豈不令「親者痛，仇者快」，大家都得不到好處。

記：您就這樣，進而漸漸地贏得賈母、王夫人與鳳姐的信任，立於不敗之地。

花：然後，我再使出「攻心為上，攻城為下」（《戰國策》）之戰略。

記：這也是政治作戰「教戰總則」第一條。您是如何運作的？

花：我深知「伴君如伴虎」的哲理。若一旦有錯失，輕一點的，像茜雪只為了打翻茶杯就得走路；重一點的，像金釧、司棋無不遭橫死……

記：一個投井，一個撞牆。

花：像晴雯更冤枉，竟以莫須有的「勾引寶玉」、「妖精」向她開刀、潑污水，最後帶病攆出大觀園，活活地折磨她到死。

記：她總算就近死在自個兒的家中，像您……

花：可能死在馬路中間也說不定。

記：您也知道事態嚴重，死相難看！

花：我看他生活細節上已離不開我了……

記：其實他在「性」(Sex)趣上也離不開您。

花：我就誆他說：我家人明年要贖我回去，並且編織一大卡車的理由，入情合理地說出「我一定會回去」……

記：那個寶二爺、呆二爺，信以為真？

花：他淚流滿面地，傷心著我要離去。

記：見時機成熟（屬於「引起動機」），立刻下了斷語（也就是所謂的「決定目的」）。

花：我淡淡地說：「果然有人留我，我就不走！」

記：這一擒一縱，縱是諸葛孔明也不是您的對手！

花：我接著說：「……今日你安心留我，不在這『留』字；我另說出三件事來，你果然依了我，就是真心留我了；就算刀子擱在我脖子上，我也是不出去的了！」

記：大而化之的寶哥立刻中了您的圈套。莫說三、兩件，就是三百件他也會依的。

花：他只求我們看著他、守著他，等他化成一股輕煙，風一吹便散了的時候……

記：是那三件事情？

花：第一，從此不准再講渾話、髒話。

記：第二件呢？

花：管您喜歡讀書也好，不喜歡讀書也罷；人前人後，尤其在老爺面前，裝也得裝一下嘛！以博得他老人家的歡心，他多麼希望他的唯一命根子——也是賈家的命根子，能讀書進學，中科中舉的。

記：您也知道他不是個讀書的料，只裝裝樣兒也罷！那第三件呢？

花：再不可毀僧、謗道，拳打上帝、腳踢閻王的；更不可調弄脂粉，還有更要緊的是，再不許吃人嘴上搽的胭脂，偷親別人家的粉頸。

記：您這三件，件件攻其要害，尤其第三件，根本就是另外三個「不平等條約」嘛！這下寶玉成了您的「專屬」了。

花：我要「動之以情，責之以義」，降伏其心，才心滿意足。

記：「情人眼裡容不下一粒砂子」，真是千古名言。

三、插針灌水・置晴雯於死地

記：那個長得十分漂亮，心比天高，天天打扮得像個西施樣子，而女紅又比您拿手的晴雯，她豈會屈服於您？

花：她是個「富貴閒人」，任情使性地，高傲得有如一朵「出淤泥而不染，濯清漣而不妖」的蓮花。儘管她有點刁鑽古怪又愛隨口刺人，只要您不惹她，虎頭蜂雖然兇猛，但是卻不會無緣無故主動攻擊人。

記：不過寶玉特愛晴雯的任性，常常縱容她發洩情緒；而且三番兩次的邀她共浴，常在被子裡握一握她那「好冷的小手」……這難道不夠構成對您的莫大威脅？

花：那個簡單，我絕不正面與她衝突。即使她常冷嘲熱諷我和寶玉的「體貼」關係，我也只當馬耳東風般的不在意，有如「船過水無痕」般無事。

記：您真的這麼豁達大度，不與人計較這一切？

花：我是見縫插針，遇洞灌水，讓她受了害，還不知禍從那裡來？

記：真有如此之事，趕明兒我以「政戰校友」的身分，上書國防部總政戰局長，讓您在「復興崗大學」開個專題研究如何？

花：由於金釧投井和同性私交蔣玉菡的事件，寶玉挨了他父親一頓毒打後，王夫人把我叫去問話……

記：這是您「反映政情」的大好機會？

花：「論理我們二爺也得老爺教訓教訓才對；若是老爺再不管，不知將來做出什麼事來呢！」我冷冷地對王夫人說道。

記：這款「熱事情冷處理」的反向操作，不把王夫人大吃一驚才怪，不禁要問：「難道寶玉和誰作了怪不成？」

花：我說：「太太您別多心，這只是我的一點淺見：如今二爺也大了，裡頭的姑娘也大了；況且林姑娘、寶姑娘又是姨姑表姊妹……男男女女，日夜一處起坐不方便，由不得叫人懸心；便是外人看著也不像大家子的體統……一不小心，二爺的聲名品行，豈不全都完了……」

記：您這招見縫插針，插得天衣無縫；遇洞灌水，灌得自然。王夫人聽了，如雷轟電掣一般，正觸動了金釧兒的悲劇。

花：讓她警覺到怡紅院內另有妖姬，悲劇隨時會上演。

記：您又沒指名道姓，也無法直指晴雯的心坎兒啊！

花：然後與晴雯有著不共戴天的王善保家的，乘機向夫人說壞話……

記：說什麼呢？

花：她說：「別的還罷了，太太不知道，頭一個是寶玉屋裡的晴雯！那丫頭仗著她生的模樣兒比別人標致些，又逗了一張巧嘴；天天打扮得像那西施樣子，在人眼前能說慣道的……」

記：把人家的長處全說成短處！這下晴雯慘了，而她一點警惕都不懂，還到處去得罪人。

花：最後她以病弱之身，被驅逐出大觀園，悲慘的死在她表哥家。

記：其實在怡紅院內與寶哥苟且最多的是您，最清白正直的反倒是晴雯……

花：這便是先下手為強，後下手遭殃的「政戰第一法則」。

記：可憐的晴雯，死不瞑目。就算閻王爺要替她主持公道，她都說不出兇手是誰。

四、擁薛倒林・勢在必行

記：您和寶玉之間的五四三，早就傳到王夫人與賈母的耳裡，而且還得到夫人的默許。她不斷地在老夫人面前誇讚；說您「知大體，莫若襲人……行事大方，心地老實，又屬襲人數第一……」她還比照姨娘的例子，月加您二兩銀子一吊錢。

花：就算我做了姨娘，若是林姑娘當了二奶的話，我還是沒得混。

記：此話怎講？

花：基本上姨娘在賈府是沒有地位的。君不見尤二姐是賈璉所迷戀的，卻被鳳姐活活整死；那香菱雖是薛蟠的愛妾，還不是受盡了夏金桂與其丫嬛寶蟾的欺凌，還差一點被毒死。

記：所以說，要做寶二姨娘還得看寶二奶奶是誰，大小老婆才能「一妻一妾」相安無事。

花：我從老太太、太太以及姊妹們的談話中，「嗅」知林姑娘是寶玉的第一志願，而且寶玉也是真心愛她的。

記：那林姑娘愛不愛寶玉呢？

花：您難道不記得他們第一次見面的場景……

記：什麼樣的場景？

花：一個（黛玉）說：「好生奇怪，倒像在那裡見過的？何等眼

熟」；另一個（寶玉）說：「這個妹妹，我曾見過的？」又說：「雖然未曾見過，卻看著面善，心裡倒像是舊相認識，恍若遠別重逢一般。」

記：可見他倆是一見鍾情，有如張生和崔鶯鶯之驚鴻一瞥，便觸動了彼此心靈深處的悸動。

花：怕就怕寶玉和黛玉成婚，我就慘了。

記：寶玉和釵黛之間的戀愛，成與不成，跟您當姨娘有何關係，您沒聽過黛玉左一句嫂子、右一句好嫂子，叫得挺親熱的（見第三十一回），就憑您和寶玉的「雲雨」私情，早已先馳「得點」；因此，您的姨娘寶座，真可說是穩若泰山了。

花：您可知道，林姑娘是個多心的人。她眼高手低，又愛生莫名之氣；而且她的「愛人」與「被愛」，堅持非「歸碗捧去」不可，是個很難纏的人，一想到要侍候這位未來的「寶二奶奶」，我心底就發毛。

記：想得還真周遠？那您要如何對付這個難纏的「次要敵人」呢？

花：我屢次拿尤二姐和香菱的故事作為談話的資料，來刺探林姑娘的內心深處。

記：那黛玉是何等聰明的人物，當然知道您的用意，但也懶得理會……

花：她正忙於突破「寶黛」之戀的情結！

記：寶玉從小就周旋於女人國中，對於追求女性，可是一等一的高手，從投石問路的「寶玉配金鎖」（對寶釵），什麼「啃粉頸」「吃口紅」（對鴛鴦、對金釧），「吃冷香丸」（對寶釵）、拉手（對金釧）戰術，到「篦頭梳髮」（對麝月、對湘雲，也對晴雯）、「洗鴛鴦澡」（對碧痕、對晴雯）戰略，胡纏濫混，無所不用其極。其「戰技」則從暗逗（對妙玉）明挑（對金釧）到強拉（對襲人），無不得心應手，手到擒來。

花：可是他一碰到黛玉就完了。

記：即刻變成天下第一蠢材，只會一味兒的詛咒自己，什麼「天誅地滅」的，什麼「你死了，我便去當和尚」！

花：他們兩人，一個是愛你愛得要死；另一個是愛你愛得入骨。

記：可是，一個是不敢開口，一個是基於閨閣小姐的矜持不能開口。

花：真是皇帝不急急煞太監！

記：說誰是太監？

花：紫鵑啊！

記：紫鵑原是賈母跟前的丫嬛。

花：是老太太派她到瀟湘館服侍林姑娘的！

記：老太太不是也派您到怡紅院服侍寶玉……

花：是啊！有什麼不對？

記：您別看老太太富富泰泰的，存心忠厚，且還懂得及時享樂，好像生來就是為了享福似的；其實她精明得很咧！

花：何以見得？

記：就憑她派您到怡紅院侍候寶玉；派紫鵑到瀟湘館侍候林姑娘，她就「秀才不出門，能知天下事」了。

花：您的意思是：她在大觀園的這兩個「中樞神經」，派出心腹，作為她的「政戰細胞」，能暢通管道，掌握狀況！

記：對了！

五、忠心耿耿的紫鵑

花：可是紫鵑卻不是那種吃裡扒外的人，當她服侍賈母時她忠於賈母；當她服侍黛玉時，卻也死心塌地的服侍著林姑娘，她自始至終，忠於她的「職守」就是了。

記：多愁善感、體弱多病的林姑娘，全靠著紫鵑一個人悉心護理，婉言勸解，侍湯奉藥，任勞任怨的。

花：林姑娘和寶二爺雖早已此心相許，到了情投意合的地步；但基於傳統，男女授受不親的「禮教大防」，總是沒有戀愛和婚姻的自由。

記：這個當兒，紫鵑最著急，可說急如熱鍋上的螞蟻。

花：她暗地裡為他們焦急……

記：有沒有竭力想玉成其事？

花：為了試探寶二爺的真心，紫鵑竟然擅作主張，編了一套「林姑娘要回南方去」的故事，害得寶玉當場癡狂病復發，如雷貫耳，兩眼直直的，口吐白沫兒，緊緊的拉住紫鵑死也不放，聽見「林之孝家的」來看他，便胡言亂語的：要把「林」家人打出去！

記：這發瘋發顛的事，後來怎麼了結呢？

花：「解鈴還得繫鈴人」，當著老太太、寶玉和我的面前，紫鵑承認沒這回林姑娘要回南方的事，純粹只是哄著寶玉玩的。

記：這下寶玉回過神來了。

花：「活著，咱們一處活著；不活著，咱們一處化灰化煙。」寶玉做了這樣的允諾。

記：黛玉聽了，豈不要柔腸寸斷，流淚到天明。

花：那天她真的哭了一夜，哭得兩眼像核桃似的腫。

記：他的確是愛林姑娘愛到發狂、發顛的程度。他們之間已到了男歡女愛、難分難捨了。

花：既然這樣，紫鵑有次乘機跟林姑娘說：「我倒是一片真心為姑娘，替你愁了這幾年。無父、無母、無兄弟的，誰是你知疼著熱的人？不如趁早兒老太太還明白硬朗之時，做定了大事要緊。」

記：對啊！八十多歲的老太太，今晚上床，明早起不起得來還不知呢！

花：真所謂「老健春寒秋後熱」，生死之事，誰也難以意料。

記：俗云：「萬兩黃金易得，知心一個難求」；得一知己，死而無憾，就這一項，黛玉就值得了。

花：難怪林姑娘臨終時，會對紫鵑說出心裡話：「妹妹，你是我最知心的，雖是老太太派你服侍我這幾年，我拿你就當作我的親妹妹……」

記：可是，總不能叫大家閨秀出身的林姑娘，當著賈母、夫人面前，扯著嗓子喊：「我愛寶玉！太太、老太太，讓我嫁給寶玉吧！」

花：如果寶玉能湊近林姑娘耳邊說聲：「我愛你，我要娶你！」在未待回應前，迅雷不及掩耳地獻上一個喘不過氣來的Big kiss，看她怎麼地？那不就萬事OK了。

記：嘸路用的寶玉，只會「欺負」丫頭下人們，難不成還要叫林姑娘開口說：I love you, I miss you!

花：他倆只好沈醉在佳人才子式的傳手帕，寫著「眼前蓄淚淚空垂，暗灑閒拋更向誰？」老掉牙的「柏拉圖式」的戀情之中（第三十四回）。

記：可歎寶玉至今還食古不化，還停留在《西廂記》的幻覺中。最後弄得兩人「八字未見一撩，九字未見一鉤」，功敗垂成。

花：其實這已是個麥當勞的速食朝代，談戀愛再也不允許文火慢燉，細嚼慢嚥了；君不見麥當勞的東西全是快火炸的，香甜火辣，至於能不能消化，才不管呢！只要生意興隆，賣得掉就好！

記：要學學您同寶玉那樣，狼吞虎嚥，三兩下就搞定了。

花：「膨肚短命，夭壽仔記者」，怎麼這樣子說人家嘛！

記：人說追女孩子，有點像打棒球，總得先來個安打上了一壘，然後循序漸進，或進二壘，或見機行事，偷盜三壘！那像您這樣，讓寶玉從一壘、摸二壘、跳過三壘，直奔本壘，造成先馳得點，一個全壘打，就讓您成為尚未正名的「侍妾」。

花：不然您要我怎麼辦？主子說要，我能說不嗎？

記：人家晴雯就敢三番兩次對寶玉說：No! 保持清白。

花：結果她死得好慘。

六、左算右算，當不了姨娘

記：這麼說來，基本上您是希望寶釵能成婚，而不希望寶黛戀愛有成。

花：人不自私天誅地滅，純粹就我個人的立場，我當然希望是寶釵能成婚；我聽了「上頭」的打算，果然有眼光，很是替他們高興，也為自己高興！

記：您從此可以做個快樂的姨娘了！

花：可是我回頭一想，明明是寶玉和黛玉相愛，卻叫寶釵和寶玉沖喜，萬一沖砸了，不但不能救命，而且還會催命的；我趕緊跪著、哭著向王夫人請命。

記：您真的是誠實可靠又識大體。王夫人難道不知道「雙玉」愛得死去活來的事兒？

花：她們當然知道，可是不論是家世、財富、性情、健康而言，賈府只想攀薛府，卻不屑於林府，而且說實在的，林姑娘是個好情人，卻不是好媳婦；而寶姑娘卻反是，雖不是個好情人，卻絕對是個好媳婦。

記：那怎麼辦呢？

花：那個智多星鳳姐兒竟然出了個「掉包兒」的法子，企圖來個偷天換日。

記：那曉得卻換來個節外生枝。

花：把個林姑娘活活的折磨死，把個寶玉氣的落跑出家，使得寶釵守了活寡。

記：您的二姨娘之夢也就泡湯了。

花：倒是紫鵑，我最佩服她了。

記：她可說忠義雙全。

花：她看清了賈府主子們的勢利，對黛玉這個孤女如此的冷酷無情，看透了人生。

記：她整天地以眼淚報答黛玉的深情。

花：寶玉動了「愛屋及烏」之念，把她調到榮禧堂後頭寶玉和寶釵的房裡。

記：她不是一直像您一樣，也巴望著做寶玉的二姨娘啊！

花：可是黛玉已死，景物雖舊，人事已非。

記：她遷怒於寶玉，冷冷淡淡的孤居獨處，不接受寶玉的要求寬恕和諒解。

花：最後她趁著四姑娘（惜春）要修行，乘機要求派去服侍惜春一輩子。

記：這也算是個不好收場下的收場。

恃美而驕・抱屈含恨

～晴雯訪問記～

大觀園有如一個即將沒落的王朝。沒有正義，沒有公理，除了門前那對石獅子還算乾淨外，只能用「黑金政治」四個字來形容它的髒、亂、黑。

園中的奴僕們，莫不千方百計的想辦法討主子們的歡心，以求得衣食溫飽；眾多的丫嬛，莫不當面「好姊姊、好妹妹」的奉承、巴結，背後卻想盡辦法抓人辮子，使絆子，向主人討好，不斷的出賣別人，踐踏別人，以利自己向上攀爬，典型的「把自己的快樂建築在他人的痛苦上」的「大有為」作風。

獨獨美麗漂亮而又有才幹的晴雯小姐，給人一種純潔清新的感覺。她雖置身於鉤心鬥角的「殺戮戰場」之中，卻優游於衝撞砍劈之外。她也不管對方來頭有多大，大膽的揭露其黑暗，譏諷其虛

偽。正所謂「其為質，則金玉不足喻其貴；其為體，則冰雪不足喻其潔；其為神，則星日不足喻其精；其為貌，則花月不足喻其色」。

她在頭重腳輕、滿眼金星亂墜重病的當兒，還捨命的為寶玉織補孔雀裘衣。她嫉惡如仇，她熱心助人，紓難救人，是個有血有淚的熱血女子。相形之下，襲人、麝月、秋紋、小紅……等人，顯得多麼卑俗猥葸了。

這樣一位十全十美的麗人兒，竟然不見容於大觀園內，而以「狐狸精」、「害人妖精」……之罪名，於重病纏身之時，將之「掃地出門」。集貧、病、屈、鬱而死，夭折之年才只十六歲。

晴雯之死，是大觀園的哀歌，是賈府的喪鐘，是沒落王朝的悼亡曲。生命的價值，原不該以地位貴賤來衡量，更不以歲月的短長來計算。她的死牽動了寶玉內心深處的莫大震撼，也贏得了千萬《紅樓夢》讀者的疼惜和憤慨。

一、孤苦出身·孤傲任性

記：晴雯小姐，我們都愛您，請接受《國文天地》廣大讀者群的愛護，接納我的訪問。

晴：我從小父母雙亡，依表哥吳貴為生。

記：您哥嫂待你可好？

晴：有什麼好與不好的，他倆口子就在大觀園後角的門外居住。

記：依何度日？

晴：侍候著園中的買辦雜差等人，有一頓沒一頓的打個零工為生。

記：那他一定認得榮府總管賴大嘍？

晴：當然認得，而且賴大等於是我們全家的衣食父母……

記：聽說他弟弟賴二叫賴陞的，還是寧府的中都總管，他們兄弟二人，都得有MBA（Master in Business Administration）「企業管理」的碩士學位；不然如何任總管之職。

晴：「管理學」這三個字沒聽過；做管家嘛！心黑、皮厚，外加殺砍、捧承、吹壓之工即可。

記：怎麼說？何謂殺砍、捧承、吹壓之工？

晴：對外殺價，對內砍工錢；對上奉承拍馬，對下吹牛、壓榨即可。

記：他弟兄倆是「天生我材必有用」，不學就會的。

晴：這是他們「賴」家不傳之寶。

記：那您的表嫂是個怎樣的人？

晴：我表哥每天喝得醉醺醺的，人稱之為「醉泥鰍」；至於表嫂呢，倒生得伶俐又有幾分姿色……

記：豈不是一枝鮮花插在吳貴這坨牛糞上？

晴：她看著貴兒既不「貴」又無「能」，便每日裡穿著迷你裙，打扮得妖妖嬈嬈的，兩隻眼兒水汪汪地，招惹著賴大家人，如蒼蠅之逐腐肉似的，漸漸地做出些風流勾當來。

記：被您「全都錄」了！

晴：我那時候也只似懂非懂，像看猴子演戲似的；後來我表嫂乾脆將我賣給賴大。

記：您是他們家多餘的一口，放在眼前礙手礙腳的；就算擺得遠遠的，還是礙眼得很！所以將您賣了，眼不見為淨！

晴：女人嘛，油麻菜籽命，只有隨人擺布的分兒！

記：您是怎麼進大觀園的？

晴：賴大的娘——賴嬤嬤常進大觀園去串門子，也常帶我在身邊。

記：賴嬤嬤不愧為「公關高手」，為了兩個兒子的「前程」，總得走動走動，打點打點！

晴：賈母見了我歡喜，於是賴嬤嬤就把我當禮物似的，孝敬了老奶奶。

記：這時您幾歲？

晴：才十歲！

記：這是您第三度被「轉手」。也好！本來您是「奴才的奴才」，這下你總算升格成為「主子的奴才」。

晴：你們記者真會玩文字遊戲。奴才就是奴才，什麼「奴才的奴才」，又是什麼「主子的奴才」，同樣的是要聽命於人的。

記：後來，您怎麼會歸寶玉使喚了呢？

晴：賈母把襲人給了寶玉，順手連我也一起過去了。

記：這下成了「公子的奴才」了。

晴：終究還是個奴才！

記：俗云：「近水樓台先得月，向陽花木易為春」，以您「水蛇腰，削肩膀兒，眉眼有些像林妹妹」之姿，大觀園中第一美丫嬛，定可得公子的青睞，足可飛上枝頭麻雀變鳳凰，至少做個侍妾總可以的。

晴：我可不吃這一套！我就是我，當我不爽的時候，不管來人是誰，我照樣立起兩隻眼睛來罵人！

二、晴為黛影・唯我獨尊

記：寶玉房中，有八大丫嬛，數您最美、最俏、最伶俐能幹，寶玉是否最寵您，您的地位也最高？

晴：在襲人、麝月、碧痕和我四大貼身丫嬛中，我能意會到他最喜歡我，他常對我投以「關愛」的眼神。

記：何以見得？

晴：有天寒冬一天早，他說要寫書法、練大楷，我便為他研墨……

記：您專管書房的事兒？

晴：寶玉不愛看書，也沒什麼藏書；一個小小的書房空蕩蕩的，講話都有回音。只是有時興致來了，才摸它一下筆墨。

記：他只愛看《蠟筆小新》、《腦筋急轉彎》之類的漫畫，另外就是《西廂記》、《金瓶梅》之類，令人非分遐想的書。

晴：這也難怪政老爺，每看到他必罵他沒出息的原因。

記：您怎麼淪落到磨墨潤筆的差使，不太委屈了您這個大美人兒？

晴：怡紅院內的粗雜情事，如餵鳥、澆花、管茶爐以及掃地、擦窗、抹桌、端飯之類的事情，都由另外四個小丫頭去做。

記：那貼身的事兒由誰來做？

晴：鋪床、疊被、更衣、換服到洗澡、擦身的工作，自有碧痕去伺候；弄薰籠、放鏡套、篦頭梳髮……那是麝月的工作；至於真正的「貼身」事兒，那就非襲人莫屬了。

記：那您不成了名副其實的「富貴閒人」了，其他三人不抗議才怪。

晴：人人都知道我脾氣傲慢，小丫頭、老婆子們都不敢得罪我；至於她們三人絕不會和我計較。我也樂得清閒！

記：為什麼她們這麼寬宏大量？

晴：大夥兒在公子面前爭寵、爭愛，少一個勁敵不是更好！

記：噢！我懂了！您剛才說襲人負責和專斷「貼身」的事是何事？

晴：她溫柔和順，似桂如蘭般的善體公子之意，進而與寶玉倆偷吃「禁果」。

記：那老太太和王夫人（寶玉的娘）不打死她才怪。

晴：她原就是賈母給的，王夫人見她行事做人大方，說話時和氣裡帶著剛強自信，十分放心。還吩咐鳳姐在她自己二十兩銀子的月例中，拿下二兩銀一吊錢給襲人；而且凡事比照趙、周兩姨娘的待遇。

記：在王夫人的眼中，早已把襲人當作寶玉未過門的侍妾。

晴：「敢誒郎，先做嬸！」誰說不是呢！

三、噓寒問暖・顯見真情

記：那次替他磨了半天墨；結果，他究竟寫了幾個字？

晴：他寫不到三、五個字，就像屁股長了痔瘡似的跑了。

記：跑到那兒去？

晴：跑到蘅蕪苑找寶姑娘去了，而且還喝了酒，很晚才回來……

記：不高興啦？

晴：我替他開門，笑著說：「好哇！叫我研了墨，早起興頭，只寫了三個字，扔下筆就走了，哄我等了一整天……這會子我的手還凍僵著呢！」

記：寶玉只愣在那兒發呆？

晴：他即刻用他的熱手暖和著我那「好冷的小手」，說著：「我忘了你手冷，我替你握著……」

記：多麼平易近人，多麼和藹可親！真使人感到打心底裡的窩心。

晴：有次他到寧國府作客，還特地討了一碟子豆腐皮的包子給我。

記：那是您喜歡吃的。

晴：當然。有一次碧痕不在，我上來替寶玉換衣裳，一不小心失了手，把他的象牙骨扇子跌折了。

記：寶玉很生氣咯！

晴：他嘆氣道：「蠢才！蠢才！明日裡你自己當家立業，難道也這樣顧前不顧後了嗎？」

記：挨了罵，覺得沒面子，受不了，就回嘴？

晴：唉唷唷，二爺近來氣大得很，動不動就給臉子看……先時候，什

麼玻璃缸、瑪瑙碗啊，不知弄壞了多少，也沒見個大氣兒！這會兒，就為了一把扇子，就這麼著……

記：的確有點氣人；不過他說過「明日裡……」，可見對您抱著無限「期望」！

晴：嫌我就打發了我，再挑好的使，好離好散的，倒不好？

記：說的也是，奴才也有奴才的人格，尤其您是個寧吃明虧不受暗氣的人。

晴：奴才頂主子，寶玉當場氣黃了臉，正好薛蟠來請他喝酒，就奪門而出。

記：薛蟠為什麼老請他喝酒？

晴：還不是為他妹妹（寶釵姑娘）做「公關」。

記：薛蟠還不是急著想當「舅爺」。

晴：那天晚上，他回來了，見我在院中的涼榻上躺著，就沿榻坐下……

記：他嘻皮笑臉的說起早上鬧彆扭的事兒！

晴：我翻身急起，他又把我拉住坐在他身旁。我回道：「怪熱的，拉拉扯扯的幹嘛？叫人看見，成什麼樣兒？起來，讓我洗澡去！襲人、麝月也都洗了，我叫她們來伺候你。」

四、和而不同‧自有分寸

記：不愛搭理他！

晴：他又說：「我才又喝了好些酒，還得洗洗，拿水來，咱們兩個洗。」

記：他想跟您洗鴛鴦浴？

晴：我才不像碧痕打發他洗澡，足足洗了兩三個時辰，最後水都淹著床腿子，連席子也都汪著水……

記：不知他們怎麼洗的，想必不是「純洗澡」，還有另外的「餘興」節目呢！

晴：最後，我乾脆推說天涼不必洗了！

記：才不像碧痕那樣的愛「陪公子洗澡」！

晴：他又叫我洗洗手，端著湃在水晶缸中的果子給他吃！

記：那天真的很不爽，嘟弄了一天！

晴：我一個蠢才連扇骨子都會弄折了，搞不好再砸了盤子、缸子……可不是玩的。

記：他見您還在記恨早上挨罵的仇，反倒好言勸慰！

晴：他說您愛砸就砸，愛撕就撕。這些東西原就供人使用的。說著說著把他的扇子，連著麝月的扇子，一古腦地放在我跟前。

記：真的就撕得下手？

晴：最後還把整匣的扇子搬出來讓我撕！讓我開懷大笑！

記：「千金難買一笑」！寶二爺真的很疼您、很愛您，很在乎您！

晴：我不但撕扇、拒浴，還拒抄呢！

記：什麼叫「拒抄」？

晴：有次傻大姊在大觀園中撿到一個「春囊」。

記：又什麼叫春囊？

晴：就是一個小荷包上面繡著「妖精打架」的春宮畫啊！

記：那有什麼稀奇，很藝術吔！

晴：王夫人可沒有這樣的雅量，認為此風不可長，如臨大敵般的採取斷然措施，非要搜園逐人，以絕後患不可。

記：她是為了小姐們的名節而實行「自清運動」。

晴：她還不是怕她唯一的命根子——賈寶玉被眾女娃兒引壞了！

記：賈府中每天都有骯髒事發生——都是男人引壞了女人，那有女人引壞男人的事？

晴：像那些事？

記：賈璉、賈珍、賈蓉之荒唐淫濫；鳳姐弄得賈瑞虛脫而死；金釧兒的投井；尤氏二姊妹的吞金、伏劍；瑞珠的觸柱；金哥、鴛鴦、潘又安的自縊、自刎；司棋撞牆、金桂服毒……那件不是人命關天的，不去查究。

晴：偏偏算計起這芝痲小事兒。

記：真是無聊！

晴：有天晚上，待賈母安寢，寶釵入園後，王保善家的便會同邢夫人、鳳姐等人，將園中各角門鎖上，開始抄檢起來。

記：如臨大敵，有如戒嚴時期的「憲警大臨檢」。

晴：每個人站在自己的箱子、匣子面前，逐一打開，逐一搜索，以示清白。

記：您不甩她們。

晴：我重病纏身，正在裡間躺著，只聽得王保善家的在外間大聲吼著：「是誰的箱子，怎麼不打開叫搜呢？」

記：她們分明仗著人多勢眾，認定您是勾引的禍首，要叫您好看。

晴：我綰著頭髮，闖了出去。「豁啷」一聲，將箱子掀開，兩手提著箱底，往地上一倒，把所有東西全都倒出來了，飄落一地，飄散在眾人臉上……

記：表達了您的憤怒，您的不滿；無疑的是給王保善家這個老奴才當頭棒喝……

晴：她漲了臉，說道：「姑娘，別生氣，我們並非私自前來，原是奉太太之命來搜的。」我立刻回她一句：「你說你是太太打發來的，我還是老太太打發來的呢！太太那邊的人，我也都見過；就只沒見過你這麼個有頭、有臉的大管事的奶奶呢！」

記：好哇！夠嗆、夠辣的了，不讓她氣個吐血三天才怪，不過您怎麼敢拿老太太的腳去踩大太太的尾巴，未免太離譜了一點。

晴：我本來就是奉老太太賈母之命，到怡紅院來侍候寶玉的。

記：說的也是，不過這下又得罪了一大票人。

晴：丫嬛們雖身處下賤，但心比天高，獨立的人格不容誣蔑，尊嚴不容踐踏。

五、捨命綴補・救難救急

晴：有天晚上，寶玉從外面回來，就咳聲歎氣，頓足的惱個不已。

記：怎麼了？莫非他在外受了氣！

晴：原來他把賈母所賜給他穿的一件孔雀裘，燒了個洞。

記：寶玉的櫃子裡多的是綾羅綢緞、珍珠寶玉的，一件裘衣算什麼。

晴：那可是俄羅斯的進貢品；而且明兒一早他就要穿著這件錦裘去見賈母。

記：沒有會補的人嗎？

晴：甭說大觀園內無人會補，即或外邊的匠人也不會補。

記：任情使性的寶玉豈不急得跳腳！對了！當年賈母把您派到寶玉房中，借重的就是您的巧手女紅絕活，這下也只有看您表演了。

晴：我那時正發著高燒，病勢雖沈重得很，也只好奮勇一搏了。

記：這又何苦呢？

晴：「養兵千日，用在一時」，身為人家的奴婢，怎能眼睜睜的看著主人著急。於是我綰了綰頭髮，披了件衣裳，雖覺頭重腳輕，滿眼金星暴跳……我狠命的咬緊牙關，先將裡子拆開……

記：麝月幫著拈線，寶玉在一旁噓寒問暖的，忙不迭的遞開水、送毛巾……

晴：我依本來的紋路，來回地織補……補不了三、五針，便伏在枕頭上歇一會兒，嚥口水然後再補……只聽得牆上的自鳴鐘，敲了四下，我再也撐不下去了，便說：「補是補了，不管像不像，我再也不能了……」

記：說著，說著，暈倒在榻上……勇哉晴雯！您為了寶玉的事兒，真可說是到了「鞠躬盡瘁，死而後已」的地步，他們怎麼還忍心攆您出去？

晴：人說「不遭人忌是庸才」真是千古名言。我也認了。

記：全大觀園的姑娘，數您最漂亮，女紅做得最好，又最有個性，平日疏於經營「人際關係」。

晴：襲人為了鞏固她的「侍妾」地位，贏得賈母、王夫人的信任，常在她們面前說些「五四三」的事情……

記：什麼樣的五四三？

晴：有意無意間透露，怡紅院裡除了她正經八百外，其餘的姑娘都搞七拈三的，會帶壞寶玉（還包括了黛玉與寶釵）。加上在那天抄檢事件上我得罪了王保善家那個老奴……

記：那老奴才怎麼地？

晴：她三不五時的在王夫人面前挑我的毛病，說：「那丫頭仗著她生的模樣兒比別人標致些，又逗了一張巧嘴；天天打扮得像那西施樣子，能說慣道，妖妖調調，抓尖要強……」

記：「招千萬人之歡，不如釋一人之怨；希千百年之榮，不如免一事之醜」。這是我處世最高原則。這下慘了。

晴：有天王夫人到怡紅院親查時，我正重病中，有四天，滴水粒米未曾沾唇，蓬頭垢面的被攙架著去見王夫人。

記：她趕快請太醫給您診治？

晴：她一見我就討厭，再見我生的是「女兒癆」一副西施春睡捧心狀，立刻火從心中起，惡向膽邊生。當下吩咐把我的貼身衣物，連人帶物都攆了出去，連帶的四兒和芳官，也都一齊攆了出去。

記：在他們眼中奴才的命連貓狗都不如……

晴：「死狗放水流，死貓吊樹頭。」都還有個歸處，我們呢？

記：寶玉在旁也不說一句公道話！

晴：他是個「無能公子」。他上有賈母、賈政、王夫人；中有鳳姐兒、花襲人；旁有寶、黛、湘雲……等重重包圍中。他中看不中用，是大觀園中「最沒有聲音」的人。可憐的寶哥！儼然成了唐明皇面對著馬嵬坡下楊玉環的悲慘局面。

記：男人個個都是負心漢！

晴：不過，寶玉還算有情有義的啦！

記：何以見得？

晴：我被攆出後，只好回到我表哥吳貴家——就在大觀園後角的門外……

記：有人照顧嗎？

晴：吳貴整天爛醉如泥；吳嫂成天在外風騷。我們窮人家得了這種富貴病，既無豬肝、人參、燕窩可補，只有等死的分兒。

記：春冰薄，人情更薄，有何奈何？

晴：寶玉央求看後門的老婆子，帶他來看我。

記：老婆子在外「把風」？

晴：她掀起布簾子，看我躺在一領蘆席上，悄悄地喚我名字：「晴雯，晴雯！」

記：好感動哦！

晴：我強睜雙眸，見他在眼前，真是又驚又喜！寶玉又問：「你有什麼說的？趁著沒人告訴我。」

記：他覺得對不起您！

晴：我哭了……「只有一件，我死也不甘心，我雖生得比別人好些，並沒有私情勾引你，怎麼一口咬定我是狐狸精！我今兒既擔了虛名，不是我說一句後悔的話，早知如此，我當日……」

記：當日怎樣？如果當日順從他，就不是這種情況了；襲人的位置，早就被取而代之了。

晴：我該怎麼辦？

記：下輩子您要記得！女人除了「美」之外，還要有「媚」功，方得人歡喜。

晴：男人真的只吃這一套？

記：誰說不是呢！他們都犯賤得很！您雖然長得美卻稍欠媚功。

晴：我狠命的把兩根像蔥管般的指甲，從根咬下，讓他「睹物思人」；又將貼身的紅綾小襖脫下，讓寶玉做紀念，這樣夠不夠「媚」？

記：來不及了。

晴：寶玉這個「呆頭鵝」總算會意了，趕緊將自己的外套褪下，蓋在我身上。

記：您總算帶著寶玉純純的愛，走向黃泉路。阿彌陀佛，佛祖保佑你，多情的寶玉公子，還寫了篇〈芙蓉誄〉給您當紀念。

晴：我清白的來，清白的去，可遠觀而不可褻玩！

記：願天下有情人同聲一哭！

為愛情而戰・與惡勢力鬥
～鴛鴦訪問記～

平兒是鳳姐「財經內閣」的秘書長。她有權、有勢；但若論及體面的尊貴，卻遠遠的不如賈母的心腹丫嬛——鴛鴦小姐。她有如總統府的秘書長般。賈母打牌，倚之如左右手，鴛鴦可以坐在旁邊幫忙，打點出牌、扣牌，叫碰、喊胡的；賈母宴會行酒，鴛鴦可以入座當令官。

鴛鴦乃金彩之女，金文翔之妹。生得蜂腰削肩，鵝蛋臉，烏油頭髮，高挺的鼻子，兩腮微微有幾點雀斑，端重中帶有幾分俏麗。論身分，她是個「家生女兒」，所謂「家生女兒」，即奴婢中的奴婢。父母為奴婢，生而為奴婢，死而為奴鬼，永無翻身之日，比之一般奴婢更下賤。

大觀園上下，從太太起，有那個敢駁老太太的話；全賈府中，

有那個敢違逆男主人賈赦之意；有什麼人敢不理邢夫人的好意相勸；又有什麼人敢違抗兄嫂之命？有！那就是我們的金鴛鴦小姐了。

「自反而縮，雖千萬人，吾往矣！」（《孟子・公孫丑上》）她就是《紅樓夢》中的烈女——鴛鴦小姐。

一、奴中奴・永不翻身

記：鴛鴦小姐，鴛鴦小姐，請接受《國文天地》記者的訪問……

鴛：有什麼企圖？有話請直說，少來客套。你們這些記者，最沒有立場，為了新聞的賣點，有時斷章取義，有時描紅抹黑的，無所不用其極！

記：事情有這麼嚴重嗎？

鴛：今天台灣政壇之所以烏七蟆黑；政客們固然要負七分責任，你們媒體更應擔三分罪過！

記：罪過，罪過！

鴛：你們唯恐天下不亂，唯恐沒有讀者，所以整天不斷的「炮製」新聞。

記：所以我們被稱為「製造業者」，「導演業者」。

鴛：我是「奴中奴」（The slave of slaves），地位最卑下，又有什麼好訪談的。

記：我只聽過「萬王之王」（The King of Kings），怎麼還有奴中奴呢？

鴛：您有沒有聽過，所謂「家生女兒」這碼子事兒？

記：沒聽過，不過，我家以前在蕭山時，是個大地主……

鴛：是多大的大地主？你們自己耕田嗎？

記：我們家裡連一把鋤頭都沒，田地的界限也不知在那兒。我們家的子弟只管讀書、考試；外出做官，從不問田間事！

鴛：那豈不要像陶淵明那樣：「田園將蕪胡不歸」了。

記：我們家的田分為兩大類：第一類叫作「契作田」；第二類叫「自耕田」。

鴛：何謂自耕田？

記：由我們家三十多名的「長工」代為耕作。這長工就住在我家後頭的農莊裡。

鴛：這「長工」有男？有女？

記：往往把他們配對成夫婦，再產生小「長工」。

鴛：我所謂的「家生女兒」，指的就是這個，不啻「奴中奴」。

記：不要說得這麼難聽嘛，他們若能自謀生活，我們也樂得放他們……

鴛：當然你們還得請很多的臨時「短工」嘍！那又何謂「契作田」？

記：這一類的田園是跟佃農打契約的。每年、每隔年或每三年畫押一次，租給人種，所謂佃農就是以種田耕作為活的人。

鴛：租金怎麼算？

記：按收穫量，做四六分、五五分或六四分，最高可達七三分。

鴛：什麼叫四六分？

記：地主得40％，佃農得60％。

鴛：那還算公道！

記：怎麼會有「公道」可言。地主不動手腳，坐享百分之四十的農獲量；表面上，佃農雖得著百分之六十，可是他還要負擔賦稅、成本、水利、風、蟲、澇、旱之災的損失；說老實話，天下永無公道可言。

鴛：那麼六四分，七三分的話，佃農豈不更慘。

記：說的也是啊！

鴛：那農民怎麼會這麼傻？

記：這完全是供求問題，也就是所謂「買方」、「賣方」的問題。

鴛：什麼叫買方，又什麼叫賣方？

記：當人口過剩，土地面積並未增加，這時立成「賣方」現象！

鴛：地主可以加租，佃農只能無止境的被剝削，所以才有六四分、七三分的現象出現。

記：當地租談不攏時，地主頂多少得租金，並不影響他的生計——尤其對大地主而言；但是，若無田可種，佃農則要全家餓肚皮。這不是生計問題，而是生活問題。

鴛：「政治是管理眾人之事」，那政府是在幹什麼的？

記：一部兩千多年的中國政治史，那有什麼「管理眾人之事」。政府唯一的「大業」是用科舉去「管理」少數的知識分子，維持一個運作的「表象」而已，其餘的人民則任其自生自滅。

鴛：當農民被剝削得無以為生時，只好拿起斧頭和鐮刀來造反，經過

一陣子砍劈殺戮之後，人口與土地成為適當比例時，於是太平「盛世」才出現。

二、工奴、農奴，總是奴

記：中國就這樣一亂、一治，一治、一亂……永無止境地惡性循環著。直到一九一七年「蘇俄農工無產階級革命」造反成功後，才獲得改觀。

鴛：全世界有沒有因此而風雲色變，政治版圖為之一變？

記：風潮所及，世界各先進國家，無不或多或少的力圖補救、預防，逃過這一劫。

鴛：那些頑固而且騎在人民頭上的政權，無不一一倒閉，或被取代，或被驅逐……

記：大力的推行了「三七五減租」、「公地放領」、「耕者有其田」政策，才保住了一塊「彈丸」之所謂「復興基地」。

鴛：那麼什麼叫三七五減租？

記：三七五減租又叫二五減租。就是從原來所謂「最合理」的四六分中，從地主之中減租〇・二五，然後再把這〇・二五加給佃農。

鴛：換句話說，佃農得六二五，地主得三七五。從此農民的生活過得「快樂得不得了」。

記：有口飯吃，就已經是「謝天！謝地！謝阿扁了」，還敢有什麼指望。「農民」！你的名字是弱者，你是永遠被宰割的一群人……

鴛：您大膽地意圖煽動農民，罪莫大焉！

記：我說的是實話。八七水災、葛樂禮颱風，土石流……那一樣不是農民倒楣。

鴛：真是所謂天災、地災、人災，無所不「宰」……

記：現在又有所謂的世界貿易組織（WTO）——一個十足的外來經濟帝國主義的宰制。

鴛：可憐的農民啊！一顆漂亮的包心菜，才賣八塊錢；一斤柳橙才賣兩塊錢，十塊錢買三斤土芭樂！真個民不聊生，上吊的上吊，跳樓的跳樓。

記：您以為別的行業就會過好日子了？如果政府不趕快推行「住者有其屋」、「勞者有其工」、「商者有其店」，「食者有其物」……的話，這

個世界總還有動亂的一天。

鴛：何謂住者有其屋？

記：在全省適當的地點，分別由內政部、勞工部、農業部……等單位大量興建單身公寓、老人公寓、勞農公寓……消滅遊民、流浪者。

鴛：何謂勞者有其工？

記：凡有工作能力及有意願工作者，政府應提供工作機會，發揮人人以服務為目的，而不在乎工資之多寡。

鴛：何謂商者有其店？

記：其願意從商開店做買賣者，由政府起造商場，收購非自營店面，免除房東之剝削。

鴛：每次上街買東西，店家無不笑臉迎人。

記：但背地裡卻苦不堪言，真可說：「店面依舊笑春風，幕後老闆早換人。」

鴛：那又何謂「食者有其物」？

記：由政府全面在統一超商、全家、萊爾富……等便利商店。免費供應，自取早點二十元、午晚餐各四十元之便當一個。

鴛：這樣的話大家都不去工作了，豈不成為懶蟲國？

記：要國民養成「為工作而吃飯」，而非「為吃飯而工作」的崇高理想。

鴛：那政府豈不大做賠本生意？

記：政府本身就是個抽象名詞，什麼民有（Of the people）、民治（By the people），民享（For the people）的政府，當最起碼的養民、教民、養生送死……都做不到的話，那麼所有的大小政治領導人，都去集體跳海好了！

鴛：先生忒言重了！

記：就像我一個大男子漢，敢娶妻，敢生三男一女，幾個孫子……我至少要保障他們衣、食、住、行、育、樂無虞匱乏才對；否則，算那門子的好漢。

鴛：政治人物會大言不慚的說：「生活的目的，在增進人類全體之生活；生命的意義，在創造宇宙繼起之生命」。

記：像放屁一樣！

三、五權憲法新架構

鴛：這是五權憲法下，五院該做、應做的事嗎？

記：什麼行政院、立法院、司法院、考試院、監察院，那不過是盲人打燈籠，裝門面而已，形成一群黑金人物的政治纏鬥場，統統廢掉，好節省公帑！

鴛：那豈不成了無政府狀態？

記：貪污、無能的政府，養一大批蛀米蟲，不如沒有政府；全面改設立「孕婦院」、「養育院」、「養蒙院」、「養病院」、「養老院」以及附設的「喪葬委員會」就可以了！

鴛：這就是您所說的「五權憲法政府」？

記：這哪是我創立的？一百多年前，康有為先生的《大同書》中就已提出藍圖了。

鴛：什麼叫「孕婦院」？

記：凡女子懷孕，不論已婚、未婚，均可自願、免費進住孕婦院一年，以保優生；她是為國家、民族延續下一代，您可知道懷胎、生產有多痛苦？

鴛：如此也就沒有未婚媽媽及棄嬰問題；那又何謂「養育院」？

記：孕婦生下小孩後，若無法親自撫育，可交由「養育院」，免費養育兩年。

鴛：何謂「養蒙院」？

記：兒童從兩歲到十八歲，其教、養、保、衛，均由「養蒙院」負責，也是自願、免費的；至於養病院、養老院、喪葬……顧名思義也都由國家包辦。

鴛：所有的活動，為什麼特別強調自願與免費？

記：「自願」是為有能力的人想；「免費」是為窮困者設想。

鴛：「政治是管理眾人之事」，能做到「人人有工做，人人有飯吃，人人有衣穿，人人有屋住，人人有書讀」（見蔣經國〈建設新贛南五大目標〉），就阿彌陀佛了，超脫了！

記：真的我們並不需要什麼「全民公投」、「無核家園」、「清廉共治」、「綠色執政」；還有那個「諾貝爾寶寶*」干政……。

鴛：那祇不過是寡婦偷人，嘴上掛的貞操帶而已。

記：至於什麼綠色（民進黨）、藍色（國民黨）、赤色（共產黨）、橘色（親民黨）、黃色（新黨）、黑色（台聯黨）、紫色（民主聯盟）……執政，我們都不在意。

鴛：那些五顏六色的旗幟，有如我們女人家使用的「衛生棉」一般……

記：五花八門，品牌各異，包裝精美，炫人耳目。

鴛：其作用無非是藏污納垢。

三、匹夫無罪・懷璧其罪

鴛：我雖是家生女兒，地位最屬下層；但我的人格、尊嚴卻不容輕視。

記：怎麼說？

鴛：由於我的容貌長得端麗，態度莊重，加上掌管賈母私人金銀財寶十分得體；連鳳姐、賈璉夫婦倆都對我禮讓三分。

記：其結果是引起他人的覬覦。

鴛：賈赦那老色鬼竟然要納我為妾……

記：賈赦是賈璉的父親，鳳姐的公公，那老混蛋、老甲魚的年齡足可做您爺爺了。

鴛：而且，看他駝背彎腰的樣子，早已「沒三小路用」了；三妻四妾之外，還想老牛吃嫩草。

記：「斯可忍，孰不可忍也」；而且老太太也絕不會答應的。

鴛：賈母也說：「我通共剩了這麼一個可靠的人，你們還要來計算……弄開了她，好擺弄我……」

記：這殺千刀的老甲魚，他如何啟齒？我倒要看他的兩片乾癟嘴唇，如何的「開合」。

鴛：她的老婆邢夫人先對我美言：「這些孩子裡頭，就只有你是一個尖兒、模樣兒、行事、做人、溫柔、可靠，一概齊全的。」

記：對您大灌其米湯；言下之意，您若能做榮國府大房男主人之妾，則終身有靠了。

鴛：在邢夫人與一般奴婢看來，這是奴婢們的造化，既體面又高貴，求之不得之事。

記：意想不到的是，您竟然加以拒絕，一個奴婢如何去拒絕一樁「麻

雀變鳳凰」的好事？

鴛：我叫平兒和襲人給我傳話。

記：為什麼偏偏找這兩個人？

鴛：您可知道賈府中最有分量的丫嬛是什麼人？

記：我又不是賈府中人，我怎知道。

鴛：那就是寶玉怡紅院中的襲人；熙鳳房中的平兒；以及賈母身旁的我。

記：她們兩個丫頭分別有如立法院和行政院的秘書長；您則是總統府的發言人。

鴛：所以我透過她倆轉述，才顯得特別有分量。

記：您叫她們傳達了什麼訊息？

鴛：別說大老爺要我做小老婆，就是太太這會子死了，他三媒六聘的娶我去做大老婆，我也不能去！

記：堅決到即使咒死邢夫人，也不會當賈赦的繼室。

鴛：那「老猴」我見了就要嘔心三天，他有了邢夫人、周姨娘、嫣紅……真可謂三妻四妾還不足，所謂「看在眼裡，吃在碗裡，望著鍋底」，他就是那種死也硬杭的人。也不撒泡尿當鏡子照，看自己「行」還不「行」。

記：這邢夫人也真是的，還助紂為虐，成為幫兇，難怪您要詛咒她。

鴛：她呀！稟性愚弱，自從失去了赦大爺之愛後，只知一味兒的奉承丈夫以自保，藉以婪取財貨為自得。

記：她代丈夫做說客，結果被您抹了一鼻子的灰，她應該識趣一點才對。

鴛：她不但不自我檢討，反怪兒子媳婦賈璉和熙鳳夫婦倆，不夠盡力。

記：這點鳳姐兒倒有先見之明，原先她是個「萬事管」的人，這下倒二話不說，不管她公公的閨房糗事。

鴛：丫嬛奴婢們自以為姘上了爺兒們（不論是少爺、老爺、老老爺），都會有結果，將來都可做姨娘了；其實據我看來，天底下的事，未必都那麼稱心如意的。你們且留著些兒吧，別忒樂過了頭，生為丫頭人，死為丫頭鬼，識相認命點罷！

記：據說您的嫂子（文翔嫂）也鼓起如簧之舌，跑去找您說項，巴望

在「長嫂如母」的威權下，手到擒來，一說即成。

鴛：她還不是巴望那二、三十兩的Commission「說媒金」。

記：您抵不住四面八方的人情、親情、金情的壓力，只好委曲求全的答應了？

鴛：我指著她的鼻子大罵：「你快夾著你那『X巴嘴』，離開了這裡好多著呢！……難道成日裡羨慕人家的女兒做了小老婆……一家子都成了小老婆了。看得眼熱了，也把我送在火坑裡去！」

記：罵得好！罵得爽！我為您鼓掌，我為您喝采！人說「寧為雞首，不為牛尾」；他們為什麼偏偏反其道而行？

鴛：我若因此得臉兒呢，他們就在外頭橫行霸道，自己就封了自己是舅爺、舅媽的……

記：萬一不得臉，失勢時呢？

鴛：他們就把王八脖子一縮，生死由我去！

記：標準的「將自己的快樂，建築在他人的痛苦上」；不過您這一拒絕，得罪了許多人不說，那老色鬼賈赦色大爺會饒了您嗎？

四、任意栽贓放狠話

鴛：是啊！那有一個奴才膽敢公然抵抗主子的事兒。

記：這也未免太猖狂了，可列入「金氏世界紀錄」。您的人權觀足以與林肯共比高。

鴛：他不斷的放話說：「自古嫦娥愛少年，她必定嫌我老了！」

記：他本來就老得可以做您的祖父了，真是恬不知恥的傢伙！

鴛：他還故意「模糊焦點」，說我戀著少爺們，說我多半看上了寶玉，只怕也有賈璉……

記：說您戀著寶玉還差不多，儘管寶哥身旁正圍繞著黛玉、寶釵、湘雲、寶琴等人；但至少男未婚，女未嫁，即使奴婢也可參一腳；不可否認的，寶哥自有其可愛處，公平競爭嘛！至於賈璉……

鴛：與其父賈赦（色）乃一脈相傳的「小色鬼」。已經有了鳳姐、平兒、秋桐、尤二……還要拈花惹草；比之老色鬼，青出於藍而勝於藍。

記：難怪父子倆，一個叫色（赦），一個叫連（璉），真個同氣相「連」，「色」一味相投，可說是無獨有偶了。

鴛：最後，老色鬼放了狠話：「我要她，她不來；以後誰敢收她？這是第一件。」

記：您是老太太「國王的人馬」，他又敢怎樣？

鴛：他又放話：「第二件，想著老太太疼她，將來外邊配個正頭夫妻去；叫她細想，憑她嫁到了誰家，也難逃出我的手心——除非她死了，或是終身不嫁男人！」

記：他是如此地惡毒無恥，色膽包天。這事實正告訴了我們，一個可憐的弱女子，無所逃於天地之間的悲哀。

鴛：就算皇宮大內之中，亦有開宮門、放宮女遣嫁之事；但賈府竟然……

記：比暗無天日的後宮深院還黑、還暗、還冷……

鴛：我跑到老太太面前，發出堅決的誓言：「我是橫了心的！……我這一輩子，別說是寶玉，便是寶金、寶銀、寶皇帝，橫豎不嫁人就完了。就是老太太逼著我，一刀子抹死了，也不能從命！」

記：老太太也是不願意讓您給那老色鬼蹧蹋；但是萬一老太太先死，您還不是跳不開他的魔掌。

鴛：即使服侍老太太歸了西，我也不跟老子、娘、哥哥去；或是尋死，或是剪了頭髮當尼姑去。

記：代誌有這麼嚴重嗎？需要做得這麼絕嗎？

鴛：自此我和賈母成為「生命共同體」。賈母在我則生；賈母去我則死。

記：您這有點像「人權宣言」一樣的嚴正聲明，是出於一時的衝動罷！

鴛：我發誓，若說我不是真心，暫且拿話支吾，這不是天地鬼神、日頭月亮照著？嗓子裡頭長疔瘡！

記：您護主心切，真情實現，最為難能可貴。

鴛：他們一看老太太死，加上大觀園被抄，盛況已大不如前；璉二爺、鳳姐夫婦竟然倡言：老太太的喪事只要悲切才是真孝，不必糜費，圖好看的念頭。

記：他們一定搬出孔子「喪，與其易也，寧戚」（見《論語・八佾第三》）的鬼理論。

鴛：老太太生前最愛風光、最好面子；現在臨到死，還不叫她風光風

光，更待何時！

記：您要為她力爭面子到底？

鴛：我生是跟老太太的人，老太太死了，我也是跟老太太的！若是瞧不見老太太的事辦得風光，將來怎麼見老太太呢？

記：就算把老太太所遺留下的東西全部折價當光，也是應該的，不該便宜了誰才對。

鴛：辭靈那天，我傷心的哭了一大場，心想自己跟著老太太一輩子，身子也沒著落，不覺悲從中來。

記：女孩子家要的是歸宿；歸與！歸與！將與誰歸？

鴛：如今大（赦）老爺雖不在家，大太太的行為又死扣門、婪取財貨銀兩，不上道；二老爺向來是不管事的，以後大觀園便「亂世為王」起來了。

記：大觀園已成了「樹倒猢猻散」狀。

鴛：到時誰收在屋子裡、誰配小子，有的折磨了。我是受不得的，尤其受不得那老大色（老）鬼的掇弄的。心念一轉，倒不如隨賈母而去，總是個真正的「歸宿」；如此，我們兩人「黃泉有伴」，也就不甚寂寞了。

記：您想一死了之？

六、寧為玉碎・不為瓦全

鴛：就在那迷迷糊糊、燈光慘澹之中，隱隱約約有個女人拿著汗巾子，好似要上吊的樣子……

記：那是您悲傷過度，產生了幻覺！

鴛：可是定睛一看，那不是過世了的蓉大奶奶秦可卿？

記：在這個節骨眼，您怎麼會幻覺到她的出現呢？

鴛：秦可卿者「卿可親」也！死後在警幻宮中，管的是風情月債，是鍾情的首座。

記：她在人間，自當為第一情人。她是賈蓉之妻，且與寶玉有雲雨之私，與賈珍有「污錫（污媳）扒灰」之亂；然後她丈夫賈蓉又與鳳姐有上一手，又與尤二姐混纏不清；鳳姐的丈夫賈璉又與尤二姐、鮑二家的、多姑娘、平兒、秋桐……胡纏亂搞。

鴛：死後自當為第一情鬼，不在話下。

記：您潔身自好，守身如玉。她怎麼能跟你比？

鴛：她說情有多種：風月多情，淫慾之事，也是一種情……

記：那是可卿之情。

鴛：她又說喜怒哀樂未發之時，便是「性」；已發之時，便是「情」。

記：您在賈母壽終正寢時發飆進而有殉主之意圖，如同那花的含苞一樣，是種真情，這真情才可貴呢！

鴛：拜拜！我再不上路，就跟不上老太太了！

記：安息罷，願上帝保佑你。

後記：

鴛鴦走了！

王夫人傳了鴛鴦的嫂子進來，叫她看著入殮，遂與邢夫人商量了，在老太太項內賞了她一百兩銀子，還說等事過之後，再將鴛鴦所有的東西俱賞了她。金嫂子磕了個頭喜孜孜的說：「真的我們姑娘是個有志氣的，有造化的！既得了好名聲，又得了好發送！一個死姑娘賣了才值一百兩銀子，要是活著的時候，給了大老爺做妾，但不知可收多少銀子。」

賈政因她為賈母而死，要了香，上了三炷，為他母親作了揖說：「她是個殉葬的人，不可作丫頭論，你們小一輩的，都該行個禮。」

寶玉、寶釵夫婦帶頭哭，平兒、襲人、紫鵑、鶯兒也都為有情人同聲一哭。賈璉要不是被邢夫人阻止，也想上來代他父親赦老爺叩個響頭！

男人們可以用鐵和血去戰鬥，婦女們卻只能用蘸飽「血」和「淚」的禿筆寫她們的悲哀史。

＊李遠哲，民國七十五年得諾貝爾化學獎，是國人繼楊振寧、李振道、丁肇中後，第四位獲得諾貝爾獎者；這下他立刻成了「萬事通醫生」，無論外交、內政、教育、選舉、兩岸關係……無不參它一腳。

戀愛有理．幽會無罪
～司棋訪問記～

曹雪芹筆下的林黛玉被塑造成一尊「愛神」——她為「愛」而生，亦為「愛」而死。《紅樓夢》第三回寶黛初見，一陣子的「好奇怪，這麼面熟！好像是在那裡見過面？」「這個妹妹，我曾經見過……」彼此種下了愛苗。

直到鳳姐設奇計為寶玉移花接木，「沖喜」之時（第九十六回），正當花燭之夜，一個心裡只有林妹妹；一個相思絕命之時，還不斷地叫著：「寶玉！寶玉！」焚詩稿、燒寫有「眼前蓄淚淚空垂，暗灑閒拋卻為誰？……枕上袖邊難拂拭，任他點點與斑斑……」的絹帕。及至臨到「香魂一縷隨風散，愁緒三更入夢遙」之際，還書空咄咄，拚命吶喊：「我的身子是乾淨的，好歹叫他們送我回去！」

這兩個人愛得死去活來，遮手帕、寫情詩，到頭來說不定連熱手心都沒有貼過一次，好一幅言情小說佳人才子式的「柏拉圖式戀愛」。

司棋與潘又安的戀愛，卻是赤裸裸、活蹦鮮跳地。他們之間沒有手帕傳情的「熱線」手機；沒有眉來眼去的「意淫」、「心淫」一番。他們直截了當的揮棒，一支「全壘打」——從一壘、二壘、三壘，一口氣奔回本壘……最後雖然雙雙倒地不起——一個一頭撞死在本壘磚牆上；一個用刀自刎了事。這才是中國普羅式的「羅密歐與茱麗葉」的悲劇。

現在讓我們親身一訪悲劇女主角——司棋小姐。

一、司棋不司「棋」

記：司棋小姐，您好，藉這個訪談之機，可否向《國文天地》熱情的讀者群，說聲：Hello!

棋：向大家問好是應該的；但，我有這麼重要嗎？值得大記者的專訪？

記：當然十分重要！《紅樓夢》寫的雖然是「寶黛之戀」的愛情故事；但……

棋：那是不堪聞問的悲劇——由於第三者薛寶釵的介入、王熙鳳的導演才釀成的悲劇。

記：而您和表哥潘又安的戀愛，雖沒有第三者的介入，怎麼也造成血濺五步的悲劇呢？

棋：那也是另一種「第三者」的介入；只不過那不是「人」的介入，而是一種制度、一種觀念的介入。

記：有這麼嚴重嗎？是否能藉這個機會昭告大家，以收警惕之效，「前事不忘，後事之師」，古有明訓在。

棋：我叫司棋，是管家「王善保家的」外孫女。

記：那「王善保家的」又是誰？

棋：她原是榮國府長房賈赦之妻邢夫人的陪房——陪房就是陪著小姐嫁過來的丫嬛。成年後配給王善保，奴才們不配稱太太，只好以「×××家的」稱呼。

記：她原先也不過是個丫頭而已，沒什麼了不得。

棋：可是當邢夫人「媳婦熬成婆」，成了榮國府長房當家女主人時，她可水漲船高，成為邢夫人的「耳目」。

記：足以呼風喚雨一番！

棋：說不上呼風喚雨的大本事，只是「挾天子以令諸侯」而已。

記：就像「周瑞家的」和「來旺媳婦」分別是王夫人和鳳姐兒的陪嫁丫頭。她們各擁山頭，各自成為「侍妾黨」，互相角力，明爭暗鬥。

棋：這只是「山頭」而已，至於「侍妾黨」則人外有人。

記：願聞其詳，請舉例說明。

棋：像平兒她是賈璉的「侍妾黨」黨魁，其旗下自有秋桐、多兒、彩明……等人。

記：那襲人是寶玉「侍妾黨」的黨魁咯！

棋：自不在話下，她直通王夫人，受到王夫人的寵愛；鳳姐也得買她三分帳。在襲人的「獨立王國」中，碧痕、秋紋是她的核心幹部，旗下有麝月、綺麗、茜雪、小紅、柳五……不下一個班兵之數。

記：只有晴雯不鳥她，結果落得被掃地出門，貧病而亡；即使寶玉對她，亦「愛」莫能助。

棋：大宅深院，有如人間煉獄，其黑、其暗，不足為外人道也。

記：對了！剛才說您叫司棋，可是姓司名棋，好一個稀姓美名，春秋鄭國有司臣，宋有司超……

棋：記者先生，您忒笑話了。我們做奴才、下人的，那有什麼姓和名，只不過隨著大人們的高興，隨便給個稱呼就是了——丫嬛們叫「抱琴」、「侍書」、「入畫」、「司棋」、「繡橘」的……

記：其實她們不見得會彈琴，搞不好侍書還是個不識字的丫頭呢！

棋：就像我什麼棋也不會下，還叫我司棋，實在有夠諷刺的啦！

記：無非是主子們附庸風雅、矯揉造作一番，其實他們也不見得會下棋。

棋：男的就分別被叫作慶兒、興兒、隆兒、壽兒、鋤藥的……

記：那「來旺」莫非是看狗的？

棋：那倒不一定，也許他們把他當狗使喚——呼之即來，揮之即去，踢之即死，如此而已。

二、你儂我儂・表兄妹之戀

記：我們不談這些惱人的「封建」話題，還是說說您自個兒的故事罷！

棋：我和潘又安是姑舅表兄妹。因著外祖母「王善保家」的關係，牽親引戚的雙雙進入大觀園中。我是二小姐迎春姑娘房裡的貼身丫嬛，他則是府裡的小廝。

記：你們自小一處玩笑，彼此自不免有了很深的感情。

棋：漸漸在彼此心田深處，種下了愛苗。

記：你們經常見面？

棋：他在別個院落工作，要進大觀園這個「男人禁地」，可不簡單喔。

記：必須買通了管門房的老婆子們，好不容易才能進園子會個面。

棋：還好「錢能通神」，不然兩人雖近在咫尺，也永遠見不了面。

記：你們這樣偷偷摸摸地，終究會紙包不住火的。

棋：我相信「戀愛有理，幽會無罪」；至於他們怎麼想，我也管不了。

記：這是「認知」的不同，賈府的老爺、少爺、奶奶們……他們「污媳」的污錫，「扒灰」的扒灰，「養小叔」的養小叔；卻不准下人們談情說愛，真個「只許州官放火，不許百姓點燈」的荒唐事。

棋：有天夜裡我和又安哥躲在一塊湖山石後頭，大桂樹底下，正要你儂我儂的時候，要死不死的，鴛鴦姊跑來了……

記：她幹嘛跑到那個鳥不拉屎、雞不下蛋的草叢裡，而且還是夜裡。

棋：那時正是起更時分（晚間七點到九點），鴛鴦姊正從三姑娘探春房裡，欲回寶玉房，中途因尿多，放下燈籠到草叢裡來尿尿……

記：意想不到這個鴛鴦竟然無意中遇到一對「鴛鴦」，聽到一陣衣衫響，嚇了一大跳……

棋：定睛一看一個穿紅襖兒，梳著包包頭，高大豐壯……就認出我來了，說時遲，那時快，我趕忙躲進暗處。

記：她只當您和別的丫頭一般，也在此方便……

棋：我真懊惱我那天為什麼要穿大紅襖兒，要是那天我穿藏青色外套，就不會被發現了。

記：您沒有上過成功嶺「夜間教育」軍事課程，不懂保護色的重要，要我的話，我還會把臉兒塗黑，偽裝一番……

棋：這樣的約會，未免太沒趣了。

記：您都不知「安全為治事之本」的青年守則第十三條。

棋：她以為我故意躲著她，與她躲貓貓，因而笑著叫道：「司棋！你還不快出來！嚇著我，我就喊起來，當賊捉了。這麼大個丫頭，也沒個黑夜白日的，只是玩不夠！」

記：這本是鴛鴦的戲語，叫您出來，那曉得潘又安賊人膽虛，以為東窗事發了。

三、鴛鴦抓「鴛鴦」，東窗事發了

棋：他仗著平日與鴛鴦交情還不錯，便從樹叢後跑了出來，一把拉住我的手，雙膝跪下，忙說道：「好姊姊！千萬別嚷嚷……」

記：這下反倒是鴛鴦不知所措，羞得心跳耳熱的了。

棋：我倆雙雙跪下，磕頭如搗蒜！鴛鴦忙著要回身，我拉住她的衣角，苦苦哀求：「我們的性命都在姊姊身上，只求姊姊超生我們……」

記：她答應高抬貴手？

棋：她還算厚道，說道：「你不用多說了，快叫他閃吧！橫豎我不告訴人就是了……」

記：這款呢「大代誌」，後來怎樣了？遲早會「爆」的。

棋：當晚我一夜未睡，卻又後悔不得，只好恍恍惚惚的等待命運的宰割。

記：我可以想像得到那種「懷著鬼胎，茶飯不思，坐立不安，心神恍惚」的感覺，有如等待判決的死囚。

棋：尤其當我再見鴛鴦時，臉上自是一陣紅、一陣青又一陣白……恨不得有個地洞跳下去死了算了。

記：時間可以治療一切（Time cures everything）……總是可以挨過去的。

棋：像這樣難過的挨了兩三天，竟不聽有任何風吹草動，才略略放下了心。

記：我說嘛！烏雲總會過去的，沒錯罷！

棋：到了第四天晚上，有個婆子前來悄悄的告訴我：「你表兄竟然逃

走了，三、四日都沒回來，如今正打發人四處尋找他呢！」

記：這下您的心情又不得平靜嘍！把不定又急、又氣、又傷心！

棋：我怨他沒有男子氣概，縱然出事了，要死也死在一夥兒，怎麼可以扭頭一走了之呢？真是「男子漢大豆腐」。

記：您這一急不急壞了才怪！

棋：我萬念俱灰，支持不住，一頭躺下，奄奄一息，病倒在床上。

記：「時搞時登沒米煮番薯湯！」您手無寸鐵，連番薯湯都沒有。

棋：這件事兒，不但急壞了皇帝，也連帶急煞了太監。

記：怎麼說呢？

棋：那鴛鴦一頭聽說跑了個小廝；一頭又聞說我病重得要隔離外移。

記：她反而心中不安起來，料定你們兩人畏罪之故。

棋：她跑來探病，在四下無人之際，舉手賭咒發誓：「我若告訴一個人，立刻現死現報！你只管放心養病，別白糟蹋了小命兒！」

記：您感動得哭了，像個淚人兒似的。

棋：我哭著告訴她：「如今我雖一著走錯了，你如果不告訴任何一個人，你就是我的親娘一樣！從此以後，我活一日，是你給我一日。我的病要好了，把你立個長生牌位，我天天燒香磕頭，保佑你一輩子福壽雙全；我若死了時，變驢、變狗報答你……」

記：您這一哭訴，反而把鴛鴦說得酸心，兩人不哭得像個淚人兒似的才怪。

棋：她還勸我：「我才不管你們的事，壞你的名兒，你只管放心養病，養好了可要安分守己的，別再胡鬧亂來了。」

四、相思病中・繡緞鞋

記：自此您可以安心睡覺，半夜敲門心不驚了。

棋：我邊養病，邊想著那落跑的負心人，著實無聊透頂，只好做些女紅來打發時間。

記：說的也是！總比整天睜眼望著天花板發呆要好！對了！您做了些什麼針線？

棋：做了一雙錦襪，納了一雙緞鞋……

記：寄望有一天他回來時，送給你日夜思念的「阿娜答」。

棋：那曉得「香袋事件」的爆料，竟然使喜劇變成了悲劇。

記：怎麼回事？

棋：上次起更時刻在湖山石後大桂樹底下幽會時，他送我一個「拾錦春意香袋」。

記：什麼是拾錦春意香袋？

棋：是一種五彩拾錦香手袋，是男女之間定情之物。

記：上面可繡有圖案？

棋：繡著一男一女裸體相抱、擁吻、愛撫狀，當然還有Sweet! Honey! Love之類的肉麻字樣。

記：那是屬於「限制級」的作品！這在封建的大觀園，可是一樁不得了的事兒。

棋：那天的幽會被鴛鴦撞破，落荒而逃之餘，卻把個香袋遺落在現場。

記：老子說：「遺之，得之。」若沒人撿拾，日曬雨淋之後，讓它「塵歸塵，土歸土」（Ash to ash, dust to dust）便罷。

棋：那曉得那個要死不死的傻大姐，有天到草叢中捉「促織」（蟋蟀）撿到了……

記：要是別人撿到倒好，看到這麼可愛又華麗的小手袋，一定私藏了之。

棋：傻大姊傻得真可愛，她既不會欣賞「藝術」，也看不懂啥個玩意兒，正準備拿去獻寶給賈母，一下子被邢夫人撿了去……

記：本來這也說不上是件什麼了不得的事。

棋：但是到了神經質的邢夫人手裡，可就驚天地、泣鬼神了。由她再傳到王夫人手裡，不免又添油加醋一番……

記：如果這「繡春囊」的事件，傳得外人知道，這賈家榮國府的性命顏面還要不要？

五、藉抓賭．抄檢大觀園

棋：他們在明察暗訪，「處處懷疑，懷疑人人」之後，決定選個夜晚，賈母就寢後，來個全院搜查，名之謂「抓賭」。

記：大觀園裡賭風很盛嗎？

棋：老嬤嬤們吃飽沒事幹，自是免不了「抽頭聚賭」一番。

記：姑娘們也賭嗎？

棋：小姐們是不賭的，那是礙於她們的身分的緣故；至於丫頭、奴才們，則不得不賭，也愛賭……

記：怎會有不得不賭的事兒？

棋：全為了老嬤嬤們的抽頭和吃紅啊！

記：那麼查賭又從何查起呢？

棋：那天晚上待賈母安寢了。邢夫人與鳳姐兒會同「周瑞家的」、「王善保家的」、「來旺家的」，帶著「吳興家的」、「鄭華家的」、「來善家的」一行八人，正經八百兒地一齊進園，喝令將角門上鎖……

記：有搜到什麼東西？

棋：先在嬤嬤婆子房中搜起，只不過抄檢了些點殘剩多餘的蠟燭、燈油等物。

記：這頂多是廢物利用而已，算不得什麼贓物！

棋：但「王善保家的」堅持：「這也是贓，不許動得。等明日回過太太再動。」

記：一副狐假虎威的嘴臉！

棋：接著就到怡紅院寶玉處，喝令關門……

記：這裡誰的嫌疑最大？

棋：每個人都有嫌疑，但水蛇腰、削肩膀兒，有著一雙妖妖調調會罵人的眼睛的晴雯嫌疑最大，因為她長得最美麗，又最能說慣道、抓尖要強。

記：美麗最是有罪，阿門！

棋：她們挨次站在個人行李面前逐一搜過，到晴雯的箱子……

記：既見不到人，也未開著箱子……喝問：「誰的箱子，怎不打開叫搜？」

棋：她正病得重，躺在裡間；襲人方欲替晴雯開箱時，只見晴雯雙手綰著頭髮，闖了進來，「豁郎」一聲，將箱子掀開，兩手提著底子，往地下一倒，什麼都倒出來了！

記：好吔！好一個勇敢的晴雯，這下大家傻眼了，豆花滿面的自討沒趣。

棋：「王善保家的」紫漲著臉，自我解嘲說道：「姑娘，你別生氣。我們並非私自就來的，原是奉太太之命來搜查的。你們叫翻，我們就翻一翻；不叫翻，我們就回太太處，那用急得這個樣子？」

記：這下伶牙俐齒的晴雯還饒得了她。

棋：她聽了愈發火上加油，指著王媽媽的鼻子說：「你是太太打發來的，我還是老太太打發來的呢！太太那邊的人，我個個見過，就只沒見過你這麼個有頭有臉的大管事奶奶！」

記：痛快，火辣，大快人心，給狗腿子們當頭棒喝！

棋：連鳳姐心裡都暗爽，卻礙著邢夫人的臉，只好喝住晴雯，忙著打圓場。

記：接著她們一行八人到了瀟湘館黛玉的房門……

棋：黛玉已睡了，聽見人聲，不知為何事，才要起來；鳳姐忙把她按住，陪著她說話；其餘的人到丫嬛房中，一一開箱倒籠的抄檢一番。

記：有搜到什麼東西嗎？

棋：從紫鵑房中搜出寶玉往常換下來的寄名符兒，一副束帶上的帔帶，兩個荷包並扇套，套內有扇子……

記：這下王善保家的又得意起來，免不了「丑表功」一番……

棋：那曉得鳳姐竟然淡淡的說道：「寶玉和她們從小混在一起，這自然是寶玉留下的舊東西，這符兒和扇子老太太和太太房裡也是常見的。媽媽若要，只管拿去就是了。」

記：接著她們一行到了探春院。

六、王媽媽吃探春的巴掌

棋：探春姊可不是盞省油的燈，一聽說有人來抄檢，她命丫嬛們秉燭、點火、開門而待，還故意問發生了何事？

記：因園內丟了件東西，連日訪查不出人來，恐旁人賴這些女孩子們，所以大家搜一搜，使人去疑自清。

棋：探春擺開馬步笑著說：「我們的丫頭自然都是賊，我就是頭一個賊窩主，她們偷來的東西都交給我藏了，你們先來搜我的箱櫃。」便命丫嬛們把所有的箱櫃、鏡奩、妝盒、衾袱、衣包等大小之物一齊打開。

記：欲擒故縱，大開大闔，讓她們不知從何下手。

棋：探春說：「我的東西，許你們搜閱，至於丫頭的東西可不能搜，要搜，只能搜我的；不然只管回報太太說我三姑娘抗命，要怎麼處置，聽便！」

記：大家平日都已聽聞三姑娘的強勢作風，連鳳姐都得讓她三分。

棋：偏偏那王善保家的不知趣，想說一個庶出的姑娘，又能「曉擺」到什麼程度；今天仗著是邢夫人的陪房，連王夫人尚得另眼相看，何況是別人。於是趁勢作臉，越眾向前，撩起探春的衣襟，故意一掀，自我解嘲地笑著：「連姑娘身上我都翻了，果然沒有什麼。」

記：莫非她從來沒領教過這位辣妹兼「恰查某」的辛辣？

棋：說時遲，那時快，「啪」的一聲，一個「一噸重」的巴掌扎扎實實的打在王媽媽的臉上。

記：當然免不了被探春破口大罵一頓，什麼「狗仗人勢，天天作耗，在我們跟前逞臉，動手動腳……」

棋：她率性解開衣鈕，要把衣服解開……

記：幹嘛？

棋：她要脫光衣服讓她們搜。鳳姐也幫著探春罵王善保家的。

記：這下王善保家的有如過街老鼠人人喊打！

棋：王善保家的討了個沒趣，摀著臉，趕緊往外走，喃喃自語道：「罷了！罷了！這也是頭一遭挨打！我明兒回了太太，仍回老娘家去罷！這個老命還要他做什麼？」

記：她仗著勢欺人，還想與三小姐拌嘴的樣子。

棋：「侍書」一個箭步，搶著回話：「媽媽！你知點道理兒，省省罷！你果然回老娘家去，倒是我們的造化咧！只怕你捨不得去，你去了，叫誰討主子的好兒，調唆著察考姑娘，折磨我們呢？」

記：強將之下無弱兵，好一個「有其主必有其僕」。

棋：王媽媽徒惹得一身無趣。

記：接著抄檢李紈的「稻香村」……

棋：李紈猶在床，才吃了藥睡著了，不好驚動，只到丫嬛房中，搜了一下，也沒有什麼東西。

記：李紈身為大少奶奶，平日唯知侍親養子，無為、無能、無怨、無悔，無風！誰也不敢起浪。

棋：何況她守寡在身，再怎麼說，也要憐惜她三分。

記：接著到惜春房。

七、惜春不惜人

棋：惜春年紀最小，膽子也最小，碰到這一大夥人來「抄家」，嚇得

要死！

記：世事就是這般。愈是嚇得要死，往往愈出問題。

棋：果不其然，好死不死地在入畫的箱子尋出一大包銀錁子。

記：有多少？

棋：約三、四十顆，又有一副玉帶板子，還有男人的鞋襪等物。

記：這還了得，原為抓姦，這下反得賊贓，人贓俱獲，王媽媽一行人不爽死才怪！

棋：入畫跪下哭訴真情，說：「這是珍大爺賞我哥哥的，我哥哥託老媽媽帶進來，叫我收著，俾免我叔叔嬸子喝酒賭錢花掉了。」

記：這樣她就可以免於被處罰了？

棋：大觀園中向無正義公理。無理固然是打三板，有理也是三板打；並且把東西「暫且」交給周瑞家的「保管」，等明日再議了。

記：那惜春也不說一句公道話！

棋：惜春推說她竟然不知這事，說：「這還了得！二嫂子（鳳姐）要打她，好歹帶她出去打一頓；這裡人多，要不管了她，那些大的聽見了，又不知會怎樣了。」

記：可憐的「入畫」，竟如羔羊般任人宰割，惜春真沒有擔當。

棋：不只如此。第二天，惜春請尤氏來到房子，將「入畫」的事向尤氏投訴一遍，並責怪尤氏沒有好好管教賈珍，害得她盡喪顏面不說……

記：她一不作、二不休，鐵著心不要入畫了，叫尤嫂帶了去，或打、或殺、或賣，她一概不管。

棋：儘管入畫跪地哀求，百般苦告，也沒用。

記：惜春做人有失厚道，還是年齡太小，不懂事！

棋：兩者都有，一行人別了惜春，來到迎春房……

記：她們又能搜到什麼？

棋：我是王媽媽的人，她原本想虛晃一招，打個馬虎眼算了；那曉得周媽媽不答應，她兀自伸手，在我的箱子裡掏出一雙男子錦襪併一雙緞鞋，又有一個小包袱……

記：這下您完了，在一個丫頭的行囊裡竟然搜到男人的鞋襪。

棋：那是我給表兄潘又安納的鞋、製的襪，還有一張同心如意的字箋兒……

記：那上面寫了什麼？

棋：「上月你來家後，父母已覺察了。但姑娘未出閣，尚不能完你我心願。若園內可以相見，你可託張媽給一信。若得園內一見，倒比來家好說話。千萬，千萬！再所賜香珠二串，今已查收。外特寄香袋一個，略表我心。千萬收好！表兄潘又安具。」

記：從這封情書證明傻大姊日前所拾獲的「拾錦春意香袋」，就是這個香袋，這下您完了。

八、幽會有理．香囊何罪

棋：有什麼了不得：「幽會有理，香囊無罪」，我一絲兒都沒有畏懼慚愧之意。

記：這下王媽媽的臉，可要往那兒擱。

棋：她不斷的打自己的巴掌，自我罵道：「老不死的娼婦！怎麼造下孽了？說嘴、打嘴，現世、現報……」

記：本想看別人的笑話，想不到，大跟頭竟然栽在自家人身上，真是現世報。

棋：誰叫她平日幸災樂禍慣了。

記：這款「香囊與情書事件」在封建的賈府，都是大逆不道的罪狀；特別對一個女奴來說，主子們可以據此把他們雙雙處死的……

棋：誰知當天夜裡，主持抄檢的鳳二奶奶竟然下身淋血不止，身子十分軟弱，硬撐不住了。

記：於是對這件「風化案子」，在「寬貸下人」的原則下，從輕發落……

棋：在王夫人盛怒之下，我被判逐出大觀園。我苦苦哀求討情，希望……

記：其實您之被逐，倒是成全了您，您又何必費口舌、淌眼淚呢？

棋：我求周媽媽允許我和姊姊們見一面，話別一番。

記：迎春小姐一句話都不說？

棋：她竟然說：「如今你可不是『副小姐』了；若不聽說，我就打得你了。」

記：她不但不緩頰，而且還落阱下石呢！加之潘又安畏罪潛逃了。您已到了彈盡援絕的地步。

棋：我回到家後，雖在母親冷嘲熱諷，每天「碎碎念」中度日如年，

但我一定要忍耐……

記：您相信終有一天會「等到你」。

棋：有一天，潘表哥終於回家來探望我，他要娶我。我當即向母親表白，非他莫嫁。

記：您母親當然不會答應你嫁給一個逃亡的小奴才……

棋：一個女人配一個男人！我……絕不再失身給別人。我一時失腳，上了他當，我就是他的人了，絕不肯再跟著別人了。

記：您明確地表白了您的貞操觀——從一而終，即使錯，也錯到底，絕不中途「換手」。

九、見錢眼開・命歸黃泉

棋：可是我母親就是不答應，還成天地羞辱我；我心裡愈想愈嘔。在賈府被當眾查抄，被羞辱得體無完膚還不夠，現在回到親娘身邊，還要繼續被羞辱，越想越氣，我奮力地向著牆頭撞去，一死了之算了。

記：您為了愛情，竟腦破血流，壯烈地殉了情，我們為您哭泣，我們為您哀傷。

棋：我媽媽還不甘心，拉著潘表哥要他償命……

記：人死不能復生，如何償命？

棋：無非是要他買棺材，收殮就是了。

記：要是我才不管咧，人是您媽逼死的，憑什麼要我買棺材……

棋：潘表哥對我母親說，他在外頭發了財，這次回來，一心要娶表妹為妻，說著，說著，掏出一個金珠首飾盒，那裡面裝滿了金飾玉鐲的……

記：這下該您媽看傻了眼了！

棋：我媽說：「你既有心，為何總不言語？」

記：她懊惱得不得了，一對神仙美眷就這樣被毀了。

棋：潘表哥說：「大凡女人都是水性楊花，見錢眼開的，我要是事先說我有錢，她就是貪圖銀錢了，如今足以證明表妹的為人是難得的，是真心愛我的……」

記：然而為時已晚，一轉眼已是百年身了。

棋：他把首飾盒給了我母親，另外叫人抬了兩口棺材進來……

記：幹嘛買兩口棺材？

棋：他把我收拾乾淨，安放在棺材內，也不啼哭，也不抱怨……然後

覷個空，拿著小刀抹頸，死在另一具棺材內……

記：好個一齣現代版的「羅密歐與茱麗葉」，你們用汗水、用鮮血來喚起婚姻自主權；你們用死，向封建社會做無言的抗議！

附錄

壹、紅樓二府六家系統圖

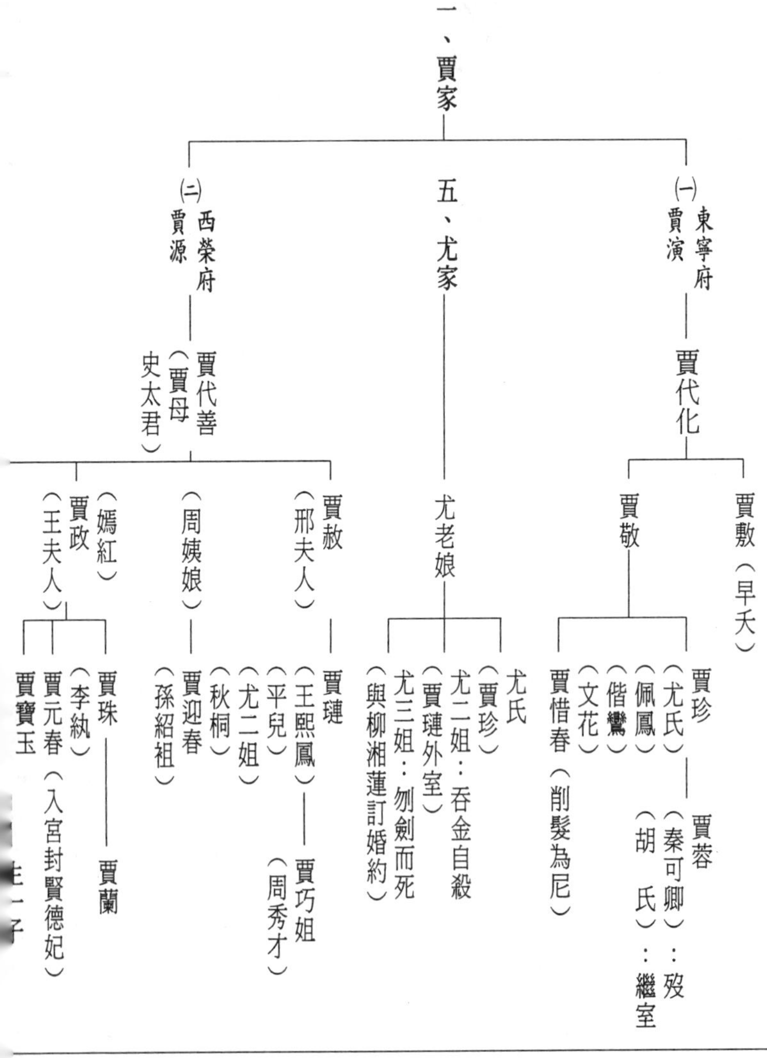
一、賈家
(一)東寧府 賈演
賈代化
賈敷（早夭）
賈敬
賈珍
（尤氏）
（佩鳳）
（偕鸞）
（文花）
賈蓉
（秦可卿）：歿
（胡　氏）：繼室
賈惜春（削髮為尼）
五、尤家
尤老娘
尤氏
（賈珍）
尤二姐：吞金自殺
（賈璉外室）
尤三姐：刎劍而死
（與柳湘蓮訂婚約）
(二)西榮府 賈源
賈代善
（賈母史太君）
賈赦
（邢夫人）
賈璉
（王熙鳳）
（平兒）
（尤二姐）
（秋桐）
賈巧姐
（周秀才）
（周姨娘）
賈迎春
（孫紹祖）
（嫣紅）
賈政
（王夫人）
賈珠
（李紈）
賈蘭
賈元春（入宮封賢德妃）
賈寶玉

二、史家

- 史××
- 史太君（賈母）
  - 史××（史靖侯）
    - 史湘雲
  - 史鼎
  - 賈敏（林如海）
    - 林黛玉
  - （趙姨娘）
    - 賈探春（周公子）
    - 賈環（彩雲）

六、劉家

- 王成
  - 王狗兒
    - 板兒
    - 青兒
- 劉××
  - （劉氏）
- 劉姥姥

三、王家

- 王子×
  - 王熙鳳
- 王子騰（兄）
- 王子勝
- 王夫人（姊）

四、薛家

- 薛姨媽（妹）
  - 薛蟠（夏金桂）（寶蟾）（香菱）（又名秋菱）
  - 薛寶釵（賈寶玉）
- 薛××（兄）
  - 薛科（邢岫煙）
  - 薛寶琴（梅公子）

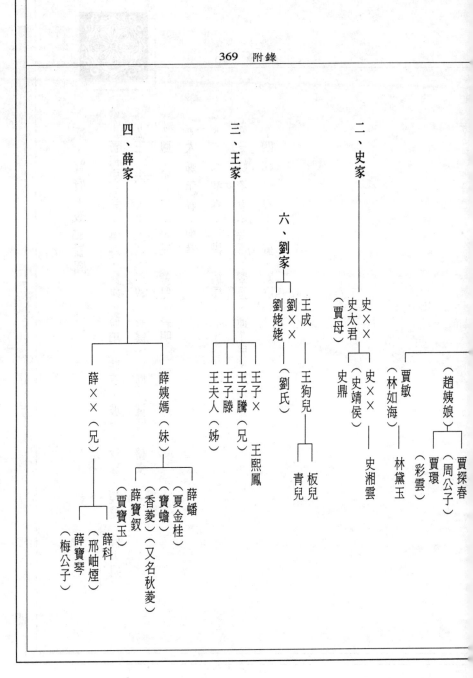

貳、賈府主奴配置圖

1. 賈母史太君：鴛鴦、鸚鵡、琥珀、翡翠、玻璃、珍珠、靚兒、傻大姐
2. 王　夫　人：金釵、玉釵、彩雲、彩鳳、繡鳳、繡鸞
3. 鳳　姐　兒：平兒、豐兒、彩明
4. 大姊元春：抱琴
5. 二姊迎春：司棋、繡橘
6. 三姊探春：侍書、翠墨、蓮花兒、小蟬兒
7. 四姊惜春：入畫、彩屏

叁、大觀園丫嬛配置表

- (一)怡紅院（賈寶玉）
  - 1.奶媽：李嬤嬤
  - 2.丫嬛：襲人、晴雯、碧痕、麝月、秋紋、春燕、綺霞、檀雲、茜雪、紅玉（小紅）、佳蕙、墜兒、定兒、四兒（芸香、蕙香）、柳五兒
  - 3.書僮：茗煙、掃紅、鋤葯、墨雨、雙瑞、壽兒、伴鶴
  - 4.跟班小廝：王榮、李貴、錢昇、趙亦華、張若錦
- (二)瀟湘館（林黛玉）
  - 乳母：王嬤嬤
  - 丫嬛：紫鵑、鸚哥、雪雁、春纖
- (三)蘅蕪苑（薛寶釵）— 文杏、鶯兒
  - 史湘雲
    - 奶媽：周嬤嬤
    - 婢：翠縷
- (四)梨香院（薛姨媽）
  - 同喜
  - 同貴
- (五)稻香村（李紈）
  - 素雲
  - 碧月

肆、參考書目

■引君入夢話紅樓　胡文彬著　山西教育出版社　一九九九年十月　太原版

■石頭記庚辰本　曹雪芹著／脂硯齋重評　宏業書局　一九七八年十二月十日　台北版

■後紅樓夢——附石頭記　曹雪芹著　文源書局　一九八六年十二月　台北版

■紅樓再飄香　朱秀娟著　星元素文化　二〇〇〇年十月　台北版

■紅樓夢　曹雪芹原著／馮其庸編注　地球出版社　二〇〇〇年一月　台北再版

■紅樓夢　宣建人著　黎明公司　一九九三年二月　台北再版

■紅樓夢人物介紹　李君俠編　台灣商務　一九九七年六月　台北二版二刷

■紅樓夢人物素描　徐慰忱著　五洲出版社　一九八四年二月　台北版

■紅樓夢人物論　王昆侖著　里仁書局　二〇〇〇年一月　台北初版五刷

■紅樓夢小考　陳詔著　上海書店　一九九九年十二月　上海版

■紅樓夢本事之爭　于景祥等主編　遼寧古籍出版社　一九九七年八月

■紅樓夢西遊記　林以亮著　聯經公司　一九七七年七月　台北二印

■紅樓夢的重要女性　梅苑著　台灣商務　一九八五年十一月　台北八版

■紅樓夢會心錄　呂啟祥著　貫雅文化　一九九二年四月　台北版

■紅樓夢群芳圖譜　戴郭邦（圖）／陳詔（文）　國文天地雜誌社　一九九〇年九月　台北版

■紅樓夢與金瓶梅之關係　張慶善等編著　遼寧古籍出版社　一九九七年八月

■紅樓夢與政治人物　司馬璐著　台灣商務　二〇〇〇年二月　台北版

■紅樓夢釋真　鄧狂言著　遼寧古籍出版社　一九九七年八月

■夢裡夢外紅樓夢　胡文彬著　中國書店　二〇〇〇年一月　北京版

■讀《紅樓》洞達處世　李文庠、李睿等編著　先智　二〇〇〇年十二月　台北版

跋(一) 威二哥VS.寶二哥

韓德威

老爹自民國八十七年自願提前退休至今，不覺已近六個寒暑。孜孜矻矻，學而不倦；戰戰兢兢，退而不休。整日埋首書堆，「涉獵屈、宋、馬、班之英，偏臨柳、顏、歐、王之帖」。寄理想於案牘之中，將夢想浮於字裡行間。

《紅樓夢》是曹雪芹未了的夢想，也是老爹今年完成的夢想之一；名列四大才子書之首，最為膾炙人口的小說；連托爾金的《魔戒三部曲》、金庸的《天龍八部》也難望其項背，與之並駕齊驅。

一百二十回的故事，在複雜人物與時空交錯之中；往往令讀者落入「真甄假賈假亦真」五里霧中。拿起老爹的《紅樓煙雲》，您會發現複雜的人物關係變得簡單易懂，隱喻暗示得以水落石出。故事情節卻不失原著之精采絕倫。他超越時空對書中人物——「深度訪談」之外，還交付給小子一個寫〈跋〉的任務；我成天忙碌於紗帽山溫泉區溫泉業者的「深度訪談」，無可奈何之餘，只好跟「哆啦A夢」商借時光機，來去清國康雍之際，訪問書中人物「賈寶玉」嘍！

※ ※ ※ ※

威二哥：寶二哥！別來無恙乎？

寶二哥：喔！尊駕莫非是來自「台灣」的「化外之民」？

威二哥：好說！好說！上週拿「訪談大綱」給您，不知看過了沒？

寶二哥：那玩意兒，「字」寫得很工整，看是看過了，內容倒是有些不解？您說要訪問關於「我」的「生涯規劃」以及與大觀園內女眷的「人際關係」，這是什麼意思？

威二哥：這不打緊。可有一個半鐘頭，和我喝喝茶、聊聊天就可以了。

寶二哥：可以！這幾天我正好跟林妹妹（黛玉）鬧得不愉快，咱們一見如故，我知無不言，言無不盡，放馬過來罷！

威二哥：您跟黛玉不是挺好的嗎？怎麼鬧彆扭了？

寶二哥：噢！那個女人就是愛耍心機，看到我跟別的妹妹在一起，就一哭二鬧打飢荒的。也不過是說說話、牽牽手、打打情、罵罵俏，也沒什麼大不了。

威二哥：您的最愛不是黛玉嗎？

寶二哥：我跟她之間「不是冤家不聚頭，相遇只為還情債」！說什麼上輩子欠我眼淚，這輩子還。我告訴你，沒那麼簡單。要不是她那水汪汪的大眼睛、加上俊俏白淨的臉蛋；她那骨瘦如柴的「洗衣板」，倒貼我都還考慮。

威二哥：您心目中的黛玉是個「眼淚罐子」嗎？你不是成天「顰顰」、「顰顰」頻頻的找她搭訕嗎？您的最愛不是她嗎？

寶二哥：身為男人，有可能去喜歡多愁善感、忌妒心強、愛耍心機、超愛生氣、不識風情、身子骨差、好強好勝的「弱」女子嗎？

威二哥：難道是逢場作戲、虛應故事？

寶二哥：其實我仔細想來，她對我是有股無法形容的吸引力，但又怎麼說不上來。

威二哥：喂！您到底跟她進展到幾壘啊？

寶二哥：什麼「幾壘幾壘」的，什麼意思啊！

威二哥：這是我們新新人類的說法。您沒打過棒球，肯定不知道。棒球場地，共有四個壘包；你球丟過來，我就跑壘去；印證到男女感情事，擴大解釋為：牽牽小手、打情罵俏，一壘安打；香唇四片貼，舌繞齒唇間，這叫二壘安；上下其手，左磨右蹭，這叫三壘安；乾柴烈火、巫山雲雨、兩情繾綣……

寶二哥：叫四壘安？

威二哥：是「全壘打」！

寶二哥：一二三壘都能理解。那「乾柴烈火、巫山雲雨、兩情繾綣」是什麼玩意？

威二哥：這就是你的不對了。什麼「知無不言，言無不盡」，我看只是唬弄我，您跟「襲人」不早就「全壘打」好幾次了。

寶二哥：噓！可別大聲嚷嚷！給我老爸知道就慘了！更不可以給林妹妹知道！

威二哥：所以您跟黛玉還沒？

寶二哥：（猛點頭、暗自低頭）

威二哥：難怪您「哈」黛玉哈的要死！

寶二哥：唉！愛情這種東西，可不能用「道理」來解釋的。曾經滄海難為水，除去巫山不是雲！

威二哥：那您最愛的是誰？聽我爸（韓老爹）說，您最喜歡史湘雲？

寶二哥：湘雲的個性跟黛玉截然不同，爽朗樂天好相處，是個不錯的紅粉知己……

威二哥：最愛的莫非是「金玉良緣」的寶釵？

寶二哥：寶釵性情賢淑、穩重平和、待人和善，身材豐盈、肌骨瑩潤、舉止嫻雅；娶她為妻，最適合不過。

威二哥：哈！哈！我已知寶二哥的心意！首先，心頭想的、念的都是得不到的最愛——「林妹妹」，卻不是真愛；其次，樂與湘雲相伴一生，為終生知己，可惜她已許人；寶釵雖非最愛，但最適合做「老婆」！

寶二哥：好像說得挺有道理。可是我的最愛不是「黛玉」，難道另有其人？是花襲人嗎？

威二哥：根據佛洛依德的說法，我看襲人恐怕只是你戀母情結下，初經雲雨的「性伴侶」而已，談不上最愛。

寶二哥：經您這麼一說，我的最愛在何方啊？

威二哥：在您最最深處的內心，在您最最不欲人知的潛在！

寶二哥：喔！誰是我的最愛？

威二哥：整部《紅樓夢》偷雞的偷雞，戲狗的戲狗；爬灰的爬灰，養小叔子的養小叔子。就您最沒膽兒，只敢在夢裡偷香竊玉，與最愛的人「性幻想」，柔情軟語、溫存繾綣！

寶二哥：您怎麼那麼了解我？真似我肚裡蛔蟲！

威二哥：可卿可卿，唯兼美可人兒，方可傾君之情！情可傾！情可傾！誰敢說不是二爺姪媳「秦可卿」！

寶二哥：唉！又是個得不到的「最愛」！

威二哥：加上愛屋及烏的移情心態，您將情感全傾於「秦鍾」，「鍾情」她姐弟倆。怎麼樣，韓某人推算您的「情」、「愛」、「性」、「婚姻」，準乎？

寶二哥：（猛地搗蒜般點頭！）真想找個地洞鑽去！這只是出於你敏感單方面的想法吧！

威二哥：其實寶二哥不姓「賈」，更不姓「甄」；這滿紙荒唐言，說的可是「曹」，而非「賈」！雪芹、雪芹，或為賈雪芹、賈薛情、賈薛秦。

寶二哥：連「曹老師」也現身，在我們的訪談之間。我不想再講有關「情情愛愛」的糊塗事，說些別的事！

※　※　※　※

威二哥：不談情愛，就說說您本身吧！

寶二哥：就一個十三四歲的小孩來說，我有什麼好說的？

威二哥：您有所不知啊！我總覺得我是「寶玉」再次投胎轉世而成！

寶二哥：這可托大了！真有這回事？

威二哥：不然我怎麼這麼了解您！讓我從「紫微斗數」開始！您的命盤，可是「紫貪坐命」？

寶二哥：是啊！我的命格叫做「極居卯酉格」！紫微星在「卯宮」、「酉宮」，一定與「貪狼星」同宮。

威二哥：這就對了！貪狼星是「慾望」之神，是北斗第一星；代表桃花、慾望、人緣、心思。生活多采多姿、好文學、才藝廣博；感情上，見一個愛一個，見兩個愛一雙。至於「極居卯酉格」的人有佛緣，古時說要出家，現代則會吃素和接近佛神，此命格宜有宗教信仰，方得安身。

寶二哥：準！準！準！超準！超乎想像的準！

威二哥：而您桃花不斷，感情豐富，跟您的夫妻宮又有相關。

寶二哥：命盤怎麼說來著？

威二哥：天府星加左輔、右弼；天府星南斗第一星，配偶能力強，善理財，重精神享受。左輔右弼，桃花不斷，左右逢源。

寶二哥：其實在我的生命裡，每一段感情都很認真，每一場戀愛都很投入、都很執著、都很專情。

威二哥：對每一個愛人都很專情？

寶二哥：對啦！對啦！隨您怎麼說！

※　※　※　※

威二哥：二哥您的命盤和我相同，尤其是「父母宮」，有著相同的命運啊！

寶二哥：威哥！您振作點，咱們如何相同，您倒是說說看啊！

威二哥：咱們倆同是天涯淪落人，相逢何必曾相識。「巨門星」落入父母宮，一定有一個「恨鐵不成鋼」，成天碎碎念的老爹！

寶二哥：成天要我念書！

威二哥：成天要我看正經的書！
寶二哥：對我的才情，從不予肯定！不予接受！不以為然！
威二哥：對我的多才多藝，只會說我不入正道！不入流！
寶二哥：只會教我進京趕考、獲取功名！
威二哥：就叫我「考高考」、「考普考」；說什麼官不做、進士在身！
寶二哥：咱們可是相見恨晚啊！
威二哥：可不是嗎！
（兩人抱頭痛哭，自怨自艾，這兩個老傢伙實在太像了。）
（茗煙窗外嚷嚷著：「老爺來了！老爺來了！寶二哥快假裝念書！」）
寶二哥：威哥！您快從窗口逃去，我爹爹來了！
威二哥：好！今日能與您訪談，實在是畢生難忘，我也得回家打「逐字稿」了。山高水長，必有再見之日！
（願以此跋獻予兩位為我付出心血，如師如父的韓老爹與陳建和老師）

韓老爹的話：

硯博士尚未到手，
兒子們仍須努力；
高普考已然在望，
媳婦們何不加油。

以上非「國父遺囑」。

跋(二) 《紅樓夢》與我

劉玲玲

說起《紅樓夢》，幾乎是無人不知，沒人不曉的一本大大有名的清代章回小說。

要看懂古書並不十分容易，於是就有人將它拍成電影、電視劇。在我的印象裡，有李翰祥導演，樂蒂飾林黛玉、任潔飾賈寶玉、杜鵑飾演紫娟、趙雷飾演賈政……的《紅樓夢》。這是一部大卡司的電影。因為人物眾多，劇情繁瑣，要拍得好，拍得有內容，有可看性，那真是不容易啊！

所幸，李翰祥就是李翰祥。他將劇中人物的特性都點了出來：像黛玉的楚楚動人，用情至深；寶釵的雍容華貴，待人圓融；熙鳳的潑辣刁鑽，處事果決；劉姥姥的憨厚耿直，重情輕利；寶玉的風流瀟灑，優柔寡斷……；加上其他甘草人物、鶯鶯燕燕的穿插，就構成了一部十分賣座，黃梅調式的曠世電影。當時簡直是萬人空巷、轟動一時啊！李翰祥、樂蒂好像還得了「金馬獎」哩！

再說電影劇，依稀記得是由華視拍的。由李英（陳秋燕的老公）導播，播出時間是晚上9:30～11:30。我總是十分準時的守在電視機前觀看，一刻也不願錯過。印象最深刻的人物是：徐貴櫻演的王熙鳳和唐琪扮演的劉姥姥，他們的演技真是可圈可點，入木三分啊！令人捨不得轉台，深怕錯過了「半點」精采情節。

如今，有人——韓廷一教授，我的另一半。他以不同的手法，將《紅樓夢》中人物再現，以超時空訪談的方式，將書中人物活靈活現的請出來。實在是妙不可言了。虧他想得出用這種奇特的表達方法，還真是「前無古人」、「後有來者」（必定會有許多人跟進）呢！

相信已經看過《紅樓夢》的先進讀者，和不曾涉獵「紅樓夢」的後輩e世代小子，只要你們一看此書，必定「拍案叫絕」、「愛不釋手」的。

希望看過此書後，男的可以輕易追到心儀的女性，女的可以如意找到好的真愛！大家一起共勉。或許當初我老公就早已「洞燭機先」，否則我怎會如此輕易被他擄獲呢！

韓老爹的話：

一個沒有看過《紅樓夢》原著的人，竟然要為《紅樓煙雲》寫跋。您說她霸不霸？而且看在卅五年的夫妻份上，還不能「退稿」！

當年在旗山農校的眾女老師中，廿二歲的她，是個天真、浪漫又重感情的女孩子。說話、舉止喜歡憑著自己的步調前進，大剌剌地有點像湘雲似的，可以和任何人都談得來。心想：這個B型血液女子，配我這個O型水瓶座的男人，將是個好的終生伴侶，至少我可以吃定她一輩子，讓她聽我使喚一生。

那曉得結婚後，才知道她是個「獅子星座」人：剛愎自用、缺乏耐性、自以為是，能伸不能屈。真應了「人算不如天算」的機關，誰教我不曾注意星座的衝突。

O型與獅子對壘的結局：三天一小吵，五天一大戰，從婆家吵到娘家，從屋裡吵到戶外。無奈只好跟她來個「一國兩制」策略：她管門檻以內，我管門檻以外——門檻之外的事兒，自有陳水扁、游錫堃袞袞諸公在管，我樂得輕鬆；其次小事歸她管，大事歸我管——至今也當做沒發生過大事。

有人問我，您在《紅樓夢》扮演什麼角色，當然不是賈寶玉；我是「六分賈政，三分賈敬，一分賈赦」。

我把一肚子的不合時宜，全都反射在孩子們的身上：要執照、要普考、要高考，還要三頂帽子——學士、碩士、博士。如今，大媳婦挾高、普考，畢其功於一役之餘威，又奪得台大博士；大兒子高考之餘又取得專科醫師執照，人說開車要開雙B（Benz和BMW），我倒不在乎，我家當醫生要當雙D醫師（MD.和PhD.），換句話說，臨床、研究、教學、公益、社服……至少得五管齊下；三兒子是個高考及格的臨床心理師，正修習博士學位中；二兒子與二媳婦雙雙修碩士中，他們擁有導遊、領隊、經理人的執照；連小女兒與老婆子也不甘人後，取得了幼稚園和小學教師的執照。賈政的無奈，我一一都替他實現。

我每天一大早，不到七點就鑽進我的安樂窩——高處不勝寒的五樓書房：「涉獵屈、宋、馬、班之英；偏臨柳、顏、歐、王之帖」；每逢寒、暑假，還帶著老婆子「暢飲江、淮、河、洛之水」：我可不學賈敬「燒丹煉汞」的麻醉自己；不過寄「理想國於詩書之中，將夢想浮於字裡行間」而已（二兒子對我的評論）。所以我說三分賈敬。

我雖已六十六歲，這一生也不知道有過多少個雄性動物的遐思懸想，但我始終守著「任他弱水三千，我只取一瓢飲。」的法則。所以我頂多只有一分賈赦（色也）而已。

我要感謝我家的王熙鳳，在過去三十多年間，所付出的心血。

國家圖書館出版品預行編目資料

紅樓煙雲：大觀園人物訪談記／韓廷一著, --
初版 -- 臺北市：萬卷樓, 2004[民 93]
面；　　公分
ISBN 957－739－487－6 (平裝)
1. 紅樓夢－研究與考訂

857.49　　　　93008714

紅樓煙雲

——大觀園人物訪談記

著　　者：韓廷一
發 行 人：許素真
出 版 者：萬卷樓圖書股份有限公司
臺北市羅斯福路二段 41 號 6 樓之 3
電話(02)23216565・23952992
傳真(02)23944113
劃撥帳號 15624015
出版登記證：新聞局局版臺業字第 5655 號
網　　址：http://www.wanjuan.com.tw
E－mail：wanjuan@tpts5.seed.net.tw
經銷代理：紅螞蟻圖書有限公司
臺北市內湖區舊宗路二段 121 巷 28 號 4F
電話(02)27953656(代表號)　傳真(02)27954100
E－mail：red0511@ms51.hinet.net
承印廠商：晟齊實業有限公司
定　　價：320 元
出版日期：2004 年 6 月初版

ISBN 957－739－487－6